RAFAEL WAGNER

Entscheidung am Bodensee

MARCUS VON ARBONA
BAND 3

Der Historiker und Autor Rafael Wagner lebt mit seiner Familie nahe dem malerischen Städtchen Zofingen im Kanton Aargau. In der Ostschweiz aufgewachsen, studierte er in Frankfurt am Main Geschichte, Archäologie und Germanistik. Anschließend arbeitete er an der Universität Basel, im Stiftsarchiv St. Gallen sowie für einen Wissenschaftsverlag in Zürich. Heute ist er als Redaktor in Bern tätig. Das Schreiben begleitet ihn seit Kindertagen und erlaubt ihm, die Lücken in der historischen Überlieferung mit Fantasie zu füllen.

RAFAEL WAGNER

Entscheidung am Bodensee

HISTORISCHER
ROMAN

Die Deutsche Nationalbibliothek verzeichnet diese
Publikation in der Deutschen Nationalbibliografie;
detaillierte bibliografische Daten sind im Internet
über http://dnb.dnb.de abrufbar.

© 2024 – Rafael Wagner
Lektorat: Kristina Rüegger &
Anna Maria Di Gabriele
Buchsatz und Layout: Rafael Wagner
Satzkontrolle: Kristina Rüegger
Verwendung der Kartenvorlage mit freundlicher
Genehmigung durch das Bundesamt
für Landestopografie swisstopo.
Umschlaggestaltung und Kapitelschmuck:
Renee Rott, Dream Design – Cover and Art

Herstellung und Verlag:
BoD – Books on Demand, Norderstedt

ISBN: 978-3-7597-6697-7

Für
Anna Maria & Hanspeter

Inhalt

Karte

Herzogtum Schwaben
zwischen Alpstein und Bodensee

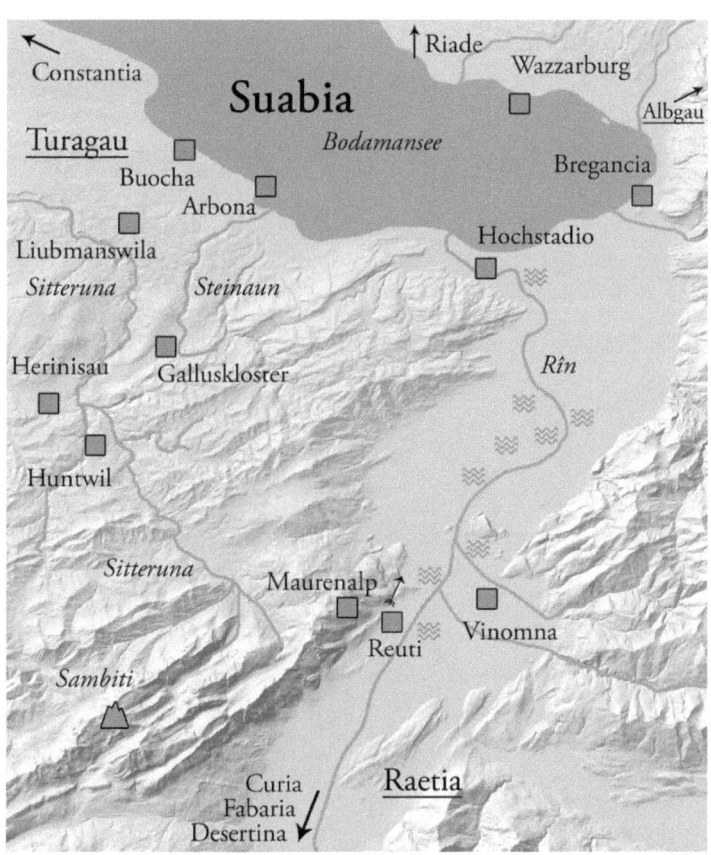

Cap. I

Mittwoch, 13. März 933

Entfernte Schreie und der Gestank nach Rauch versetzen mich in angsterfüllte Aufregung. Meine Handflächen sind tropfnass, als ich die Griffe meiner umgehängten Waffen betaste, so als müsste ich sichergehen, dass ich nicht plötzlich wehrlos in einen Hinterhalt laufe. Dabei habe ich es seit unserem Aufbruch vom Bodamansee nicht mehr gewagt, die lange, doppelschneidige Spatha sowie den kürzeren, einschneidigen Sax abzulegen. Inzwischen sind über drei Wochen vergangen. Vorsichtig schleichen wir zwischen den Bäumen hindurch, achten auf jedes noch so kleine Geräusch. Dann erreichen wir den Waldrand und Mangold zieht einen Pfeil aus einem Stamm. Das Dorf vor uns – knappe zwei Dutzend Schritte entfernt – steht in Flammen. »Ein ungrischer Pfeil«, betrachte ich die mit einem Dorn auf den Holzschaft gesteckte, eiserne Pfeilspitze. Diese Pfeile würde ich jederzeit wiedererkennen. Vor sieben Jahren steckte eine solche Spitze mit rautenförmigem Blatt in meiner Schulter. Die Wunde zeichnet mich bis heute und manchmal – nicht selten, wenn sich über dem Horizont am Bodamansee ein Wetterwechsel ankündigt – spüre ich noch immer den Schmerz.

Die Gerüchte sind also wahr, die Ungrer sind zurück. Der König hatte Recht. »Wir müssen ihnen helfen«, spricht mein Freund Matheus eindringlich zu Mangold, der das bewaffnete Aufgebot des Bischofs von Constantia anführt. »Wir dürfen nichts überstürzen«, antwortet Mangold laut genug, damit ihn alle hören. »Erst müssen wir wissen, mit wie vielen dieser Bastarde wir es zu tun haben.« Mangold verteidigte einst Constantia gegen eine Überzahl von Ungrern. Er weiß, was er tut, und niemand würde seine Entscheidung in Frage stellen, doch kann keiner die Ungeduld verbergen. Man könnte meinen, warten sei schlimmer als der eigentliche Kampf. All die Ängste und die Vorstellungen, was uns gleich begegnet, stellen die anfängliche Entschlossenheit selbst des mutigsten Mannes in Frage. »Snato, geh mit zwei Kämpfern da drüben in Stellung, vielleicht könnt ihr von dort mehr erkennen«, befiehlt Mangold.

Matheus und ich schließen uns unserem alten Kampfgefährten an und begeben uns auf die andere Seite des Dorfes. Snato nockt einen Pfeil an und hält seinen Kriegsbogen bereit. Mit seinen scharfen Augen dürfte er zuerst erkennen, was im Dorf vor sich geht. Doch auch mir wird das Ausmaß des Überfalls sofort bewusst. Überall liegen die Leichen von Dorfbewohnern. Diese Menschen wurden ohne Vorwarnung überfallen. Wie schon damals im Turagau erschienen die Ungrer wohl auch hier scheinbar aus dem Nichts auf ihren schnellen Pferden und überzogen die Einheimischen mit Feuer und Tod, in der Hoffnung auf schnelle Beute. Durch ihre Schnelligkeit und ihr grausames Vorgehen verunmöglichen sie jede organisierte Gegenwehr und nehmen ihren Opfern das letzte bisschen Mut, überhaupt zum Schwert zu greifen.

»Hätten wir nicht längst auf Heinrichs Armee treffen müssen?«, flüstert Snato weniger fragend als verärgert, während er nach Ungrern Ausschau hält. Tatsächlich haben wir nicht damit gerechnet, erst auf unsere Feinde zu treffen, bevor wir unsere Verbündeten finden. Doch wir können nicht zuschauen, wie vor unseren Augen noch weitere Menschen getötet werden, während wir uns verstecken und auf Verstärkung warten, die vermutlich nie kommen wird. Snato scheint niemanden entdeckt zu haben, weshalb er uns zu verstehen gibt, dass wir uns zu den ersten Häusern vorwagen können. Ich winke Mangold zu und zeige mit der Hand Richtung Dorf, worauf Mangold mit Sintwart, Ratpert und Wolco rechts des Pfads vorrückt. Ich schätze diese Männer nicht nur als herausragende Kämpfer, sondern darf sie seit unserer Mission in die Burgundia vor einigen Jahren auch meine Freunde nennen. Für den bevorstehenden Kampf kann ich mir keine besseren Gefährten vorstellen.

»Los, zu dem Haus da«, befehle ich Matheus, während uns Snato weiterhin mit seinem Bogen Deckung gibt. Parallel zu Mangold bewegen wir uns leise und mit gezückten Schwertern auf der linken Seite des Wegs. Gerade als ich das Haus erreiche und um die Ecke blicken möchte, wird eine Tür aufgestoßen und ein Ungrer mit vor Blut tropfendem Schwert tritt heraus. Ich könnte problemlos den Kopf hinter die Ecke zurückziehen und den Mann einfach passieren lassen, doch im selben Moment entdeckt dieser Mangold, der auf der gegenüberliegenden

Seite hinter einem Stall Schutz suchen will. Ich reagiere blitzschnell und ramme dem Mann meinen Sax in den Bauch, während ich vorstürme und ihn mit einer Hand auf seinen Mund gedrückt zu Boden stemme. Beinahe hätte er seine Kameraden verständigt. Was ich nicht bedacht habe, ist, dass er nicht allein im Haus war. Brüllend stürmt ein Krieger auf mich zu und beinahe hätte er mich mit seinem Dolch erledigt, hätte nicht Snato seinen Kriegsbogen singen lassen. Mit tödlicher Wucht wird der Angreifer von einem Pfeil in die Brust getroffen und knickt augenblicklich weg.

»Verdammt!«, flucht Mangold, »der Lärm wird auch die anderen Plünderer alarmiert haben.« Mit einem schrillen Pfiff gibt er den im Wald unter Warsinds Kommando verborgenen Kämpfern des Bischofs Befehl zum Angriff, während er selbst mitten auf den Pfad tritt und seinen drei Begleitern befiehlt, den nebenan liegenden Stall nach versteckten Feinden zu durchsuchen. Matheus und ich laufen links an Mangold vorbei, werfen ebenfalls einen Blick ins Haus, woraus eben noch die zwei Ungrer kamen, und bereiten uns auf weitere Gegner vor.

Und der Feind lässt nicht auf sich warten. Vermutlich vom Hauptplatz des kleinen Dorfs stürmt rund ein Dutzend Ungrer auf uns zu. Sie werden uns erreichen noch bevor Warsind mit der Verstärkung da ist. Entweder wir ziehen uns Richtung Wald zu unseren Freunden zurück, um gemeinsam anzugreifen, oder wir nutzen den Engpass zwischen den zwei ersten Gebäuden am Dorfeingang, wo bereits die zwei toten Ungrer liegen. »Zu mir!«, ruft Mangold und führt uns in dieser ungewissen Situation mit fester Hand. »Wir müssen sie zum Nahkampf zwingen.

Lassen wir ihnen zu viel Platz, erledigen sie uns mit ihren Bogen.« Statt zurück eilt er deshalb gar einige Schritte vorwärts und schafft zwischen den zwei nächsten Gebäuden einen neuerlichen Engpass. Wolco tritt zu seiner Rechten, während ich links Aufstellung nehme. Sintwart, Matheus und Ratpert stellen sich dicht hinter uns.

Da sich Warsind und die übrigen Krieger aus Constantia ohne Gebrüll und Waffenlärm dem Dorf nähern, erkennen die Ungrer vorerst nur uns als Gegner, weshalb sie – tatsächlich ohne ihre Bogen in Betracht zu ziehen – wütend mit ihren langen und leicht gekrümmten Schwertern auf uns zu rennen. Da wir keine Schilde führen, setzen wir uns ebenfalls in Bewegung, kurz bevor die Ungrer uns erreichen. Wir würden ihnen nicht die alleinige Kraft des Ansturms überlassen. Freilich würde dies alles nur funktionieren, wenn unsere Freunde rechtzeitig eintreffen und uns von den Seiten entlasten. Ich vertraue auf Mangold, verdränge jegliche Panik, die in mir hochzukommen droht, sehe Annas Gesicht vor mir und verbanne die Angst durch lautes Kampfgebrüll aus meinen Gedanken. Dann treffen wir aufeinander. Statt auszuweichen, pariere ich den Hieb des Mannes vor mir mit meinem Sax und vertraue darauf, dass Matheus hinter mir den Augenblick nutzt und sein Langschwert an mir vorbei in den Körper vor mir stößt. Doch warte ich nicht, dass der Ungrer zusammensackt, sondern drehe mich am erschlaffenden Schwertarm vorbei zum nächsten Kämpfer, dem ich die Klinge meines Kurzschwerts gegen den Kopf schlage.

Das erste Aufeinandertreffen verlief für uns glücklich, doch nun im Handgemenge zählt jedes einzelne Schwert und wir sind in der Unterzahl. Auch Mangold und Wolco sind nur mehr knapp in der Lage, die heftiger werdenden Schwerthiebe zu parieren. Lange würden wir nicht durchhalten. Dann, angekündigt durch lautes Fluchen, stürmen hinter den zwei Gebäuden vor uns Warsind und die Kämpfer aus Constantia hervor und fallen den überraschten Ungrern in die Flanken. Nach dem, was sie hier im Dorf angerichtet haben, ist den Feinden klar, dass sie kaum mit Gnade rechnen dürfen, weshalb sie todesverachtend kämpfend einen Ausweg suchen. Doch sie werden bis auf zwei rechtzeitig zurückweichende Krieger alle niedergemacht. Sintwart möchte gerade die Verfolgung aufnehmen, doch Mangold hält ihn zurück:»Lass sie laufen. Wir gehen kein Risiko ein. Wer weiß, ob noch mehr dieser Bastarde auf uns warten. Und sie sollen ihrem Kriegsfürsten ruhig hiervon berichten. Dieses Mal sind wir es, die sie das Fürchten lehren.« Die Hauptmacht dürfte nicht zu weit entfernt sein. Und bestimmt ist sie gewaltiger als jene Verbände, denen wir damals im Frichgau und in der Alsaza gegenüberstanden. Doch dieses Mal sind wir vorbereitet.

Haus für Haus durchsuchen wir das Dorf, doch treffen wir auf keine lebende Seele. Wer den Angriff überstanden hat, dürfte geflohen sein oder wurde als Geisel genommen.»Sammelt ihre Waffen ein«, befiehlt Warsind den jüngeren Kriegern aus dem Aufgebot aus Constantia.

»Ein würdiges Geschenk für den König«, nickt Mangold zustimmend. Und als wir darauf das Dorf verlassen, hoffe ich nichts mehr, als dass wir bald auf den König und sein Heer treffen.

Warsind stieg aufgrund seiner langen Kampferfahrung zur rechten Hand von Mangold auf und obwohl ich ihn sonst eher als zurückhaltend und bedeckt agierend kannte, erfüllt er seine Aufgabe großartig. Sein ältester Sohn Sintwart scheint in die Fußstapfen seines Vaters zu treten. Er ist etwa in meinem Alter und gemeinsam kämpften wir uns vor Jahren nach Zurich vor, bevor er mir völlig selbstlos gegen meinen Erzfeind im Forst von Arbona zur Seite stand.

Sintwart und sein jüngerer Bruder Fridpert unterstützen ihren Vater so gut sie können und melden sich gar freiwillig für einen Spähtrupp, der den Wald hinter dem befreiten Dorf nach Überlebenden und Feinden absuchen soll. Ihre Mutter würde das kaum gutheißen, weshalb Warsind nur den jüngeren Fridpert an der Seite von fünf erfahrenen Kämpfern losschickt. Er würde nicht riskieren, zwei seiner vier Söhne auf einmal zu verlieren.

Mangold berät sich inzwischen mit zwei Priestern, die der Bischof mit in den fernen Norden des Francenreichs geschickt hat. Seiner Unruhe entnehme ich, dass er diesen Ort lieber früher als später verlassen möchte. Auch wenn uns die Hütten nach den Strapazen der vergangenen Wochen endlich eine ruhige und geschützte Nacht versprechen, will Mangold diesen Ort aus Angst vor einer Rückkehr der Ungrer verlassen. Im Wald wären wir sicherer.

»Marcus«, ruft mir Mangold zu. »Wir brechen auf. Hol die Späher zurück.« Und für die unwahrscheinliche Situation, dass sie bis dann längst weg wären, ergänzt er: »Wir folgen diesem Pfad da in den Wald.«

Ich nicke ihm zu und eile durch den hinteren Teil des Dorfes in den Wald. Sie müssen bereits ausgeschwärmt sein, denn am Waldrand ist niemand mehr zu sehen. Schritt für Schritt bewege ich mich durchs Unterholz, suche nach Spuren meiner Freunde. So weit können sie eigentlich nicht gekommen sein. »Fridpert? Wo seid ihr? Wir brechen auf!« Ich will ja nicht zu laut rufen und unabsichtlich weitere Probleme heraufbeschwören, aber ich kann auch nicht stundenlang auf der Suche nach ihnen durch den Wald irren. Dann, mit einem Mal vernehme ich Kampflärm, nur kurz, gefolgt von näherkommenden Schritten, die sich Äste brechend und knackend durchs Unterholz bewegen. Trotz des eingeschränkten Kampfraums ziehe ich meine Spatha. Wer auch immer gleich vor mir aus dem Wald auftaucht wäre beeindruckter von der Klinge eines Langschwerts. Und falls gleich Ungrer auftauchen, könnte meine Schwertlänge eher mit ihren Waffen konkurrieren. Doch beinahe zeitgleich werden die Schritte durch lautes Hufgetrappel übertönt und vier ungrische Krieger reiten nicht weit vor mir im wilden Galopp davon. Mit ihren wendigen Pferden weichen sie geschickt den Hindernissen des Waldes aus und ich erkenne auf dem Pferderücken des letzten Feindes ein merkwürdig befestigtes Bündel.

Rasch eile ich vorwärts und gelange auf eine kleine Lichtung, wo bereits fünf der Krieger aus Constantia warten, wenn auch nur noch drei von ihnen stehend. Sie bemerken mein Kommen, senken aber sogleich ihre Waffen, als sie sehen, dass ich es bin. »Wir waren nicht die einzigen Späher«, spricht einer der Männer verbittert. Ich trete näher und erkenne das Ausmaß des Zwischenfalls.

Einer unserer Männer liegt tot am Boden, ein weiterer trägt eine ernste Kopfwunde.

»Wo ist Fridpert?«, bemerke ich mit einer schrecklichen Vorahnung.

Der Mann mit der Kopfwunde spricht mit zittriger Stimme:»Wir drei trafen zufällig auf die ungrischen Späher und wollten erst zurück, um Verstärkung zu holen, als wir auch schon entdeckt wurden. Uns beide hat es zuerst erwischt, deinen Freund Fridpert haben sie als Geisel mitgenommen. Vermutlich hätten sie mir noch den Rest gegeben, wenn nicht plötzlich ihr aufgetaucht wärt.« Er deutet auf die drei anderen Späher, deren Schritte ich wohl vorher gehört habe. Bestimmt haben sich die sechs Männer in zwei Spähtrupps aufgeteilt, wobei einer sehr unglücklich in die Arme eines größeren ungrischen Trupps gelaufen ist. Bestimmt würden sie versuchen, Fridpert zum Sprechen zu bringen oder sie bestrafen ihn für unseren Angriff auf das Dorf.

Warum ausgerechnet der junge Fridpert? Ich muss mich jetzt zusammenreißen.»Uns bleibt keine Zeit«, spreche ich kälter als ich von mir in diesem Moment selbst erwartet hätte.»Wir würden die Pferde niemals einholen. Mangold zieht weiter, wir müssen los.« Die Männer zögern und ich verstehe, dass wir unseren gefallenen Kameraden nicht einfach so zurücklassen können.»Aber zuerst begraben wir ihn.« Gemeinsam tragen wir den Krieger aus dem Wald und heben für ihn am Dorfrand ein flaches Grab aus. Sein verwundeter Kampfgefährte mag nur knapp mit uns mithalten. Die blutende Kopfwunde macht ihm schwer zu schaffen. Aber wir können nicht hier im Dorf zurückbleiben. Die Ungrer könnten jeden Moment zurückkehren.

Wir bedecken den Leichnam mit Erde und brechen auf in die Richtung, die mir Mangold gewiesen hat. Abwechselnd stützen wir unseren Freund. Wenn auch der Sieg im Dorf die Moral bei den meisten gehoben haben dürfte, so stellen die jüngsten Ereignisse für uns fünf einen absoluten Tiefpunkt dar. Hoffentlich würde der König rechtzeitig mit seinen Kontingenten hier sein. Kaum befinden wir uns auf dem Weg, den auch Mangold zu nehmen gedachte, vernehmen wir erneut Hufgetrappel. ›Gott steh uns bei!‹

Cap. II

Donnerstag, 14. März 933

Als ich vor sieben Jahren als Wache in Arbona zum ersten Mal die grausige Erscheinung ungrischer Reiterkrieger erblickte, schnürte mir die Angst beinahe die Luft zum Atmen ab. In der Hoffnung auf Unterstützung gehörte ich zusammen mit der ortskundigen Magd Anna und einigen erfahrenen Kämpfern aus Arbona zu einem Trupp, der über den Bodamansee Hilfe holen sollte. Aber nach einem Überfall waren Anna und ich schließlich zur Flucht auf dem Landweg nach Westen gezwungen, wo wir zum großen Sieg über die Ungrer in der Alsaza beitrugen.

Anna und ich heirateten bald darauf und sie schenkte mir einen wunderbaren Sohn namens Jacob, benannt nach dem mutigen, jungen Begleiter, der uns auf der Flucht durch die Suabia geführt hatte, jedoch den Pfeilen der Ungrer zum Opfer fiel. Nach dem Sieg gegen die Eindringlinge freuten wir uns auf eine friedvolle Zukunft am Bodamansee. Gerne wären wir hinter die sicheren Mauern von Arbona zurückgekehrt, doch fanden wir schließlich ein neues Zuhause in Buocha. Was sollte schon passieren?

Wie naiv wir doch waren! Unklare Besitzverhältnisse und ein alter Zwist zwangen mich zu einer gefährlichen

Reise auf den Spuren des heiligen Mauritius. Obwohl wir Suabia mit der Hilfe von Mauritius Frieden brachten, misslang unsere eigentliche Mission für den Bischof von Constantia, dem unser Hof Buocha direkt am Bodamansee gehört. Unterdessen schenkte mir Anna einen weiteren Sohn, den wir – um der Namenstradition zumindest etwas zu entsprechen – Marcus tauften. Das Leben schien wunderbar, doch die Schuld gegenüber dem Bischof war noch immer nicht getilgt.

Und so landete ich hier weit im Norden im Land der Thuringer. Um dem Bischof meine Treue zu beweisen und zugleich die notwendige Abgabe zu leisten, musste ich mich in seinen Diensten zur Teilnahme am Heerzug zur Abwehr der Ungrer verpflichten. Unserem König Heinrich soll es vor sieben Jahren gelungen sein, einen Waffenstillstand mit den meisten ungrischen Fürsten auszuhandeln, was ihn jährlich eine gewaltige Summe Gold und Silber kostete. Doch er nutzte die Zeit des Friedens geschickt aus, um den Krieg vorzubereiten. Heinrich erkannte und förderte das Potenzial der einfachen Bauernkrieger, ließ Burgen bauen und vergrößerte seinen Einflussbereich Richtung Osten, wodurch seine Kämpfer zugleich die notwendige Kampfpraxis erhielten.

Doch im letzten Jahr beendete er den künstlichen Frieden mit den Ungrern, indem er den jährlichen Tribut verweigerte. »Einen toten Hund hat er dem ungrischen Gesandten stattdessen vor die Füße geworfen«, behauptet unser lokaler Führer Liuthar jedes Mal, wenn er diese Geschichte erzählt. Doch er glaubt auch, einem wichtigen Geschlecht der Thuringer zu entstammen und dass seine Familie eines Tages ein neues Herzogtum Thuringia erwachen lassen werde. Allerdings scheint er mir nicht von herzoglichem Geblüt zu sein. Und selbst wenn dem so wäre, würde er sich wohl kaum als einfacher Führer für die Krieger eines Bischofs aus dem Süden verdingen. Allerdings habe ich mir selbst schon die Frage gestellt, warum es in diesen reichen und fruchtbaren Landen kein eigenes Machtgefüge wie jenes in der Baiuvaria, Suabia oder Saxonia gibt.

Doch zurück zum toten Hund: Für die Ungrer war dies gleichbedeutend mit einer Kriegserklärung. Einen Krieg, den Heinrich nicht zuletzt dank seiner kostbarsten Reliquie nicht verlieren konnte, zumindest scheint er dies zu glauben. Und dass er diese Reliquie überhaupt so stolz vor sich hertragen kann, verdankt er auch ein bisschen mir; nur weiß das weder er noch sonst kaum jemand. Ich denke an die Unterhaltungen mit Reginlind – der Herzogin von Suabia – in Zurich zurück, die mir seither einen Gefallen schuldig ist. Der König von Burgundia überreichte den Francen des Ostreichs damals die heilige Lanze; die Waffe, die Sankt Mauritius – Anführer der thebaischen Legion – geführt haben soll.

Nun bin ich hier und lagere seit der eiskalten letzten Nacht zusammen mit einer ganzen Reihe alter Kampfgefährten am Fluss Unstruod, in der Hoffnung, bald auf die königlichen Truppen zu treffen und irgendwie auch in Erwartung des Feindes. Wir erreichten Mangold und die übrigen Krieger aus Constantia erst spät am Abend und unser verwundeter Kamerad wurde augenblicklich von einem jener Geistlichen in Empfang genommen, die auch etwas von Wundversorgung verstehen. Eine kleine Reiterabteilung war auf Befehl Mangolds auf der

Straße zurückgeritten, um nach den Spähern und mir zu sehen. Die Reiter kehrten jedoch sogleich um, als sie uns erblickten. Nicht einmal unseren Verwundeten nahmen sie mit. Die erste kritische Nacht hat er überstanden. Doch ich befürchte, dass bald schon weitere Verwundete folgen werden.

»Wir sollten weiter nach Meresburg ziehen«, höre ich Liuthar auf Mangold einreden, der gerade in unsere Richtung schreitet. Die Sonne ist aufgegangen und wenn wir hier nicht verbleiben wollen, sollten wir bald aufbrechen, um einen neuen sicheren Lagerplatz zu finden. Unweit unseres Lagers befindet sich eine Brücke über die Unstruod und damit der direkte Fortgang unseres gestrigen Weges durch die Thuringia. Auf der anderen Flussseite wären wir zumindest vor einem direkten Angriff durch die Ungrer geschützt. Die Brücke wird durch eine kleine Befestigung gesichert, deren Garnison von den einfachen Bewohnern der danebenliegenden Gehöfte gestellt werden. Doch auch die Frauen und Männer der als Riade bezeichneten Ansiedlung konnten uns keine Auskunft über das königliche Heer geben. Liuthar vermutet den König einen Tagesmarsch entfernt in Meresburg, einem Kloster auf den Grundmauern alter Gebäude der Romanen, dessen Umwehrung als Vorbereitung auf den ungrischen Angriff wohl instandgesetzt wurden. Jedoch befindet sich Meresburg weiter östlich und somit in potenziell bereits durch Ungrer kontrolliertem Gebiet, sofern sie die Unstruod umgangen und auch nördlich vorgerückt sind. »Dort wären wir besser geschützt als auf dem offenen Feld«, fährt Liuthar fort.

»Geschützt ja, aber auch gefangen wie in einer Wolfsgrube«, gibt einer der Geistlichen an Mangolds Seite zu bedenken.

»Ihr scheint nicht zu erkennen, wer dabei die wahren Wölfe sind«, amüsiert sich Mangold und zeigt ein für ihn seltenes Lächeln. »Doch tut ihr in diesem Fall dennoch gut daran, des Königs Burgen mit Wolfsfallen zu vergleichen. Die bluthungrigen Ungrer fallen wie ein unberechenbares Wolfsrudel über unser Land her.« Ich hatte erst Mühe, ihm zu folgen, doch nun weiß ich, worauf er hinauswill. »Ihre Stärken sind der schnelle Angriff zu Pferd und der feige Kampf mit Pfeil und Bogen. Doch treffen sie auf befestigte Plätze und Burgen, werden diese rasch zu unüberwindlichen Hindernissen. Wie viele andere der hier anwesenden Krieger habe ich ebenfalls vor vielen Jahren von der Bischofsburg aus gegen diese Teufel gekämpft.« Der Geistliche schlägt das Kreuz und ich verdrehe die Augen, wohlwissend, welche Geschichte nun kommt. Nicht, dass ich Mangold nicht bewundere und seine Ansichten teile, doch durfte ich seiner Erzählung bereits etliche Male lauschen. Der Kern seiner Geschichte besagt, dass feste Mauern das beste Mittel gegen dieses Steppenvolk darstellen. Selbst die einfachen Erdwälle der Mönche des heiligen Gallus vermochten diese Heerscharen damals im Wald aufzuhalten, wenn auch der Abt den Sieg allein dem Begründer seiner Gemeinschaft zuschrieb.

Mangold steht vor uns und unterbricht die Unterhaltung mit Liuthar und dem Geistlichen. »Verzeiht mir, ich habe erst heute Morgen vom Vorfall erfahren.« Warsind wäre vergangene Nacht am liebsten auf der Stelle zurück zum Dorf gerannt, als wir ihm von der

Entführung seines Sohnes erzählten. Doch als selbst Sintwart, sein Ältester, ihm riet, bis zum Morgengrauen zu warten, ließ er sich beruhigen. Nun sitzt Warsind auf dem Boden und blickt ausdruckslos zu Mangold hoch, während Sintwart seine Augen unruhig zwischen beiden hin und her springen lässt.

»Gebt mir ein Pferd und ich hole meinen Bruder zurück«, platzt es ungeduldig aus Sintwart heraus.

Ich würde ihn gerne davon abhalten und bislang hat niemand von uns gewagt, Klartext zu sprechen. Aber ich weiß, dass ich in dieser Situation genau dasselbe fordern würde und in mir spüre ich Scham aufsteigen, dass ich gestern nicht selbst die Verfolgung aufgenommen habe. Zu unser aller Überraschung ist es Warsind, der spricht: »Mein Schmerz ist dem deinen mindestens ebenbürtig, mein Sohn. Ich war es, der zuließ, dass Fridpert mit uns in den Krieg zieht.« Er schluckt leer. »Aber wir dürfen in dieser Situation nichts überstürzen. Die Reiter sind längst verschwunden, abgetaucht in ihre Horde. Die feindlichen Scharen sammeln sich vermutlich schon in diesen Wäldern.« Warsind deutet mit seiner Hand gegen Osten. »Sie warten nur darauf, dass wir etwas Dummes tun. Tu ihnen nicht diesen Gefallen, mein Sohn. Die einzige Chance, deinen Bruder lebend zurückzuerhalten, liegt darin, die ungrischen Streitkräfte vollends zu besiegen und ihr Lager zu erobern. Und dafür müssen wir auf das Heer des Königs warten.«

»Wir werden siegen, mein Freund«, spricht Mangold, sichtlich froh, dass er Warsinds Ansprache nicht selbst halten musste. »Und wir werden deinen Sohn finden, das verspreche ich dir!« Solche Versprechen sind gefährlich und vor allem fast unmöglich einzuhalten. Warum tut Mangold das? Steht es so schlimm um die Moral unserer Truppe? Doch Warsind erhebt sich und tritt auf seinen Anführer zu, der fortfährt:»Ich bin stolz, mit dir die Truppen von Constantia führen zu dürfen.« Ich ahne schon, dass das, was nun folgt, gefährlich wird. Das verrät nicht nur Mangolds überschwängliche Wortwahl, sondern auch sein Gesichtsausdruck. Mangold schickt seinen getreuen Krieger Wolco sowie Liuthar, Matheus, Snato und mich los, um in Meresburg nach dem König zu suchen, während er das Lager nördlich der Unstruod neu errichten lässt. Dank eines von Norden kommenden Zuflusses wäre Mangolds Lager von zwei Seiten durch Wasser geschützt. Und wir müssen nun eben diese schützende Barriere überwinden und nach Osten ziehen.

Vermutlich hätte er normalerweise Warsind damit beauftragt, doch scheint dieser nach den jüngsten Ereignissen noch nicht bereit. Uns werden Pferde gestellt und ich bin froh, mich endlich bewegen zu können. Zwar liegt kein Schnee mehr, doch erinnert die Kälte noch immer stark an den Winter. Dass die Ungrer überhaupt so früh im Jahr angreifen, wundert mich. Üblicherweise wartet ein berittenes Heer darauf, bis wirklich überall schneefreie Weideflächen für die Pferde verfügbar sind. Und vermutlich dachten viele Kriegsherren, die dem König hier im Norden Truppen zuführen sollten, ebenfalls so. Das könnte auch erklären, warum wir noch auf keine anderen Kampfverbände gestoßen sind. Die Ungrer jedenfalls sind hier, und zwar früher als in anderen Jahren. Sie werden das Land der Francen mit Feuer und Tod überziehen, ob wir bereit sind oder nicht.

Der König rief vor fast zwei Monaten zu den Waffen und verlangte, dass die kampfffähigen Männer dieses Jahr früher als sonst zu einer Heerschau in der Thuringia zu erscheinen hätten, wobei aus den südlichen Herzogtümern nur die Bischöfe mit ihren Kontingenten zu erscheinen haben. Zum einen würden der suabische und baiuvarische Heerbann lediglich zur Verteidigung des eigenen Landes eingesetzt, zum anderen sollen die übrigen professionellen Verbände zurückbleiben, falls die Ungrer sich wider Erwarten aufteilen und das Reich an mehreren Stellen attackieren; soweit zumindest Mangolds Vermutungen auf der langen Reise vom Bodamansee hierher. Die Hauptlast sollten also die Saxonen und Thuringer tragen. Allerdings habe ich – mit Ausnahme von Liuthar – noch keinen Vertreter dieser Länder unter Waffen gesehen. Warten sie alle noch ab, bis erste Berichte über ungrische Plünderzüge die Runde machen? Beim Gedanken wird mir schlecht. Dann wäre es nämlich zu spät und unsere Leben beendet. Wir müssen jetzt dringend den König finden. Sollte er tatsächlich noch im Osten in Meresburg weilen, dürfte ihm der schnelle ungrische Vorstoß südlich der Unstruod nämlich entgangen sein und wir stecken bereits in einer ausweglosen Situation. Ich darf gar nicht daran denken.

Während wir weiter in Richtung Sonnenaufgang reiten, schaue ich mich immer wieder unruhig um. Werden wir gerade beobachtet? Wohin sollten wir uns bei einem Überfall zurückziehen? Was tun wir, sollte der König nicht in Meresburg weilen? Als wir an der kleinen Befestigung und den dazugehörenden Höfen vorbeizogen, warfen uns die Wachen neugierige Blicke zu. Vermutlich sind wir die ersten Krieger, die sie in diesem Frühling zu

Gesicht bekommen. Wir reiten einige Stunden über einen gut befestigten Weg, der lange parallel zur Unstruod verläuft und schließlich Richtung Meresburg abbiegt, deren Kirchturm wir einige Zeit später erblicken. Doch sind außerhalb keinerlei Zelte oder Unterstände zu entdecken. Ein Aufmarschgebiet sieht anders aus.

Der Weg führt uns entlang eines Waldes, daran grenzen brache Felder, bereit zur Aussaat. Ein wunderbar friedvolles Bild, trügerisch angesichts des bevorstehenden Sturms. Einige Rehe suchen nach Futter, springen jedoch auf, als sie uns bemerken, und verschwinden im Wald. Stünden nicht die Ungrer mitten im Land der Francen, wäre es ein Genuss, mein Pferd am nächsten Baum festzubinden und die Geräusche des Waldes, die Gerüche des Frühlings und das wärmende Sonnenlicht auf mich wirken zu lassen. Frieden und Tod liegen in diesen Tagen nah beieinander. Das erinnert mich an die letzten Einfälle der Ungrer; wie naiv ich doch war, zu glauben, dass diese berittenen Teufel niemals wieder kämen.

Plötzlich treten vor uns fünf Krieger mit Lanzen und Bogen aus dem Wald: »Halt!« Und als wir unsere Pferde zügeln, ist auch hinter uns Bewegung zu vernehmen. Räuber? So nah an der Pfalz von Meresburg? »Was habt ihr hier zu suchen?«

Liuthar lässt sich nicht beirren und trottet mit seinem Pferd einige Schritte weiter auf die Krieger zu, während Snato, Matheus und ich uns zurückhalten. Obwohl wir inzwischen auch von hinten bedrängt werden, wären wir mit unseren Pferden noch immer in der Lage, zu fliehen. Liuthar schätzt die Lage jedoch völlig anders ein: »Ich soll diese Abgesandten aus der Suabia zum König bringen. Weilt er noch in Meresburg?« Die Krieger werfen sich unsichere Blicke zu. Liuthar scheint ins Schwarze getroffen zu haben. Und wenn ich es mir recht überlege, wären sie für Räuber wohl zu gut ausgerüstet. Vielmehr scheinen diese Krieger eine wichtige Person abzuschirmen. »Wir dürfen keine Zeit verlieren«, drängt Liuthar, »führt uns zum König.«

Einer der Krieger lässt sich aus dem Wald ein Pferd bringen, steigt auf und gibt uns ein Zeichen, ihm zu folgen. Wir reiten weiter und bald endet der Wald auch zu unserer Linken. Der Weg führt in einem leichten Bogen zwischen zahlreichen Feldern hindurch direkt zu einer größeren Anlage mit Kirche. Das kann nur Meresburg sein.

Da ich zuvor nie von diesem Ort gehört habe, bin ich von den prächtigen Steinmauern und dem starken Eichentor besonders beeindruckt. Ich sah bislang fast nur Palisadenwälle und Erdwerke, oder – wie in Arbona und Constantia – notdürftig zusammengeflickte alte Steinwälle. Doch Meresburg verfügt über eine völlig intakte Umwehrung aus Stein. Die Mauern sind mit Wachen besetzt und aus dem Innern der Befestigung ist das Scheppern der Kirchglocke zu hören. Liuthar scheint meinen bewundernden Blick bemerkt zu haben: »Der König ließ eine ganze Reihe von alten Romanenfestungen in Stand setzen und wo es keine solche Anlagen aus früheren Zeiten gab, entstanden kurzerhand neue Befestigungen.« In Liuthars Tonfall schwingt eine Spur Stolz mit. Immerhin waren es auch seine Thuringer, die diese Befestigungen erbauten. Was mich jedoch wundert, ist seine Bemerkung zu Meresburg. Die Grundmauern sollen bereits romanischen Ursprungs sein? Entweder die königlichen

Steinmetze haben exakt denselben Stein verwendet und in derselben Weise gebaut, oder ich stehe gerade vor der ersten Festung der Romanen, die nach deren Verschwinden nicht zerfallen ist.

Beide Torflügel werden knarrend aufgezogen und die kleine Gruppe reitet in den Hof. »Ihr wartet hier!«, befiehlt der Krieger, der uns hergeführt hat. Ich kann nicht glauben, was ich nun sehe.

Cap. III

Liuthar

Prächtige Banner wehen im Hof und vor den Stallungen an der Steinmauer neben uns stehen mächtige Kriegsrösser bereit, die von Stalljungen an den Zügeln gehalten werden. Priester in wunderbar gefertigten Kutten und Krieger in aufwendig verzierten Kettenhemden stolzieren umher und würdigen uns kaum eines Blickes. »Ich behaupte einmal, wir haben den König gefunden«, höre ich Matheus hinter mir leise sprechen. Auf der anderen Seite des Hofs stehen zahlreiche Verpflegungswagen aufgereiht und eine kleine Abteilung Lanzenträger flankiert das Kirchenportal, während ein Mann mit grünem Umhang und prunkvollem Schwert ungeduldig auf und ab schreitet.

»Vermutlich hast du Recht«, antworte ich leicht verzögert, »Aber etwas stimmt hier nicht. Worauf warten sie? Wissen sie nicht, wie nah die Ungrer bereits sind? Diese Teufel stehen schon viel weiter im Westen, nur die Unkenntnis über die Position des Königs sowie die Unstruod dürften sie von einer direkten Attacke auf Meresburg abgehalten haben.« Diese Sorge bereitet mir in der Tat fast am meisten Kopfzerbrechen. Die Ungrer stießen aus Südosten kommend wohl auf die Unstruod und verpassten durch ihren zu schnellen Vorstoß nach Westen vermutlich den leichter zu meisternden Weg direkt nach Meresburg. Mir graut vor dem Gedanken, dass der König längst ein Gefangener der Ungrer sein könnte. Und ich spreche aus, was offensichtlich scheint: »Selbst, wenn der König hier ist, wo steht seine Armee?« Darauf weiß keiner meiner Begleiter eine Antwort. Wir beobachten gebannt, wie der Krieger von vorhin zum Kriegsherrn im grünen Mantel geht und ihm nach leichter Verbeugung mit dem Kopf Bericht erstattet. Er zeigt in unsere Richtung, worauf auch ich mein Haupt etwas senke. Die Kirche steht zu weit entfernt, als dass wir etwas verstehen könnten, doch kurz darauf winkt uns der Herr zu sich.

»Ihr drei solltet gehen«, sagt Snato, »Matheus und ich passen auf die Pferde auf.« Obwohl es für mich eher danach klingt, als hätten die beiden einfach keine Lust, sich durch weitere Höflichkeiten zu quälen, ergibt der Vorschlag durchaus Sinn. Die zwei haben sich meinetwegen Mangolds Kontingent angeschlossen, weshalb ich für sie sprechen kann, während Wolco als langjähriger Gefährte Mangolds diesen vertritt und Liuthar als einheimischer Gewährsmann auftritt. Wir steigen von den Pferden und nähern uns mit schnellen Schritten der Kirche.

»Liuthar!«, begrüßt der Kriegsherr unseren lokalen Führer misstrauisch. »Hätte nicht gedacht, dich so bald wieder zu sehen.«

Ich verstehe nicht. Woher kennen sich diese Männer? Was hat ihnen Liuthar noch verschwiegen? Sind Mangold und die anderen in Gefahr? Ich beobachte vorsichtig die Bewaffneten vor der Kirche, doch niemand scheint uns besondere Beachtung zu schenken. »Ihr kennt euch?«, frage ich vorsichtig und vergesse dabei den Anstand, mich zuerst vorzustellen. Doch das scheint den Krieger vor uns nicht zu kümmern. Liuthar zwingt sich zu einem freundlichen Gesicht und stellt uns den Mann im grünen Umhang vor:»Adalwolf, Anführer der königlichen Leibwache.« Ich neige respektvoll meinen Kopf und warte darauf, nun ebenfalls vorgestellt zu werden, doch fühlt sich Liuthar offenbar sehr unwohl in seiner Haut.

Nach einer unangenehm langen Pause ergreife ich deshalb selbst das Wort:»Ich fühle mich geehrt, mein Herr Adalwolf. Man nennt mich Marcus, dies ist Wolco, wir gehören zum militärischen Aufgebot des Bischofs von Constantia unter dem Befehl des Mangold.« Ich möchte weitersprechen, doch Adalwolf hebt die Hand, worauf ich – selbst verunsichert, ob ich überhaupt zum Sprechen berechtigt wäre – schweige und ehrfürchtig meinen Blick senke.

»Also gibt es doch noch Getreue, die dem königlichen Ruf zu den Waffen Folge leisten«, spricht Adalwolf knapp.»Und wie viele Krieger hat der Bischof zur Unterstützung des Reichs her gesandt?« Dem Wort ›Krieger‹ verleiht er absichtlich Nachdruck und seinem abschätzigen Blick nach zu urteilen, sieht er Kämpfer meines Alters und mit meiner Ausrüstung nicht als sonderliche Hilfe an.

»Wir sind mit knapp 40 Mann aus Constantia aufgebrochen, mein Herr Adalwolf«, ergreift nun Wolco das Wort.

»Und wo steht Mangold jetzt?«, fragt Adalwolf.

»Nach einem ersten Kampf mit den Ungrern haben wir unser Lager bei Riade aufgeschlagen«, antwortet Wolco und erwähnt unseren Feindkontakt absichtlich nur am

Rande. Und zum ersten Mal scheint uns Adalwolf nun die volle Aufmerksamkeit zu schenken. Wusste er noch nichts vom ungrischen Vorrücken? »Liuthar, du und der ältere der beiden Krieger folgt mir unverzüglich«, befiehlt Adalwolf. Die zwei folgen dem Kriegsherrn in die Kirche und ich entschließe mich daraufhin, zu Snato und Matheus zurückzukehren. Vermutlich würde es nun zu einer Unterredung mit König Heinrich persönlich kommen und offenbar bin ich dafür nicht gut genug. Etwas gekränkt bin ich schon, doch bin ich hier, um den Widerstand gegen die Ungrer so rasch wie möglich zu vereinen. Und wenn ich ihnen am besten diene, indem ich draußen warte, soll es wohl so sein.

Matheus, Snato und ich müssen uns kaum in Geduld üben, denn schon bald verlassen Wolco und Liuthar die Kirche wieder, scheinen einige Worte miteinander zu wechseln und sehen sich dann offenbar nach mir um. Ich winke ihnen vom Tor her zu und die beiden eilen zu uns. »Die gute Nachricht zuerst«, verkündet Wolco. »Es steht sehr wohl ein Heer bereit, jedoch nicht hier bei Meresburg, sondern weiter im Nordwesten.«

»Ich werde mit Adalwolf und anderen Truppenführern zur königlichen Armee stoßen«, ergänzt Liuthar zufrieden. »Der König vertraut mir einen Teil des thuringischen Heerbanns an. Die Truppen haben Befehl, unverzüglich nach Riade zu marschieren.« Wie schnell sie sich offenbar auf ein weiteres Vorgehen geeinigt haben und dass ausgerechnet Riade als geeigneter Treffpunkt erscheint, beunruhigt mich zutiefst. Ich sorge mich um unsere Freunde, die an der Unstruod ihr Lager aufschlagen. Steht die Schlacht so unmittelbar bevor? Wie lange würde es wohl dauern, bis die königlichen Truppen versammelt wären? Auch meine Gefährten wirken beunruhigt.

»Der Heerbann?«, fragt Snato wenig überzeugt. Ich bin ob dieses verächtlichen Tons erst überrascht, denn der Heerbann, bestehend aus allen wehrfähigen Männern ab 13 Jahren, wird zu Verteidigungszwecken fast immer aufgeboten und würde dem König zahlreiche Kämpfer zuführen. Zudem zählten Matheus, er und ich die meiste Zeit ebenfalls zu diesen Kämpfern. Doch gegen die Ungrer würden einfache Bauern ohne Pferde nicht viel ausrichten. Was sie brauchen, sind professionelle Panzerkrieger, die Hauskrieger der hohen Herren und die mächtigen Vasallen der Bischöfe, Herzöge, Grafen und Äbte.

»Keine Sorge«, lächelt Wolco, »anscheinend hat der König vorgesorgt und eine beeindruckende Anzahl an Reiterkriegern bereitstellen lassen. Doch Liuthars Thuringer werden gemeinsam mit uns die Vorboten der königlichen Armee spielen und die Ungrer so zu vorschnellem Handeln bewegen.«

»Wir sollen die Lockvögel spielen?«, frage ich entsetzt.

»Dem König ist hoffentlich klar, was einfachen Fußtruppen im offenen Feld gegen berittene Bogenschützen droht!«

»Er weiß, dass das Schicksal seines Königreichs von der bevorstehenden Schlacht abhängt. Und bestimmt wird er niemanden einfach so zur Schlachtbank führen«, versucht Liuthar mich zu beruhigen. Doch ich befürchte, dass eben dies geschehen wird und ich hoffe inständig, dass dieser Befehl nichts mit dem merkwürdigen Verhältnis zwischen Liuthar und Adalwolf zu tun hat. Die beiden scheinen sich schon länger zu kennen, doch Liuthar steht wohl nicht gerade in Adalwolfs Gunst.

»Der König wird rechtzeitig mit seinem Heer eingreifen und die Ungrer vernichten«, versichert Wolco und während er diese Worte laut ausspricht, scheint er sie auch erstmals wirklich zu verstehen. Denn, wenn der König gar nicht oder auch nur etwas zu spät erscheint, wären wir alle tot.

»Und die schlechte Nachricht?«, fragt nun Matheus, der vom Plan ebenso wenig begeistert scheint. Wolco und Liuthar wechseln beunruhigte Blicke.

»Als wir die Kirche betraten, kniete der König ins Gebet versunken vor dem Altar, kreidebleich und mit schwacher Stimme«, spricht Wolco.

»Er ist krank«, ergänzt Liuthar, »doch muss er es sein, der unsere Truppen anführt. Er hat unser Reich seit vielen Jahren auf eben diesen Moment vorbereitet. Heinrich muss unserem Heer mit der erhobenen Heiligen Lanze voranreiten.«

Wolco blickt mich eindringlich an. Es wäre nun der falsche Zeitpunkt, zu prahlen, durch wessen Hilfe die Heilige Lanze überhaupt in den Besitz des Königs gelangt ist. Stattdessen zwingt uns das Knarren der Kirchentür erneut zu einem Blick zurück. Adalwolf eilt aus der Kirche und zu den Stallungen. »Ich muss mich ihm sofort anschließen«, erklärt Liuthar, sitzt auf und gibt seinem Pferd die Sporen.

»Wir sollten ebenfalls zurück und Mangold Bericht erstatten«, drängt nun Snato, worauf Wolco und ich ebenfalls wieder auf unsere Pferde steigen. Wir müssen Riade erreichen, bevor die Ungrer einen Versuch wagen, die Unstruod zu überqueren. Denn zweifelsohne würden sie das bald tun. Wir wissen nur nicht wo. Unser Weg führt uns erneut der Unstruod entlang und ich fürchte schon, dass wir den Ungrern begegnen, bevor irgendein Saxone, Thuringer oder Suabe zum Kampf bereit ist.

Im Eiltempo reiten wir die ganze Strecke wieder zurück. Mein Puls rast vor Aufregung, als wären es meine Beine, die uns vorantragen. Hoffentlich würden unsere einfachen Rösser diese Anstrengung gut überstehen. Wir folgen dem Waldrand, über Felder und vorbei an Dörfern. Von der romantischen Stimmung des Hinwegs ist nun nichts mehr zu spüren. Dann endlich sehen wir aus der Ferne den Rauch von Lagerfeuern. Mangold und unsere Leute lagern also noch immer vor Riade. Bald haben wir es geschafft.

Doch plötzlich rührt sich etwas südlich von uns. Mehrere große Tiere scheinen durch die Unstruod zu schwimmen. Ich kann nicht erkennen, wer oder was es ist. »Männer auf Pferden!«, ruft uns Snato aufgeregt zu. Wenn seinen Augen zu trauen ist, und das ist es eigentlich immer, dann handelt es sich mit größter Wahrscheinlichkeit um Ungrer. Ihre Anzahl schließt einen großen Kampftrupp aus, doch bedeutet jeder Ungrer auf dieser Seite des Flusses eine akute Gefahr.

»Ungrische Späher«, äußere ich meine Vermutung und möchte gerade vorschlagen, unser Tempo zu erhöhen, um im Lager Alarm zu schlagen. Doch Wolco kommt mir zuvor:

»Wenn wir sie am Flussufer abfangen, haben wir eine gute Chance, sie zu schlagen.« Mir ist meine Variante wesentlich lieber, doch kommt Wolcos Plan nicht von ungefähr. Denn die Ungrer wären wohl längst verschwunden, bis wir mit Verstärkung zurückkehrten. Und die Gefahr, jederzeit von hinten durch eine ungrische Einheit angegriffen werden zu können, ist für den Moment furchteinflößender als ein ganzes Heer dieser Bastarde auf der anderen Flussseite zu wissen.

Es handelt sich um sechs berittene Bogenschützen, die aufgrund des Wassers ihre tödlichste Waffe jedoch nicht einsetzen können. Obwohl wir in der Unterzahl sind, wäre es also in der Tat die beste Gelegenheit, einige Ungrer mit nur geringem Risiko zu töten.»Am besten, wir schlagen zu, wenn der erste das Ufer erreicht«, schlägt Matheus vor.

Rasch reiten wir hinab zum Ufer der Unstruod. Einen nochmals deutlich erhöhten Vorteil würden unsere Pferde bieten, doch ich kenne den Kampf zu Pferd nicht. Zu groß wäre die Gefahr, mein Pferd oder einen meiner Kameraden zu verletzen. Zudem wären meine Beine völlig ungeschützt. Ich lasse mich daher links vom Pferderücken gleiten und auch die anderen entscheiden sich, abzusteigen.

Interessanterweise sind auf der anderen Flussseite keine Krieger zu entdecken, die ihre Gefährten allenfalls mit ihrem Bogen decken könnten.»Diese Hunde fühlen sich wohl zu sicher, dass sie eine Flussüberquerung am helllichten Tag wagen«, fluche ich. Zwar sehe ich unseren Vorteil, doch kämpfe ich lieber in einem Kampfverband, Seite an Seite mit einer Mehrzahl an Kameraden. Der bevorstehende Kampf könnte durchaus mein letzter sein. ›Anna, vergib mir meinen Leichtsinn. Gott, steh' mir bei!‹

»Nicht mehr lange«, spricht Snato konzentriert. Er ist ebenfalls abgestiegen und zielt mit angenocktem Pfeil auf einen der Ungrer im Wasser. Ihr Fluchen verrät, dass sie sich ihrer fatalen Situation in ebendiesem Moment bewusstwerden. Und da sie mit ihren Pferden bereits näher an unserem Ufer sind, wäre eine Umkehr angesichts Snatos Kriegsbogen ein noch größerer Fehler. Snato lässt die Bogensehne los und sein Pfeil trifft einen Ungrer am Hals, worauf dessen Pferd allein weiter Richtung Ufer schwimmt. Die Packung, die der Krieger trocken über Wasser hielt und offenbar aus Schwert, Bogen, Pfeilen und seiner Kleidung besteht, treibt herrenlos flussabwärts. Sofort steigen die anderen Ungrer von den Pferderücken und versuchen parallel zu ihren Tieren – halb schwimmend, halb von diesen mitgezogen – so rasch wie möglich ans Ufer zu gelangen. Es muss für sie enorm anstrengend sein, da sie ebenfalls ihre Bündel trocken halten möchten. Denn ein Bogen mit nasser Sehne ist nutzlos. Abgesessen sind sie nun jedoch deutlich schwerer zu treffen und so wie ich Snato kenne, würde er niemals wissentlich auf ein Pferd schießen.

Dann ist es so weit. Die ersten zwei Ungrer erreichen das Ufer praktisch zeitgleich, werfen ihre Packungen zu Boden und greifen – nackt und erschöpft vom Schwimmen – sofort zu ihren langen, leicht gekrümmten Schwertern. Zwar sind diese Waffen mehr für den Einsatz vom Pferderücken aus gemacht und wären in einer Kampflinie der Francen eher hinderlich, doch hier und jetzt, im Zweikampf Mann gegen Mann, sind es furchteinflößende Waffen. Ich habe mich ebenfalls für meine lange Spatha entschieden und an der Seite von Matheus und Wolco stürme ich zum Ufer. Noch außer Atem versuchen die zwei Ungrer vorerst nur, unsere Hiebe abzuwehren. Bald sind ihre Freunde ebenfalls am

Ufer und mit ihnen wäre unser einziger Vorteil zunichte. Die Ungrer erweisen sich als enorm schnell und geschickt und hätten sie nicht gerade die eiskalte Unstruod durchschwommen, hätte ich wohl schon den einen oder anderen Treffer abbekommen.

Die Haut unserer Gegner ist gerötet, bestimmt schmerzt jeder Windstoß. Bei den Temperaturen des jungen Frühlings hätten sie sich wohl augenblicklich abgetrocknet und ihre trockene Kleidung übergeworfen. Doch nun stehen sie frierend, ohne jegliche Schutzkleidung und in Unterzahl vor uns. Bereits lässt ihre anfängliche Kampfeswut nach und Matheus gelingt ein geschickter Schwertstreich in den Oberschenkel des einen Ungrers. Dadurch ist mein Freund für einen kurzen Augenblick ohne Deckung, was der andere Ungrer ausnutzen möchte. Er stößt zu. Gerade rechtzeitig treffe ich mit meiner Spatha seinen Schwertarm. Schreiend fällt ihm die Waffe aus der Hand. Inzwischen haben auch die drei anderen Ungrer das Ufer erreicht und Wolco wendet sich augenblicklich der neuen Bedrohung zu, während Matheus seinem Opfer den Rest gibt und ich dem waffenlosen Ungrer meine Klinge mit Schwung spritzend über das Gesicht ziehe.

Als wir Wolco zu Hilfe eilen, sackt einer der Neuankömmlinge wimmernd zu Boden. Snato hat erneut getroffen und Wolco hält die übrigen zwei gerade lange genug in Schach, bis wir an seiner Seite erscheinen. Einer der Ungrer stapft verzweifelt rückwärts in die Unstruod und wird von einem weiteren von Snatos Pfeilen am Bein getroffen. Der letzte kämpfende Krieger kniet augenblicklich nieder und scheint um Gnade zu bitten. Wolco schlägt ihm mit dem Knauf seines Schwerts so heftig gegen den Kopf, dass dieser bewusstlos zusammensackt. Sein Haar verfärbt sich rot. Im selben Moment rennt Snato an uns vorbei. Der am Bein getroffene Ungrer hoffte offenbar, sich auf dem Wasser treibend retten zu können. Allerdings ist Snato rechtzeitig zur Stelle und versetzt ihm mit seinem Kriegsbogen einen derart heftigen Hieb, dass dieser leblos und mit dem Gesicht nach unten flussabwärts treibt.

»Wir sollten den da zu Mangold bringen«, schlägt Matheus vor und zeigt auf den bewusstlosen Ungrer mit der Kopfwunde. Es sind keine weiteren Krieger zu sehen, weder im Wasser noch auf der anderen Flussseite. Wolco und ich packen den schweratmenden Ungrer an Beinen und Schultern, hieven ihn zu einem der nassen ungrischen Pferde und legen ihn auf den Rücken des Tiers. Sicherheitshalber fesseln wir ihn an Händen und Füssen. Mittlerweile haben Snato und Matheus die übrigen Pferde der Ungrer eingefangen. Diese treuen Tiere verblieben trotz Kampflärm bei ihren gefallenen Herren. Wir sammeln noch alle Waffen und wertvollen Ausrüstungsgegenstände ein und setzen dann unseren Ritt ins Lager fort.

Beruhigt stelle ich fest, dass Mangold inzwischen alle unsere Leute auf die andere Seite der Unstruod geführt hat und nun in der Gabelung zwischen dem Fluss Unstruod und einem seiner Zuflüsse bei Riade lagert. Das kleine Flüsschen lässt sich leicht überwinden. Wir müssen lediglich darauf achten, dass der Kopf des Ungrers nicht untertaucht.

Unsere Ankunft löst große Unruhe aus, nicht zuletzt, da wir einen Gefangenen mitführen. Fürchten unsere Kameraden, dass wir nicht auf den König, sondern auf die Ungrer getroffen sind und die Männer aus Constantia nun bald ohne Verstärkung der Kraft eines ganzen ungrischen Heers ausgesetzt wären?

Den gefesselten Ungrer und die erbeuteten Pferde übergeben wir an einige unserer Kameraden, die den frierenden Feind an einem wärmenden Feuer mit Kleidung und Nahrung versorgen sollen. Warsind sollte davon besser nichts erfahren. Zwar ist er ein überlegter Kämpfer, doch sorgt er sich um seinen Sohn. Ich kann daher nicht ausschließen, dass er versuchen könnte, aus dem Gefangenen Informationen über ungrische Geiseln herauszubekommen.

Wir treffen Mangold und informieren ihn über die Position der königlichen Armee, den wahrscheinlichen Schlachtplan, Liuthars besondere Beziehung zum Anführer der königlichen Leibwache und auch über den Gesundheitszustand König Heinrichs. Erst hört unser Kriegsherr einfach nur zu. Ihm ist sehr wohl bewusst, wie nah die Ungrer bereits sind und dass es nun auf jede Stunde ankäme. Er weist uns an, ihm zu folgen. Etwas abseits des Lagers dreht er sich um und blickt Matheus, Wolco, Snato und mir nacheinander tief in die Augen. Ihm ist nicht entgangen, dass wir gerade ungrische Späher beim Überqueren der Unstruod überrascht haben, und auch ihm ist klar, was dies bedeutet: Die Ungrer würden schon sehr bald versuchen, die Unstruod zu überqueren. Sollten sie erfahren, wo der König in seinem angeschlagenen Gesundheitszustand weilt, würden sie augenblicklich nach Meresburg ziehen, das trotz seiner herausragenden Verteidigungsanlagen für das riesige Heer, das die Ungrer nach der Beleidigung durch

Heinrich bestimmt zusammengezogen haben, kein Hindernis wäre.

Dann endlich spricht Mangold: »Ihr habt unserem König, unserem Bischof und ihr habt mir einen unschätzbaren Dienst erwiesen.« Ich kenne derartiges Lob nicht aus Mangolds Mund, doch wage ich weder meine Miene zu verziehen noch zu Boden zu blicken. »Die Ungrer wollen diesen Fluss überqueren. Bestimmt haben sie längst die Brücke entdeckt und eine bessere Gelegenheit finden sie weit und breit nicht. Die Garnison und selbst wir würden sie nicht lange am Überqueren hindern können. Das wissen sie ebenso wie wir.« Mangolds Ansprache an uns vier ist trotz des anfänglichen Lobs niederschmetternd und ich habe längst aufgehört, aktiv über all das nachzudenken, was noch auf uns zukommen wird. Ich spüre eisige Kälte in meinem Kopf. Die Furcht, Anna niemals wieder zu sehen und unsere Söhne als Halbwaisen zurückzulassen, nagt schmerzlich in meiner Brust.

»Aber«, setzt Mangold erneut zum Sprechen an, »Die Ungrer wissen nicht, dass wir längst mit einem Angriff auf diese Brücke rechnen. Für sie muss es so aussehen, als erwarteten wir höchstens kleine Gruppen von Plünderern, wofür die Garnison von Riade ausreichend wäre. Zumindest hoffe ich, dass sie uns nicht für so dumm halten, einen derart wichtigen Flussübergang nicht mit mehr Truppen zu sichern, wenn wir ein ganzes ungrisches Heer erwarteten. Also ist die jetzige Situation zwar ein Fluch für uns, doch ein Segen für den König und das Reich.«

Wovon spricht er da? Ist Mangold wahnsinnig geworden? Doch er geht gar noch ein Stück weiter: »Wir sind bereits jetzt ein hervorragender Köder für diese rachedurstigen und beutehungrigen Teufel.« Seit langem scheint Mangold wieder Zufriedenheit auszustrahlen. In solchen Situationen blüht der kampferfahrene Krieger erst richtig auf. »Bis morgen früh geben wir Liuthar und seinen Thuringern Zeit, hier zu erscheinen. Doch selbst wenn sie – Gott bewahre – nicht kommen sollten, werden wir bereit sein, zu kämpfen und wenn es sein muss, zu sterben. Sollen sich die Ungrer bloß in Sicherheit wiegen. Wir müssen alles dafür tun, das gesamte ungrische Heer aus seinen Verstecken und aufs offene Feld zu locken.« Mangold kann den nahen Kampf wohl kaum erwarten und er scheint sehr darauf zu vertrauen, dass die Verstärkung bald eintrifft. Hoffentlich würde uns diese Zuversicht nicht alle das Leben kosten. Denn, so wie es schien, haben Adalwolf und Liuthar noch eine Rechnung zu begleichen und ich spiele das Opferlamm nur ungern.

»Mögen die Truppen des Königs rechtzeitig hier sein«, ist hinter uns plötzlich die Stimme von Warsind zu vernehmen. Er spricht mir aus der Seele. Wir wissen nicht, wie lange er schon zugehört hat, aber Mangold hätte ihn als Truppenführer ohnehin noch eingeweiht. In Warsinds Augen spiegelt sich der Krieg. Er kann den Kampf kaum erwarten. Hofft er darauf, seinen zweiten Sohn wiederzufinden? Sinnt er auf Rache? Oder hat er längst aufgegeben und erhofft einen ehrenhaften Tod?

Mit flauem Gefühl im Magen stimme ich ebenso wie die anderen Mangolds Plan zu. Die Nacht verbringe ich an der Seite von Warsind und seinem Sohn Sintwart und ich komme nicht umhin, ihnen zu versprechen, bei der ersten Gelegenheit zusammen mit ihnen nach Fridpert zu suchen. Ich kenne Fridpert zwar noch nicht lange, doch ich habe intensive Wochen mit seinem Vater und seinem ältesten Bruder erlebt. Nachdem ich vor Jahren allein mit Sintwart aus Salodurum entkommen konnte und er mir später bei der Rettung meiner schwangeren Frau ungefragt zu Hilfe geeilt ist, kann ich ihm unmöglich meine Hilfe verweigern. Die Situation wird mir immer unangenehmer, da ich eigentlich auch nicht meine Kampfgefährten Snato und Matheus mitten im Kampf verlassen möchte. Bestimmt wären sie ebenfalls dabei, wenn es um die Rettung des jungen Fridpert geht. Aber ich kann selbst noch nicht mit Sicherheit sagen, ob ich mitten im Kampf wie ein Feigling davonlaufen könnte; denn danach wird es aussehen. Und verlieren wir diese Schlacht, würde uns auch eine Rettung Fridperts nichts mehr nützen. In meiner Brust liefern sich Pflichtgefühl, Ehre, Schuld und Freundschaft einen schmerzhaften Kampf. Zum Glück verschafft mir die jähe Unterbrechung unserer Unterhaltung Linderung: Laute Stimmen hallen aus der Dunkelheit.

Bereits fürchte ich einen ungrischen Angriff, doch schnell wird klar, wer dort im Schein vieler Fackeln aus den Baumreihen im Norden stapft. Liuthar und seine Thuringer müssen einen Gewaltmarsch auf sich genommen haben. Doch nun sind sie hier. Und nicht nur das: Sie führen einen wahren Schatz mit sich. Als sie unter dem Schein vieler Fackeln das Lager erreichen, erkenne ich zwei Wagen. Und darauf befinden sich ausreichend Eichenschilde, um alle Anwesenden auszurüsten. Obwohl ich mir der Gefahr durch den ungrischen Beschuss sehr wohl bewusst war, dachte ich nie darüber nach, wie wir uns auf offenem Feld gegen die berittenen Bogenschützen zur Wehr setzen sollten. Doch diese wertvolle Gabe zeigt, dass König Heinrich die Zeit des Waffenstillstands in der Tat genutzt hat.

»Die Saxonen und meine übrigen Landsleute folgen nach«, berichtet Liuthar optimistisch. »Sie marschieren unter Adalwolfs Kommando hierher.« Besonders der Befehlshaber bereitet mir Kopfzerbrechen. Soll denn nicht der König den Sieg davontragen? Hoffentlich würde uns Adalwolf nicht leichtsinnig und mit nur geringer Überlebenschance als erste Welle losschicken, um Liuthar loszuwerden. Wir informieren alle unsere Kameraden über den Plan der kommenden Schlacht. Dies wird der Tag der Entscheidung, der Entscheidung über Leben und Tod, und unsere Chance, die Ungrer für immer loszuwerden.

Cap. IV

Freitag, 15. März 933

»Der König wünscht den sofortigen Angriff«, befiehlt Adalwolf. Er muss dem königlichen Heer vorausgeritten sein und lenkte sein Pferd bei Liuthars Anblick sofort in dessen Richtung. »Wie weit sind die Hauptkräfte noch entfernt?«, hakt Mangold nach. »Wir Suaben sind bereit und scheuen keinen Kampf, doch spielen wir nicht den Köder für eine Falle, die zu spät oder gar nie zuschnappt.« Adalwolf scheint im ersten Moment verärgert, überhaupt in Frage gestellt zu werden, doch ist er klug genug, zu erkennen, dass er bei Mangold vermutlich an einen hohen Würdenträger geraten ist. Angestrengt versucht Adalwolf seinen Unmut zu verbergen, als er fortfährt: »In wenigen Stunden wird das gesamte Heer hier versammelt sein. Überquert nun den Fluss, steigt auf die Anhöhe dahinter und marschiert vorwärts. Haltet euch an den Plan. Solange ihr den Feind von der Anhöhe fernhaltet, kann er nicht erkennen, dass sich dahinter des Königs Armee versammelt.«

Aus seinem Mund klingt dies kinderleicht und ungefährlich. Doch wenn wir den schützenden Fluss und die Anhöhe erst einmal überwunden haben und geradewegs vorrücken, sind wir auf uns allein gestellt. Ob nun kleinere

Kriegsverbände oder das ganze Heer der Ungrer angreift, werden unsere Verbündeten – sollten sie denn rechtzeitig erscheinen – ebenso wenig sehen können, wie wir die Ankunft des Königs bemerkten. Wir wären völlig blind und wüssten nicht, wann wir uns zurückfallen lassen dürfen oder sollen, um die Falle zuschnappen zu lassen. Und sollte etwas schiefgehen, wären wir es, die zwischen Ungrern und Unstruod in der Falle sitzen.

»Wir vertrauen auf Gott und König Heinrich«, spricht Liuthar zu unser aller Überraschung. »Geh, und führe die Truppen so rasch wie möglich hierher.«

Adalwolf selbst scheint verwundert über das Vertrauen, das ihm Liuthar entgegenbringt, nickt knapp und antwortet: »Mit Gottes Hilfe.« Dann wendet er sein Pferd, blickt nach wenigen Schritten nochmals zurück und ruft: »Viel Glück!«

Liuthar steigt auf einen der Wagen, sodass ihn alle sehen können. Er nimmt einen der schweren Eichenschilde und ruft so laut, dass ihn alle im Lager hören können: »Stolze Thuringer, wir marschieren! Tilgen wir diese Brut für immer aus unserem Land!« Obwohl den Thuringern nur eine sehr kurze Nacht vergönnt war, erhebt sich bebendes Kampfgebrüll. Einer nach dem anderen nimmt sich einen Schild.

Nun gesellt sich auch Mangold dazu: »Kameraden, gesegnete Krieger von Constantia, Stolz des Bodamansees, Suaben! Ich werde unseren Kameraden aus dem Norden nicht nur beistehen, ich will der erste sein, der diesen Teufeln unseren geschärften Stahl in die Eingeweide rammt. Lasst uns die Speerspitze sein! Wer ist mit mir?« Als wollten die Suaben die Thuringer übertönen, gesellt sich zu deren Gebrüll nun der markerschütternde Kampfschrei meiner Kameraden und auch ich kann nicht anders, als aus voller Kehle zu schreien. Das wird zwar unseren Gegner weder fliehen lassen noch einschüchtern, aber ich fühle mich plötzlich stark und voller Hoffnung. Ich schreite ebenfalls zu einem der Wagen und nehme mir einen Schild.

Wir folgen Mangold und queren als erste die Brücke über die Unstruod. Die Wachen der kleinen Festung von Riade klopfen zur Ehrerweisung mit ihren Speeren langsam, aber kräftig gegen die Holzpalisade. Die ungrische Geisel wird in der vordersten Gruppe mitgeführt. Der vorangehende, gefesselte Ungrer soll als Hemmschwelle für gegnerischen Beschuss dienen, doch bezweifle ich, dass eine solche Taktik gegen die Ungrer greifen würde. Nachdem wir auf der anderen Seite des Flusses die kleine Anhöhe erklommen haben, richten sich unsere Reihen mit jenen der Thuringer zu einer gleichmäßigen Schlachtlinie nach Süden aus. »Nutzt eure Schilde«, ruft uns Mangold zu. »Deckt euch gegenseitig und wir werden eine Mauer sein. Lasst sie an uns zerschellen.« Von den Ungrern ist selbst von der Anhöhe aus nichts zu sehen. Dennoch zieht Mangold sein Schwert und bedeutet Liuthar, dass die Zeit des Kampfes gekommen ist.

»Vorrücken!«, brüllen beide beinahe zeitgleich.

Wir, die Krieger von Constantia, bilden zusammen mit den Thuringern des Liuthar die Speerspitze des königlichen Heeres; ein Heer, das nur zum Zweck versammelt wurde, die Ungrer ein für alle Mal zu schlagen und aus dem Reich der Francen zu vertreiben. Und doch paart sich zu unserem Stolz vor allem dieses eine Gefühl, das selbst den kampferfahrensten Krieger und den tapfersten Recken im Angesicht des Feindes verunsichert und im schlimmsten Fall gar vor Angst erzittern lässt, ihn schwächt. Das Gefühl des eigenen Endes, die Erkenntnis, dass jedes Leben eines Tages seinem Schöpfer begegnet, kann im besten Fall zur Höchstleistung führen, führt aber ebenso dazu, dass sich gestandene Männer einnässen. Doch uns Suaben erwartet heute vorerst nicht etwa der Kampf, über den Heldenlieder gesungen werden. Wir gehören nicht zu den gestählten und berittenen Elitetruppen des Königs, die nur für diesen Zweck immer und immer wieder trainiert haben. Wir sind der Köder, dem schnellen und gnadenlosen Feind praktisch chancenlos ausgeliefert. Doch wir sind es auch, die den Feind letztlich in sein unweigerliches Ende locken sollen.

Noch sind keine Gegner zu sehen, doch wir wissen, dass sie überall um uns herum in den verstreuten Baumgruppen und dem dichten Forst wie die hungrigen Wölfe auf uns warten. Unser Weg ist lang und hart, die Eichenschilde sind schwer. Die Thuringer scheinen mehr an ihren Gebrauch gewohnt als wir und ich bin nicht der Einzige, der Mühe hat, meinen Schild hoch genug zu halten, um mich auch wirklich vor nahenden Pfeilen zu schützen. Hoffentlich macht mich nicht bereits die Last meiner Bewaffnung zum ersten Opfer und zum Fressen für die Raben, bevor die Schlacht überhaupt begonnen hat. Doch Anna und unsere Söhne machen mir Mut, lassen mich immer weiter an der Seite meiner Kameraden voranmarschieren. Wir sind Suaben. Heute werden alle Francen zu sehen bekommen, wozu der Süden des Reichs in der Lage ist.

»Halt!«, ruft Mangold langgezogen und mit voller Stimme. Liuthar wiederholt seinen Befehl und sowohl Suaben als auch Thuringer bleiben als dichter Block aus Kriegern stehen. »Schilde abstellen«. Überrascht vom Befehl bleiben alle stehen und wir in der ersten Linie richten uns neu aus. Mangold schreitet die Truppen ab und spricht voller Kampfeselan: »Ihr bringt mir nichts, wenn ihr eure Schilde nicht mehr hoch genug stemmen könnt, um den feindlichen Beschuss abzuwehren. Diese Bastarde werden heute eine böse Überraschung erleben.« Er kennt die Bedrohung, die uns erwartet, ebenso gut wie ich und dennoch ist er geradezu erpicht auf den Kampf. Hat er sich längst mit seinem Ende abgefunden? Denn eines ist klar: Viele von uns werden dieses Schlachtfeld heute nicht mehr aus eigener Kraft verlassen. Mangold drängt sich in unsere Reihe, direkt vor mir, sodass ich einen Schritt zurücktreten muss. Ich will wieder vorwärts in die erste Reihe, doch Mangold scheint mich absichtlich nicht an vorderster Front zu wollen. »Hiervon werdet ihr noch euren Kindern und Großkindern erzählen«, spricht Mangold und ich verstehe, warum er mich absichtlich nach hinten gedrängt hat. Jacob und Marcus sollen nicht als Halbwaisen aufwachsen wie so viele andere Kinder. Wenn auch die Überlebenschancen selbst in der zweiten Reihe äußerst schlecht sind, dürften sie besser sein als zuvorderst. »Vorwärts, meine Brüder!« So hat er uns noch nie genannt und ich fühle mich zwar geehrt, doch verheißt dies nichts Gutes.

Noch bevor ich in einem der umliegenden Wäldchen irgendwelche verdächtigen Bewegungen ausmachen kann, bricht vor uns auf der lichten Ebene plötzlich ein Sturm aus den Baumreihen hervor. Die akute Bedrohung wurde noch nicht einmal von allen wahrgenommen, da regnen die ersten Pfeile herab. »Schilde!«, schreit Liuthar, doch ist es für eine Handvoll unserer Kameraden zu spät. Wahllos töten und verkrüppeln die Pfeile Suaben und Thuringer gleichermaßen. Die Geschwindigkeit und die gleichzeitige Bogenfertigkeit der Ungrer sind beeindruckend.

Der nahende Sturm ist tödlich. Das Stöhnen und Schreien der ersten Verwundeten drücken auf die Moral. Intuitiv duckt sich jeder hinter seinen Schild, um auf den Nahkampf zu warten. Doch werden sie den Nahkampf unter allen Umständen vermeiden wollen. Die Ungrer kommen und gehen, reiten mit tödlicher Präzision um ihre Opfer herum. Das Dümmste, das ihr Gegner in so einer Situation tun kann, ist die Flucht. Und genau das ist unser Plan.

»Rückzug!«, befiehlt Mangold. »Lasst die Schilde oben.« Mit langsamen Schritten bewegen wir uns rückwärts, klettern über die Körper am Boden. Die Toten lassen wir zurück. Bereits werden die ersten Schilde liegengelassen, um verwundete Kameraden zu stützen. Obwohl wir alle den Zweck unseres Rückzugs kennen, fühlt er sich stinkend und falsch an und kratzt wohl nicht nur an meiner Ehre. Rückwärts gehend, immer bereit, auf nahende Pfeile zu reagieren, fühlt sich der Schild nun beinahe doppelt so schwer an. »Schneller!«, treibt uns Mangold an und ich spüre Wut in mir aufsteigen. Wie konnten wir uns nur freiwillig für ein solch selbstmörderisches Unterfangen melden!

Inzwischen müssen wir nicht mehr fürchten, über die Körper unserer Freunde zu stolpern. Diese liegen bereits ein Stück entfernt auf der Wiese. »Wir wirken noch immer zu standhaft. Schneller!«, stachelt Liuthar. Über den Rand meines Schilds erkenne ich in der Ferne, wie die feindliche Heerschar anwächst. Unaufhörlich ergießen sich ungrische Horden aus den Wäldern. Auf diesen Feldern, die wohl bald umgepflügt und mit Sommergetreide besät werden, können die Ungrer ihre Vorteile ideal ausspielen und die fruchtbaren Böden mit heimischem Blut tränken. Vereinzelte Baumgruppen dürften zwar etwas Deckung bieten, doch das feindliche Heer wird uns schon mit seiner schieren Anzahl hinwegfegen.

»Wo bleibt der König?«, höre ich Snato rufen. Er trägt seinen Kriegsbogen zwar bei sich, doch steht er für einmal ebenfalls mit Schild und Sax in der Kampflinie.

»Er will die Ungrer bis zum letzten Mann vernichten«, antwortet Mangold und treibt unsere Leute immer weiter zur Eile an. »Heinrich will sicher gehen, dass auch der letzte dieser Teufel aus seinem Versteck gekrochen kommt.« Und als würde er Liuthars Einwand beherzigen und stattdessen unsere langsamen Verwundeten vergessen, gibt er einen gefährlichen Befehl. »Locken wir sie an! Sammlung an der nächsten Baumgruppe. Rennt wie die Hasen!«

Das lassen sich die meisten nicht zweimal sagen und aus dem geordneten Rückzug wird eine heillose Flucht. Hoffentlich würden alle an der nächsten Baumgruppe Stellung beziehen. Sonst gibt es ein Gemetzel. Außerhalb einer Formation gibt es kaum etwas, das einen Reiter vom Angriff auf einfache Kämpfer zu Fuß abhält, erst recht nicht, wenn diese fliehen. Ich renne ebenfalls los. Mit dem schweren Eichenschild ist das allerdings leichter gesagt als getan und der Knauf meiner umgehängten Spatha knallt mit jedem Schritt gegen die Schildumrandung. Niemand will die Bäume als letzter erreichen. Wir treiben uns gegenseitig an. Ich wage nicht, zurückzublicken. Wie nah die Ungrer wohl schon sind? Ihr lautes Johlen und Brüllen ängstigt mich zu Tode. Erst als ich die kleine Baumgruppe erreiche, bemerke ich erneut die verwundeten Kameraden, die sich langsam hinterherschleppen. Sie werden es kaum schaffen. Mangold nimmt diese Opfer wissentlich in Kauf und der Jagdtrieb der Ungrer ist geweckt.

Doch spüre ich den wahren Schmerz erst, als ich unter diesen Verwundeten plötzlich jemanden entdecke, den ich gut kenne: Wolco schleppt sich blutend voran und blickt flehend in unsere Richtung.

»Mangold!«, rufe ich unserem Anführer zu. »Wolco ist unter den Verwundeten.« Und natürlich möchte ich auch unsere thuringischen Kameraden nicht einfach so abschlachten lassen. Jedoch hoffe ich, Mangold mit Wolcos nahem Ende zu einer Rettungsaktion bewegen zu können.

»Ich weiß«, antwortet er kalt.

»Wenn wir jetzt rasch vorrücken, können wir uns gemeinsam mit ihnen zurückziehen.« Doch Mangold reagiert nicht. Sein Kamerad würde sterben. Und ich bin überzeugt, dass Mangold nichts lieber täte, als Wolco und die anderen zu retten. Aber heute geht es um alles oder nichts. Wenn wir heute siegen, wären wir die Ungrer für immer los. Rücken wir jedoch erneut vor, um unsere Freunde zu retten, macht dies die Ungrer skeptisch und unser ganzer Plan wäre umsonst.

»Rückzug!«, brüllt Mangold mit gebrochener Stimme. Meine Brust möchte zerspringen vor Schmerz und Hilflosigkeit. Mit erhobenen Schilden bewegen wir uns so rasch wie möglich rückwärts. Immer weiter und weiter zurück über das Feld, weg von der schützenden Baumgruppe. Erneut erreichen uns Dutzende todbringende Pfeile. Ich verliere unsere zurückgelassenen Kameraden aus den Augen. Stattdessen höre ich plötzlich ihre schmerzerfüllten Hilferufe und Schreie. Plan hin oder her. An Wolcos Stelle, würde ich mich und alle anderen verfluchen. Und mit jedem Schrei scheint sich ein Teil meiner Seele für immer zu verabschieden. Uns würde wohl jegliche paradiesische Errettung im Jenseits verwehrt bleiben. Zurück, immer weiter zurück bewegen wir uns. Bald schon würde uns Mangold erneut ein größeres Stück zurückrennen lassen. Ich spüre meine Schritte schon gar nicht mehr. Die Schmerzen in meinen Gelenken, der Terror durch die endlos herabschießenden Pfeile, das Keuchen und Stöhnen meiner Kameraden und die Befehle Mangolds scheinen weit entfernt.

»Verdammt!«, fluche ich laut. Ein schmerzhaftes Stechen in meinem Schildarm holt mich augenblicklich in die Realität zurück. Ein ungrischer Pfeil schlug so heftig in meinen Schild, dass die Spitze eines der Eichenbretter durchdrang und meinen linken Arm verletzte. Nach dem ersten Innehalten landete ich wieder in der ersten Kampflinie, wodurch ich niederknien kann, ohne einen Vordermann zu behindern. Ich stütze den schweren Schild auf die Erde und entlaste so meinen Arm. Mein Schwert lege ich ab, um vorsichtig den verletzten Arm aus der Schlinge des Schilds zu befreien. Der Pfeil saß nicht tief. Und bereits durch das Loslassen des Griffs lässt sich das scharfe Rautenblatt des ungrischen Pfeils aus dem Fleisch ziehen. Der Schild hat die Wucht des Einschlags zum Glück größtenteils aufgefangen. Indem ich mit einem schnellen Hieb meines Saxes den Pfeilschaft durchtrenne, kann ich die Spitze im Innern des Schildes herausziehen und Schild und Schwert schließlich wieder kampfbereit aufnehmen.

Ich muss so schnell wie möglich zurück in die Kampflinie, sonst wäre ich ein gefundenes Fressen für diese reitenden Bastarde. Doch als ich zurückblicke, packt mich die schreckliche Erkenntnis, dass Mangold offenbar erneut den Befehl zum fluchtartigen Rückzug gegeben hat und ich nun allein auf dem Feld zurückgeblieben bin. Jetzt spielt es keine Rolle mehr, wie ich den Schild halte. Sobald die Ungrer auf meiner Höhe wären, würden sie mich von allen Seiten beschießen oder einfach niederreiten. Nun zählt allein die Geschwindigkeit. Beflügelt durch die Todesangst, von einem Pfeil oder Schwert im Rücken getroffen zu werden, renne ich so schnell ich kann auf Mangolds Kampflinie zu, die hoffentlich bald ebenfalls wieder zum Stehen kommen wird.

Der Schmerz in meinem Schildarm ist völlig vergessen. Vielmehr spüre ich die Kraftlosigkeit in meinen Beinen. Ein Pfeil verfehlt mich nur knapp. Ich renne immer weiter und weiter. Soll ich den schweren Schild einfach fallenlassen? Das warme Blut aus der Wunde mischt sich mit dem kalten Schweiß, der aus jeder Pore meiner Haut drückt. Ich kann nicht mehr! Warum gibt Mangold nicht endlich den Befehl, stehenzubleiben? Hinter mir höre ich immer lauter das Getrappel hunderter Hufe. »Wartet auf mich«, keuche ich verzweifelt; zu leise, als dass mich jemand hört. Zum Schreien fehlt mir der Atem. Die Kampfgruppe der Suaben und Thuringer vor mir zieht sich immer weiter auseinander und nicht alle vermögen mehr schrittzuhalten. Das kann nur eines bedeuten: Mangold hat die Kontrolle verloren und aus dem vorgegebenen Weglaufen ist eine panische Flucht geworden. Niemand würde sie mehr rechtzeitig in Formation bringen können. Sie sind verloren. Die Ungrer haben von nun an leichtes Spiel. Ich wage keinen Blick zurück. Möge mein Ende plötzlich und schnell sein!

Cap. V

Lancea sancti Mauritii

Ich spüre das Trampeln der Pferde, rieche förmlich den nahenden Tod. Die Erde bebt, mein Herz pocht stechend in meiner Brust. Das Atmen fällt mir immer schwerer. Warum verbringe ich die letzten Augenblicke meines Lebens auf der Flucht? Sterben werde ich ohnehin. Besser ich gehe mit dem Schwert in der Hand und einem Pfeil in der Brust zu Boden, als dass ich jämmerlich durch einen Schwertstreich im Rücken verrecke.

Dass ich irgendeinen dieser Teufel mitnehmen könnte, erwarte ich ebenso wenig, wie dass ich sie durch meinen naiven Mut beeindrucke. Und ich brauche mich vor dem sicheren Tod auch nicht zu fürchten. Doch als ich meine Spatha ziehe und mich laut brüllend gegen den Feind wende, erschlafft augenblicklich jegliche Kraft in meinen Armen. Meine Stimme erstirbt ob der schrecklichen Streitmacht, die über die Ebene donnert. Niemals hätte ich gedacht, dass die Ungrer eine solch gigantische Zahl an Reiterkriegern aufbieten könnten. Bald schon werden sie meine Position erreicht haben. Den Hügel im Rücken, würde ich gleich einen unbedeutenden und sinnlosen Tod sterben. Immer heftiger bebt die Erde, die wendigen ungrischen Pferde zertrampeln das brache Feld und schleudern Erdklumpen durch die Luft. Meine Augen auf den nächsten Ungrer gerichtet, meine Spatha nun wieder kampfbereit erhoben, renne ich los.

Der Ungrer direkt vor mir zügelt beinahe zeitgleich sein Pferd. Habe ich ihn mit meinem Mut beeindruckt? Dann bemerke ich, wie plötzlich auch alle anderen Krieger langsamer werden. Einige versuchen gar, mit ihren Pferden zu wenden, werden jedoch von den nachfolgenden Kriegern daran gehindert. Ihre Blicke richten sich allerdings nicht auf mich. Vielmehr scheint hinter mir etwas zu geschehen. Die Pferde der Ungrer kommen nun fast alle zum Stillstand und auch ich renne nicht mehr, sondern versuche zu verstehen, was los ist.

Auf der Kuppe des Hügels, an dessen Abhang ich mich noch immer befinde, nähert sich ein einzelner Reiter mit einer das Sonnenlicht grell reflektierenden Lanze. Der prächtig gekleidete Krieger reckt die Waffe empor und aus der Ferne erklingen unverständliche Kampfrufe. Das kann nur eines bedeuten: Das königliche Heer ist eingetroffen! Entlang der gesamten Anhöhe erscheinen Lanzenspitzen sowie einige Feldzeichen, darunter eines mit dem Bildnis des Erzengels Michael. Möge er das göttliche Volk vor den teuflischen Heerscharen beschützen. Dann sind auf und ab hüpfende Helme zu erkennen, schließlich zeichnen sich am Horizont hunderte aufwendig gerüstete Reiterkrieger ab.

Die Ungrer sind nun alle zum Stehen gekommen. Das neuerliche Hufgetrappel und das Beben in der Erde stammen nun von den Schlachtrössern der königlichen Streitmacht. Erneut reckt der Mann an der Spitze seine

Lanze empor und nun verstehe ich auch den Kampfruf:
»Heinrich!«

König Heinrich persönlich führt seine Truppen in die Schlacht. In seiner Hand führt er die heilige Lanze des Mauritius. Dass er trotz Krankheit hier und jetzt an vorderster Front erscheint, stärkt nicht nur meinen Kampfeswillen, sondern entlockt auch allen anderen Kriegern seines Heeres eine ungestüme Kraft. Immer wieder dringen markerschütternde Kampfrufe aus unzähligen Kehlen. Es müssen abertausende kampfhungrige Krieger sein, die hinter dem Hügel auf ihren vernichtenden Einsatz warten. Und immer wieder ist deutlich der Name ihres obersten Herrn zu hören. »Heinrich! Heinrich!«

Die berittenen Krieger in den vordersten Reihen ordnen sich angesichts des Feindes furchtlos zur undurchdringlichen Mauer. Dann setzt die legendäre schwere saxonische Panzerreiterei in geschlossener Linie zum Sturm auf die teuflischen Heerscharen der Ungrer an. Und ich stehe mittendrin.

Erst traben die eisernen Saxonen in disziplinierter Formation den Hügel hinab, unter ihnen auch der König. Erste ungrische Pfeile zischen gegen die neue Bedrohung, doch die Panzerreiter heben wie aus einer Hand ihre Schilde, sodass nur wenige dieser tödlichen Geschoße ihre Ziele treffen. Dennoch straucheln erste Pferde und sacken zu Boden, werfen ihre Reiter ab. Ich befürchte bereits gefährliche Breschen in der Kampflinie, bevor sie die Ungrer überhaupt erreicht haben. Doch die disziplinierten königlichen Truppen schließen sofort jede Lücke und gehen nun zur Attacke über. Unter den Ungrern verbreitet sich immer mehr Unruhe und erste unter ihnen versuchen, umzukehren.

»Tötet sie alle!«, brüllt einer der Reiter aus der ersten Reihe und die Panzerreiter heben ihre Lanzen über die Köpfe und galoppieren todbringend gegen die Ungrer.

»Für den König!« und »Saxonia!«, ertönen aus aller Munde Kampfrufe. Es gibt kein Zurück mehr. »Sankt Michael!« Der König befindet sich inmitten seiner Truppen und streckt immer wieder die heilige Lanze gen Himmel. »Mauritius steh' uns bei!«

Einige Ungrer in den vordersten Reihen erkennen, dass es aufgrund ihrer nachrückenden Brüder unmöglich sein würde, zurückzureiten. Sie setzen zum Galopp auf die saxonischen Reiter an. Pfeile um Pfeile schnellen von Bogensehnen, bringen immer mehr von Heinrichs Krieger zu Fall und schließlich greifen auch die Ungrer zu ihren Blankwaffen. Die ungrischen Schwerter sind lang und leicht gebogen und im Kampf zu Pferd kaum zu übertreffen. Ich versuche, so gestreckt wie möglich dazustehen, um von den eigenen heranstürmenden Kriegern gesehen zu werden und offenbare den Ungrern meine rechte Schulter. Dadurch biete ich eine kleinere Angriffsfläche und meine Leute würden mich hoffentlich nicht niederreiten.

Eine regelrechte Walze rollt auf mich zu. Die Saxonen würden mich zuerst erreichen. Ich schließe die Augen und bete zitternd darum, diesen Ansturm zu überleben. Alles um mich herum bebt. Schwere Hufschläge klappern über den Erdboden, Pferde wiehern, Männer brüllen ihre Kampfrufe. Dann, als fegte eine gewaltige Windböe über mich hinweg, galoppieren die Saxonen vor und hinter mir vorbei. Der Geruch von Pferden und frischer Erde umgibt mich. Ich wage nicht, meine Augen zu öffnen, aus Angst, ich würde mich vor Schreck zu stark vor- oder zurückbeugen. Plötzlich trifft mich etwas Hartes am Rücken. Ich versuche angestrengt unbewegt an Ort und Stelle zu verharren, höre das Schnauben der Pferde. Pferdesabber spritzt in mein Gesicht. ›Stehenbleiben, stehenbleiben, ganz ruhig‹. Am liebsten würde ich laut herausschreien. Wann wäre dieser Ansturm vorüber? Immer wieder werde ich vom Sattelzeug oder vom Schweif eines Pferds gestreift, spüre den Luftzug der Angreifer. Noch immer ist die Welle an Panzerreitern nicht vorüber. Wie viel Glück wäre mir wohl noch vergönnt?

Mit einem Mal weicht das Pochen, Beben und Schnaufen einem regelmäßigen Schlagen von Holz auf Holz und neuerlich werden Kampfrufe laut. Ich öffne die Augen just in dem Moment, als zu meiner Rechten ein grausames Handgemenge beginnt. Pferde krachen knochensplitternd und blutspritzend aufeinander. Schwerter treffen auf eiserne Helme, Speere fahren dumpf in die Körper der nur teilweise mit Lamellenpanzern geschützten Ungrer. Das grausame Schreien verstümmelter Pferde mischt sich mit dem wuterfüllten Brüllen und Fluchen verwundeter Krieger. Ich kann im Durcheinander und vom Boden aus kaum etwas erkennen, doch würden sich die Ungrer sicher nicht zu lange auf einen Kampf mit Blankwaffen einlassen. Jene, die sich für den Zweikampf opferten, würden den hinteren Rängen die notwendige Zeit verschaffen, um im weiten Bogen zurückzureiten. Diese Teufel haben die Vorteile eines Reiters mit jenen der Bogenschützen zu einer schrecklichen Fähigkeit perfektioniert. Sie schießen selbst im vollen Galopp in alle Richtungen, sogar nach hinten. Und tatsächlich sehe ich bereits wieder ungrische Pfeile herabregnen. Was gäbe ich jetzt für meinen Schild!

Zu meiner Linken wird das energische Pochen immer lauter. Der Heerbann naht. Alle wehrfähigen Männer der Thuringia ab 13 Jahren mussten dem königlichen Ruf zu den Waffen folgen. Hinzu kommen wohl unzählige aus der Saxonia. Auf breiter Front marschieren sie vorwärts und schlagen mit ihren Speeren gegen die Schilde. Vor ihnen erkenne ich mit großer Erleichterung meine Kampfgefährten unter Mangolds Kommando. Und auch Liuthar dürfte nicht weit entfernt sein. Bestimmt hat er sich den thuringischen Kämpfern angeschlossen oder führt sie jetzt gar an.

Auf ihrer Flucht sind meine Kameraden vermutlich den vorrückenden Truppen des Königs begegnet und konnten gar nicht anders, als sich wieder einzureihen. »Heinrichs Plan hat funktioniert«, zwinge ich mich immer wieder laut vor mich herzusagen. Und in der Tat haben sich die ungrischen Streitkräfte herauslocken lassen und wurden schließlich von einer Wand aus Eisen empfangen. Bereits trotten einige reiterlose Pferde ins Freie und das verzweifelte Wimmern sterbender Krieger erfüllt die Luft. Die Ungrer werden immer weiter zurückgedrängt. »Wir werden siegen.«

Ich überlege gerade, ob ich meinen Freunden entgegenlaufen soll, oder ob dies letzten Endes gar als Feigheit missinterpretiert würde, da bemerke ich etwas, das mir das Blut in den Adern gefrieren lässt. Zu beiden Seiten des Schlachtgemenges lösen sich Gruppen von ungrischen

Reiterkriegern. Würden sie den saxonischen Panzerreitern gleich in den Rücken fallen? Der Heerbann wäre kaum rechtzeitig als Entlastung zur Stelle.

Offenbar erkennt auch der König die Gefahr, worauf er sich mit einigen ausgewählten Kriegern seiner Hausgarde aus dem Nahkampf im Zentrum löst und mit der Heiligen Lanze Präsenz zwischen Reitern und Heerbann markiert. Ich zögere nicht und packe die blutverschmierten Zügel eines herrenlosen Pferds, um mich dem König anzuschließen. Auch in die nur spärlich gerüsteten und bewaffneten Reihen des Heerbanns kommt nun verstärkt Bewegung. Im Laufschritt eilen sie zur heiligen Lanze. »Heinrich!«»Sankt Mauritius!«

Ihnen voraus laufen nun Warsind, Sintwart, Snato und Matheus, während Mangold darum bemüht ist, alle seine Krieger beisammenzuhalten. Ich reite ihnen ein Stück entgegen und tatsächlich zeigt des Königs Manöver Wirkung. Die Ungrer, die unseren Reitern eben noch in den Rücken fallen wollten, wenden ihre Pferde. Dabei fällt mir an der linken Flanke jedoch eine kleine Gruppe auf, die nicht direkt zu den Wäldern zurückreitet wie alle anderen, sondern einen Bogen entlang der Unstruod schlägt.

Ich nutze meinen Vorteil auf dem Pferderücken, um noch drei weitere Reittiere einzufangen. Was ich mir unkompliziert vorgestellt habe, erweist sich als Herausforderung, denn die gut trainierten Kriegspferde lassen sich zwar gut einzeln oder in einer Reihe führen, aber reagieren völlig unerwartet, wenn sie gleichzeitig von derselben Hand geführt werden und sich dadurch als Konkurrenz wahrnehmen. Zum Glück erreichen mich bereits Warsind und die anderen: »Rasch, Warsind, wir suchen deinen Sohn.« Und mit meiner Hand zeige ich auf die Gruppe Ungrer, die bereits weit entfernt der Unstruod folgt und nun Richtung Wald schwenkt. »Die Bastarde sind auf Beute aus.«

Sintwart und Warsind steigen auf. Matheus zögert erst, doch als ihm Snato zu verstehen gibt, dass er an Mangolds Seite bleiben wird, steigt auch mein Freund Matheus auf und zu viert preschen wir auf den Pferden los. »Viel Glück«, ruft Snato hinterher und ich sehe aus dem Augenwinkel, wie er einen Pfeil aus seinem Köcher holt und vermutlich einen der Ungrer anvisiert, die es hinter die Schlachtlinie geschafft haben. Der König hat sich längst wieder ins Kampfgeschehen gestürzt und als wir hinter der Kampflinie ins Freie hinausreiten, erkenne ich erst das Ausmaß der Falle, die wir den Ungrern gestellt haben. Das gegenseitige Schlachten hat sich längst zu Ungunsten der Ungrer auf die Ebene hinaus verschoben und an der Stelle des ersten Aufeinandertreffens erkenne ich unzählige tote Ungrer und Pferdekadaver. Viele jener Ungrer, die sich Richtung Wald zurückziehen, können auch nicht mit ihren Bogen auf unsere Linie schießen, da sie sonst Gefahr laufen, ihre Kameraden zu töten.

Der ungrische Angriff ist gebrochen und unsere Panzerreiter treiben ihre Streitmacht erbarmungslos zurück. Ein Großteil ihrer Krieger konnte dank der leichten, schnellen Pferde bereits einen sicheren Abstand gewinnen und so ist es wieder Heinrich, der siegessicher mit der Heiligen Lanze voranstürmt und seine Panzerreiter zur Verfolgung anspornt. Doch geraten unsere Krieger zunehmend unter

Beschuss durch die Ungrer, die ihre Pfeile selbst im vollen Galopp zielsicher nach hinten gedreht von den Sehnen ihrer Reflexbogen schnellen lassen.

Hinter der Reiterei schwärmt der Heerbann über das blutgetränkte Feld, tötet verwundete Feinde und jubelt bereits siegessicher über den fliehenden Feind. Doch wir würden das vermutlich baldige Ende dieser Schlacht nicht mehr mitkriegen. Es bleibt uns nun nicht mehr viel Zeit, das richtige ungrische Lager zu entdecken und Sintwarts jüngeren Bruder Fridpert zu finden, sollte er noch leben. Ich weiß nicht, woher diese Vorahnung kommt, aber die Ungrer, denen ich mit den anderen so überstürzt folge, scheinen mich an ebendiesen Ort zu führen.

Im Wald verlieren wir plötzlich die Spuren der ungrischen Pferde. Aber wir geben keinesfalls auf. Langsam kämpfen wir uns durchs Geäst, suchen nach Hinweisen und Spuren. Selbst hier zwischen den Bäumen ist der Kampflärm der Schlacht noch zu hören. Rufe und Schreie, das Krächzen der Krähen, die sich aus den Baumwipfeln über uns aufmachen, um sich an den Kadavern zu laben.

Dann endlich nehmen wir vor uns ein Stimmengewirr wahr, das nicht mehr Teil der Schlacht sein kann. Ich gebe meinen Kameraden zu verstehen, dass wir von nun an besser zu Fuß weitergehen, steige vorsichtig ab und schleiche durch das Unterholz voran. Der Wald, die fremde Sprache und die Anspannung in meinem Innern werfen mich gedanklich sieben Jahre zurück, als ich mich mit Matheus, Maia und dem seligen Liubman an ein ungrisches Lager in der Alsaza anschlich, um meine Anna und die anderen Geiseln zu retten. Damals kamen uns die Krieger des

Hirminger und ein Aufgebot aus der Alsaza rechtzeitig zu Hilfe. Doch hier und jetzt sind wir auf uns allein gestellt. Niemand weiß, wo wir sind und vermutlich würden wir gar bestraft, da wir uns inmitten der Schlacht eines feindlichen Lagers bemächtigen wollen, statt unseren Brüdern beizustehen.

Die Stimmen werden lauter und zwischen einigen gefällten Bäumen sehe ich eine Gruppe gefesselter Frauen und Männer. Auch wenn hier wohl kaum Gold und Silber zu finden wäre, hat mich meine Intuition tatsächlich zu einem Lager mit Gefangenen geführt. Hoffentlich ist Fridpert unter ihnen. Ich will den anderen gerade flüsternd erklären, dass wir womöglich unbemerkt an die Gefangenen herankämen, als hinter uns plötzlich ein verärgertes Schnauben und Wiehern von einem unserer zurückgelassenen Pferde zu hören ist. Bestimmt hat eines nach dem anderen geschnappt. ›Verfluchte Streitrösser, stehen der Arroganz ihrer Herren kaum nach.‹

Augenblicklich verstummen die Stimmen vor uns und Bewegung kommt ins Lager. Ich eile vorwärts, die anderen hinterher. Wir sind noch immer versteckt, aber die Ungrer wissen nun, dass sie nicht allein sind. Und in all der Aufregung geschieht das Schlimmste, womit überhaupt zu rechnen war. Gerade als ich zwischen dem Blattwerk einen freien Blick aufs Lager erhasche, sehe ich, wie fünf der Geiseln auf der frischen Lichtung vor uns von ungrischen Schwertern niedergestreckt werden. Blut spritzt und mit zusammengebundenen Händen sacken sie in sich zusammen.

»Fridpert!«, schreit Warsind mit voller Kraft und rennt entgegen aller Vernunft los, mitten ins ungrische Lager.

Cap. VI

Adalwolf

»Vater!«, stürmt nun auch Sintwart los. Matheus und mir bleibt keine Wahl, als ebenfalls mit gezogenen Schwertern loszurennen. Als wir die Lichtung erreichen, liegt bereits ein blutender Ungrer zuckend am Boden und Warsind liefert sich einen heftigen Kampf mit einem weiteren Krieger. Wir eilen ihm zu Hilfe, doch auch die übrigen Ungrer haben verstanden, dass sie angegriffen werden und attackieren uns heftig. Den gesattelten Pferden nach zu urteilen, wollten sie gerade aufbrechen und als sie ein Geräusch im Wald hinter sich hörten, fürchteten sie womöglich Opfer ihrer eigenen Geiseln zu werden, worauf sie begannen, diese zu töten. Ein Pfeil verfehlt mich nur knapp und ich spurte nach vorn, um dem Schützen meine Spatha durchs Gesicht zu ziehen. Doch ein kräftiger Ungrer springt mir in den Weg und ein erbitterter Nahkampf zwischen uns und einer Überzahl an Feinden entbrennt.

Das Überraschungsmoment hat bereits zwei Ungrer das Leben gekostet, doch jetzt sind wir es, die sich schnellen Schwerthieben und wütenden Angriffen erwehren müssen. Warsind nimmt es mit zwei Gegnern gleichzeitig auf, während Sintwart und Matheus Rücken an Rücken versuchen, jegliche Hiebe zu parieren. Der Ungrer vor mir drängt mich mit kräftigen Hieben zurück. Ich muss standhalten. Für meine Frau, für meine Kinder. Doch es ist zwecklos. Mir gelingt kein einziger Hieb oder Stoß. Mein Gegenüber hat mich völlig in die Defensive getrieben. Es ist nur noch eine Frage der Zeit, bis entweder meine Kraft nachlässt oder mir ein fataler Fehler unterläuft. Zu allem Unglück verliere ich plötzlich das Gleichgewicht. Ein Ast muss mir zwischen die Füße geraten sein und als ich rückwärts taumle, schlägt der Ungrer so heftig zu, dass mein jämmerlicher Abwehrversuch dazu führt, dass ich mein Langschwert verliere. Er hat es mir einfach aus der Hand geschlagen. Ich erwarte mein Ende. Hoffentlich schaffen es zumindest meine Freunde.

Gerade als der Ungrer mir den Rest geben möchte, wird er so heftig in die Seite gerammt, dass er den Boden unter den Füssen verliert. Einer der gefesselten Gefangenen hat sich mit voller Kraft auf ihn gestürzt und rollt nun hilflos zur Seite. Ich nutze die Gelegenheit, zücke meinen Sax und krieche auf den Knien zum nur wenige Ellen entfernt liegenden Ungrer. Dieser will sich gerade aufrichten, als er mich sieht. Verzweifelt tritt er mit dem Fuß gegen mein Gesicht, verfehlt mich knapp und versucht nun mit seiner Schwerthand nach seiner Waffe zu greifen. Im letzten Moment kriege ich seine Hand zu fassen und ziehe mich näher zu ihm heran. Doch statt sich loszureißen, drückt der hünenhafte Ungrer so stark zu, dass ich befürchte, er zerquetsche mir sämtliche Fingergelenke. Entgegen jeglicher Intuition stütze ich mich auf meine schmerzende linke Seite und mit letzter Kraft stoße ich mit meiner Rechten den Sax nach vorne gegen seinen Oberkörper.

Die Anspannung in seinem Arm lässt sofort nach. Zwar habe ich seine Brust verfehlt, aber durch das Hochreißen meines frisch geschärften Kurzschwerts habe ich den Hals des ungrischen Kriegers geöffnet. Pulsierend spritzt frisches Blut über meine Hand und meinen Arm.

Ich rapple mich auf, denn bestimmt würde mich gleich der nächste Feind bestürmen. Einige der Ungrer hatten nämlich gar nicht erst eingegriffen, sondern das letzte Raubgut über die Rücken der Pferde geworfen. Vermutlich gingen sie davon aus, dass wir ein leichtes Spiel für den Hünen und seine Freunde wären. Doch nun zählt jeder Wimpernschlag. Der Gefangene, der mir das Leben gerettet hat, liegt auf dem Bauch. Rasch durchtrenne ich den Strick um seine Handgelenke. Als er sich umdreht, blicke ich niemand geringerem als Fridpert ins Gesicht.

Wie klein war die Wahrscheinlichkeit, dass wir gleich im ersten Lager auf die Gefangenen treffen würden. Wir verlieren kein Wort. Stattdessen eile ich Warsind zu Hilfe, während Fridpert meine Spatha vom Boden aufliest und damit beginnt, die übrigen Gefangenen zu befreien.

Als die Ungrer dies bemerken, sind sie es plötzlich, die sich zurückdrängen lassen. Gegen uns und gegen eine wütende Horde Gefangener, die während Tagen ihrer Willkür ausgeliefert waren, kämen sie wohl nicht mehr an. Jene bei den Pferden schwingen sich in die Sättel und fliehen. Die in den Kampf verwickelten Krieger blicken sich hilfesuchend um, doch würde ihnen nun niemand mehr helfen und von uns hätten sie bestimmt keine Gnade zu erwarten.

Warsind vermag immer noch beide Krieger in Schach zu halten, doch da die beiden nun einen schnellen Sieg brauchen, um fliehen zu können, werden ihre Hiebe immer schneller und aggressiver. Bald hätten sie Warsinds Abwehr überwunden. Doch dabei vergessen sie alles um sie herum, so auch ihre Deckung, weshalb ich den Ungrer zu Warsinds Rechten problemlos mit meinem Sax niederstrecke. Der verbliebene Krieger sieht sich nun zwei Suaben gegenüber und in der verzweifelten Hoffnung, verschont zu werden, springt er einen Schritt zurück und hebt flehend sein Schwert in die Höhe. Aber Warsind tritt vor und rammt ihm ohne Zögern sein Langschwert in den Bauch. Sintwarts und Matheus' Gegner hauchen ihre Leben ebenfalls an den Klingen meiner Freunde aus, während die verbliebenen Ungrer in wilder Panik fliehen. Dieses Verhalten überrascht mich sehr. Bislang habe ich nicht erlebt, dass diese Krieger ihre Kameraden zurücklassen, geschweige denn quasi kampflos die Flucht ergreifen. Gingen sie von einem schnellen Sieg aus? Rechneten sie mit unvorbereiteten Bauern wie damals in der Suabia? Zufrieden blicke ich den fliehenden Ungrern nach. Dies ist eine späte Genugtuung für die vielen Toten vor sieben Jahren, allen voran Jacob und Liubman.

Die noch viel größere Belohnung ist jedoch die Wiedervereinigung Fridperts mit Vater und Bruder. Wie ich auch, haben wohl beide nicht mehr ernsthaft damit gerechnet, Sintwarts jüngeren Bruder lebend wiederzufinden. Sein Aussehen und seine jugendliche Kraft dürften ihm das Leben gerettet haben. Die Ungrer hätten auf einem Sklavenmarkt im Osten vermutlich einen hübschen Preis für ihn verlangen können. Warsind schließt seinen Sohn fest in die Arme und Sintwart klopft seinem Bruder mit Tränen in den Augen auf den Rücken.

Die befreiten Geiseln machen sich über die getöteten Ungrer her und bewaffnen sich. Ansonsten macht das Lager nicht viel her. Vermutlich wäre andernorts deutlich mehr zu holen gewesen. Aber wir werden weder die Ungrer verfolgen noch nach anderen Lagern suchen. Wir machen uns auf zurück zu unseren Pferden und dann an die Unstruod.

Auf dem Hügel, an dessen Hang ich heute beinahe mein Ende gefunden hätte, ist nun das Feldzeichen mit dem heiligen Michael zu sehen. Vermutlich würde der König mit seinen Kriegern die kommende Nacht dort oben verbringen – also symbolisch das Schlachtfeld behaupten – und somit den Sieg rechtmäßig für sich beanspruchen. Von Heinrich ist nichts zu sehen, doch erkenne ich in der Ferne kleinere Gruppen Panzerreiter, die aus den umliegenden Wäldchen zurückkehren. Es scheint ganz so, als wären die Ungrer vertrieben.

Das Schlachtfeld ist übersät mit toten und verwundeten Kriegern und Pferden. Ich weiß nicht, was schlimmer ist; das Wimmern sterbender Männer oder die Schreie jener wehrlosen Kreaturen, die noch unfreiwilliger in diesen Kampf getreten sind als ihre Reiter.

Während Warsind seinen Sohn Fridpert über die Unstruod zurück in unser Lager bei Riade führt, machen Matheus, Snato, Sintwart und ich uns auf, um nach Mangold und unseren Kampfgefährten aus Constantia zu sehen. Auch Liuthar habe ich seit dem Ansturm der Panzerreiter nicht mehr zu Gesicht bekommen. Bestimmt würde er sich für seine Aktion nun stolz als einer der Anführer der stolzen Thuringer präsentieren können und gegenüber Adalwolf hat er seinen

Wert mehr als nur bewiesen, was auch immer zwischen den beiden steht.

Plötzlich kündigen laute Jubelrufe die Rückkehr des Königs an. An seiner Seite reiten weitere prächtig gerüstete Krieger, vermutlich Anführer seiner Truppen. Doch als sie näherkommen, erkenne ich darunter weder Mangold noch Liuthar. Dagegen reitet der Saxone Adalwolf zu des Königs Rechten. Auf dem Hügel angekommen wendet Heinrich sein stolzes Kriegsross und reckt die heilige Lanze kraftvoll in die Luft, worauf die Jubelrufe erneut anschwellen.

»Fridpert«, hören wir plötzlich Mangolds Stimme. An der Spitze unserer Brüder aus Constantia gehört er zu den Kriegern, die im Gefolge des Königs siegreich aus dem Wald zurückgekehrt sind. »Ich bin erleichtert, dich wohlauf zu sehen.« Fridpert nickt Mangold lächelnd zu. Seine Krieger haben heute Außerordentliches vollbracht. Ob dies auch andere so sehen, bleibt jedoch dahingestellt.

Weiter im Zentrum sind die Krieger aus dem thuringischen Heerbann zu sehen, allerdings kann ich nirgends Liuthar erkennen. Mangold beantwortet meine Frage, noch bevor ich sie stelle: »Liuthar und seine Thuringer sollten die linke Flanke des königlichen Heers sichern, wobei sie unter heftigen Beschuss durch die berittenen Bogenschützen gerieten. Trotz hoher Verluste kämpften sie sich über das offene Feld bis in den Wald vor. Wir folgten ihnen, doch ohne Pferde war es unmöglich, die Feinde zu vertreiben. Währenddessen sah ich Adalwolf und seine Saxonen auf direktem Weg Richtung ungrisches Hauptlager reiten. Ich will nicht wissen, was sie dort alles erbeuteten, während wir ums Überleben kämpften. Liuthar hat es leider nicht geschafft. Die letzten Ungrer zogen sich erst zurück, als die königlichen Panzerreiter zurückkehrten. Der Sieg gehört uns, aber zu einem hohen Preis und die meisten unserer Feinde konnten entkommen.«

Ich kann es nicht fassen! Wir haben nicht nur überlebt, wir haben gesiegt. Doch überwiegen mit jedem weiteren ruhigen Augenblick Trauer und Wut. Obwohl mir klar war, dass viele von uns diesen Tag nicht überstehen werden, trifft mich die Nachricht von Liuthars Tod besonders. Er hat sich als treuer, kampfstarker Freund und Verbündeter, als fähiger, führungsstarker Anführer und für unsere Sache als unerwartetes Geschenk bewiesen. Umso wütender macht mich Adalwolfs Gehabe an Heinrichs Seite. Der König überreicht ihm vor aller Augen eine prächtige Silberkette. »Das ganze Reich steht in Eurer Schuld, meine tapferen Krieger! Ihr brachtet uns Frieden. So schnell werden wir die Ungrer nicht mehr sehen«, verkündet König Heinrich. Die Krieger jubeln. »Ich werde augenblicklich nach Meresburg aufbrechen, um Gott für diesen großen Sieg zu danken.« Dann zieht er sich zurück und überlässt das Schlachtfeld seinen Kriegern. Vermutlich ist der König noch immer geschwächt von seiner Krankheit.

Als der König mit seinem Gefolge und einer nicht unbeträchtlichen Menge an erbeuteten Kisten, Fässern und Säcken abgezogen ist, helfe ich meinen Freunden, die Verwundeten zurück nach Riade zu schaffen. Dieser Tag wird von den Chronisten, wie ich sie aus dem Kloster des heiligen Gallus kenne, wohl als einschneidendes Ereignis in Erinnerung gehalten werden. Aber dieser Sieg wurde teuer mit unseren Leben erkauft. Auf dem Rückmarsch nach Riade bin ich einfach nur froh, am Leben geblieben zu sein. Meine Schuld gegenüber dem Bischof von Constantia sehe ich damit als beglichen an und ich kann es kaum erwarten, zu meiner Familie an den Bodamansee zurückzukehren.

Samstag, 16. März 933

Die folgende Nacht war schrecklich. Wir haben viele unserer verwundeten Kampfgefährten und Freunde verloren und vermutlich würden noch einige weitere in den kommenden Tagen sterben und andere nie wieder am normalen Leben, geschweige denn an einer Schlacht teilnehmen können. Als ich es endlich schaffte, für einen kurzen Moment in die Dunkelheit der Nacht zu verschwinden, brachen die Tränen unaufhaltsam aus mir heraus. Mit letzter Kraft stützte ich mich gegen einen Baum. Die wenige Nahrung, die ich nach der Schlacht zu mir genommen hatte, düngte kurz darauf die Wurzeln des Baumes. Das alles war zu viel. Das Wimmern, das noch immer aus unserem Lager drang und jeder Gedanke an den vergangenen Tag sogen mir die letzte Kraft aus den Gliedern.

Doch es bleibt keine Zeit, die Wunden zu lecken. Als der Morgen anbricht, befiehlt Mangold unseren Aufbruch. An der Beute würden wir – falls überhaupt – ohnehin nur in beschämend kleinem Rahmen beteiligt. Der König und das Gros seiner sächsischen Panzerreiter dürften sich bei der Nennung der Truppen von Constantia lediglich an jene Männer erinnern, die ihnen beim Ansturm verängstigt entgegenrannten. Unsere eigentliche Leistung bleibt wohl ebenso unerwähnt wie der Umstand, dass wir selbst nach unserem hohen Blutzoll als Köder ebenso aktiv an der Schlacht teilgenommen haben. Die Thuringer hingegen befanden sich auch unter dem anstürmenden Heerbann, weshalb ihnen kaum eine heldenhafte Tat abgesprochen werden wird. Allerdings fehlt ihnen nach dem Tod Liuthars die Möglichkeit, diesen Sieg auszukosten und womöglich gar die Grundlage für ein eigenes Herzogtum zu schaffen. So werden die Thuringer wohl kaum in Erinnerung bleiben, geschweige denn wir. Die Sieger und jene mit den meisten Fürsprechern diktieren die Historia solcher Ereignisse.

Für Mangold dürfte diese Erkenntnis jedoch schwerer wiegen als für mich. Denn ich habe mit diesem blutigen Kampf meine Schuld dem Bischof von Constantia gegenüber erfüllt und freue mich jetzt auf Anna und meine zwei Söhne. Ich kann an nichts anderes mehr denken. Es erwarten uns nun mehrere Wochen des Fußmarsches zurück an den Bodamansee.

Cap. VII

Fabaria

Tage vergehen und immer wieder begegnen wir kleineren Kriegergruppen, die offenbar zu spät nach Norden aufgebrochen sind. So früh im Jahr wird üblicherweise nicht gekämpft. Viele der Wege sind durch das Schmelzwasser versumpft, Flussübergänge unpassierbar und Pässe noch zu gefährlich, um sie zu überqueren. Nicht minder staunen wir daher, als uns nach etwa zehn Tagen eine Gruppe Krieger begegnet, deren Bekleidung an die Bewohner der Alpes erinnert, die manchmal ihr Vieh an den Märkten am Bodamansee verkaufen. »Ihr seid zu spät«, witzelt Matheus. Wir hören diesen immergleichen Spruch schon seit Tagen, doch scheint er meinen Freund noch immer zu amüsieren. Fridpert zaubert er jedes Mal ein kleines Lächeln ins Gesicht. Der junge Kämpfer hat seit seiner Befreiung aus dem ungrischen Lager nicht viel gesprochen und Matheus lässt offenbar keine Gelegenheit aus, Warsinds Sohn aus seiner geistigen Einsamkeit zu befreien, und sei es nur für einen kurzen Augenblick.

»Alemannen«, spottet ein hochgewachsener Krieger von vierzig bis fünfzig Jahren. »Oder wie nennt ihr euch jetzt? Suaben, nicht wahr?« Der Spruch musste ja eine Reaktion hervorrufen. Doch Mangold ist es leid, immer wieder dieselben Unterhaltungen zu führen. Kann es Matheus nicht einmal bei einer gewöhnlichen Begrüßung beruhen lassen? Wir erwarten von Mangold wieder eine seiner üblichen Bestrafungen: ›Wer noch Kraft zum Reden hat, kann auch jagen‹, oder: ›Spar dir deine Stimme für die Nacht, denn du wirst heute mit den heulenden Wölfen Wache schieben‹. Aber der unbekannte Krieger bleibt stehen und packt Matheus an der Schulter: »Wir haben eure Grenze gegen Plünderer und Räuber aus dem Süden verteidigt. Pass besser auf, was du sagst.« Der Dialekt erinnert mich stark an Arbona, doch kenne ich ihn eher von den Wanderpriestern oder Magistern, die dem Lauf des Rîn entlang von den Alpes herkommend an den Bodamansee oder ins Kloster des Gallus gelangten.

Auch Mangold horcht auf. Denn drohte wirklich Gefahr an der Südgrenze, so wäre er dazu verpflichtet, alles in seiner Macht stehende zum Schutz von Constantia zu unternehmen. »Ihr kommt aus der Raetia?«, fragt Mangold und auch die anderen Krieger bleiben jetzt stehen. Der raetische Hüne nickt bloß. »Seid ihr die Männer des Herrn Waldo?« Der Raeter nickt erneut und ergänzt:

»Sehr wohl. Des Bischofs Krieger. Und mit wem spreche ich?«

»Mangold, Heerführer des Herrn Bischof Noting von Constantia.«

»Ich habe von Euch gehört«, antwortet der Raeter ohne Umschweife. Und es scheint über eine höfliche Floskel hinauszugehen, denn Mangold hat durch seinen Kampf gegen die Ungrer und sein Auftreten als bischöflicher Legat durchaus Bekanntheit erlangt. Doch sein Blick verrät, dass seine Aufmerksamkeit auch in anderer Weise geweckt wurde. »Mein Name ist Valerius.« Der Krieger betrachtet unsere erschöpften Gesichter, blickt zu unseren Verwundeten und fährt dann fort: »Wie mir scheint, hat bereits ein Kampf stattgefunden?«

»In der Tat«, antwortet Mangold und versucht dabei so wenig vorwurfsvoll wie möglich zu klingen. Auch ihn scheint der Name Valerius an etwas zu erinnern. »Die Ungrer rückten in großer Zahl südlich von Meresburg vor. Wir stellten sie bei Riade, am großen Fluss Unstruod«, erklärt Mangold, wohl wissend, dass diese Namen Valerius wohl nicht viel sagen werden. Ohnehin wurde ihm das Berichten in den letzten Tagen zu viel. Dass er überhaupt erzählt, liegt entweder am Raeter oder an der neuen Bedrohungslage aus dem Süden. Weiß er etwas darüber? Plagt ihn eine Befürchtung? Ich spüre Aufregung in mir hochsteigen. Wären Anna, Jacob und Marcus am Bodamansee sicher?

Valerius nickt nachdenklich. Ich schätze ihn als tapferen und fähigen Krieger ein, der den Kampf nicht scheut. »Wir hätten euch gerne beigestanden«, spricht der Raeter und ich glaube ihm. »Ich schicke drei meiner Männer weiter nach Norden, um dem König unsere Unterstützung zu zeigen und um ihm von den Entwicklungen im Süden zu berichten. Wir anderen kehren nach Hause zurück.«

»Was gibt es denn Neues aus der Suabia?«, fragt Sintwart ungeduldig, da Mangold bislang nicht nachgehakt hat. »Haben die Burgunder einmal mehr für Ärger gesorgt?«

Valerius schüttelt den Kopf: »Im Gegenteil. Längst hatte uns ein burgundischer Händler vor einer neuen Gefahr aus den südlichen Alpes gewarnt. Ihr Königreich soll erheblichen Schaden erlitten haben. Später hörten wir Ähnliches von Pilgern, die aus Italia zurückkehrten. Doch wir glaubten ihnen nicht.« Wir alle hängen an seinen Lippen. Was ist – abgesehen von den Ungrern – schrecklich genug, dass es selbst Suaben und Burgunder zu gemeinsamen Zielen verleitet?»Plötzlich tauchten sie auch auf den Passhöhen und in einigen Tälern der Raetia auf«, erzählt Valerius.»Und immer fiel der Name ›Saracenen‹.«

»Saracenen?«, fragt Matheus ungläubig.

Doch Mangold versteht sehr wohl wovon Valerius spricht:»Auch in Constantia habe ich schon von ihnen gehört. Sie rauben Pilger auf ihrem Weg nach Roma aus.«

»Und sie zögern auch nicht, dich zu töten, wenn sie nicht kriegen, was sie begehren«, stimmt Valerius nickend zu.»Unser Herr Bischof musste zahlreiche Krieger losschicken, um die gefährdeten Pässe und Straßen zu sichern. Und schließlich ist es uns gelungen, eine größere Gruppe dieser fremdländischen Bastarde einzukesseln.«

»Konntet ihr sie befragen? Gibt es noch mehr von ihnen?«

»Keiner hat überlebt«, antwortet Valerius augenblicklich.

»Dann muss es ein blutiger Kampf gewesen sein«, pflichtet ihm Mangold anerkennend zu.»Einem Gegner, der lieber ehrenvoll stirbt als sich zu ergeben, ist nicht leicht beizukommen.« Die Raeter werfen sich seltsam betroffene Blicke zu, einige grinsen zufrieden.

»Das war es, Herr Mangold, das war es«, sprudelt es aus ihrem Anführer hervor, der augenblicklich ergänzt:»Und natürlich sind wir darauf sofort nach Norden aufgebrochen.« Und hier sind sie nun. Die Geschichte hinterlässt bei mir ein unangenehmes Gefühl, aber ich bin froh zu hören, dass die Gefahr gebannt ist und ich mir keine Sorgen um meine Familie machen muss.

Dennoch versuche ich mir diese neuen Feinde vor Augen zu führen. Sogleich denke ich an die andersartigen Gesichtszüge und schmaleren Augenpartien der Ungrer. Wer weiß, ob ich diese neue Gefahr als solche erkennen würde. Mangold macht Anstalten weiterzumarschieren, sodass sich Valerius mit seinen Männern unserer Truppe anschließt. Drei seiner Männer ziehen nach Norden zum König.

Raetia Curiensis

Es vergehen weitere ereignisarme Tage, an denen ich nie zur Ruhe komme. Und das liegt nicht etwa am Marsch, unseren neuen Begleitern oder der erstaunlich guten Laune von Matheus, der sich auf sein Wiedersehen mit Maia freut. Vielmehr lassen mich die Erinnerungen an die schrecklichen Ereignisse bei Riade nicht mehr los. In den ersten Tagen überwog der Schock und ich war nach meinem nächtlichen Zusammenbruch nach der Schlacht gar nicht in der Lage, länger darüber nachzudenken. Doch mittlerweile wage ich es kaum, meine Augen zu schließen, ohne dass ich Wolco tot zu Boden sacken sehe; wage nicht, meinen Blick nach unten zu richten, ohne gleich mit dem Schwerthieb eines Ungrers zu rechnen, der aus dem Nichts herangaloppiert kommt. Der Tod ist wieder ein Teil von mir geworden. Jahrelang bin ich schweißgebadet an Annas Seite aufgewacht, doch dann halfen mir die Zeit und die Geburt unserer zwei Söhne, vieles zu verdrängen. Hoffentlich würde meinen Kindern eine Zeit des Friedens bevorstehen. Niemand wünscht sich ernsthaft Krieg. Doch wird die Vorstellung umso schlimmer, wenn man selbst Kinder hat.

Valerius und Mangold reiten bei ihren jeweiligen Männern und sprechen sich nur dann ab, wenn es nicht anders geht. Irgendetwas steht zwischen ihnen oder aber verbindet sie auf negative Weise. Als ich eines Abends zufällig den Weg von Valerius kreuze, spreche ich ihn an. Zum einen interessieren mich – nicht ganz uneigennützig – diese Saracenen, zum anderen möchte ich das Verhältnis der zwei hohen Herren zueinander verstehen. Denn ein Kampfverband unter dem Befehl zweier womöglich konträr agierender Herren ist im Kampf klar benachteiligt. »Mein Herr Valerius«, wage ich ihn anzusprechen. »Man nennt mich Marcus«, drücke ich etwas zu leise heraus. Etwas lauter und gewichtiger ergänze ich deshalb: »Marcus von Arbona«.

Bevor ich ihn auf Mangold ansprechen kann, ergreift er das Wort: »Arbona! Ihr seid aber nicht der dortige Tribun oder Centenar.« Obwohl dies keinesfalls als Frage gemeint war, schüttle ich verneinend den Kopf. In Wahrheit war ich schon länger nicht mehr in Arbona, doch ist es – anders als der Albgau, mein Geburtsland – der Herkunftsort, mit dem ich Erinnerungen aus meiner Kindheit verbinde. »Euren Namen habe ich schon einmal gehört, doch kenne ich Euch nicht aus Arbona.« Ich bin erst überrascht, aber dann erinnere ich mich an die Worte meines damaligen Magisters, der mir erzählte, dass die alten, befestigten Orte am Bodamansee noch lange von den Nachkommen der Romanen beherrscht wurden, die sich mehr mit den romanischen Frauen und Männern aus der Raetia verbunden fühlten als mit den Menschen des Umlands, wobei ich nie wirklich verstand, woher dieser Unterschied rührte.

»Ich kämpfte an der Seite Hirmingers in der Alsaza«, versuche ich hoffnungsvoll die Erinnerung an die Ereignisse vor sieben Jahren wachzurufen. Er reagiert darauf nicht und vermutlich würde sich bei dieser Schlacht auch sonst niemand an den kleinen Jungen von damals erinnern. Dann scheint Valerius etwas einzufallen, aber womöglich denkt er schon gar nicht mehr an meinen Namen.

»Weißt du Marcus«, schlägt er plötzlich einen beinahe väterlichen Ton an: »Einst waren Bregancia und Arbona nur die nördlichen Schlusssteine der Raetia am Bodamansee. Doch als vor vielen Generationen die Alemannen das Gebiet um den See besiedelten, wurde das Romanenland immer kleiner und ihre Erben weiter nach Süden in die Alpes zurückgedrängt. Sei also stolz darauf, aus Arbona zu kommen. Damit gehörst du zu den wenigen, die standhielten und denen dieses Land wahrhaftig gehört.« Auch wenn ich mich etwas geschmeichelt fühle, halte ich von diesen Ideen nicht viel. Nicht nur, dass ich als Albgauer vermutlich ebenfalls alemannische Wurzeln habe, sondern auch die Tatsache, wie viele Menschen schon ihr Leben gaben wegen ebensolcher Gedanken, stimmt mich nachdenklich. Mein Schweigen inspiriert ihn, fortzufahren:»Folge dem Verlauf des Rîn in entgegengesetzter Richtung und du wirst verstehen, was ich meine. Du musst bei Weitem nicht bis nach Curia reisen, um auf deinesgleichen zu stoßen. Wir haben viel verloren, aber noch immer sind wir da und inzwischen wagt es niemand mehr, der mächtigen Markgrafschaft des Bischofs von Curia Land zu entreißen.« Zufrieden lächelnd lässt er seinen Blick in die Ferne schweifen, während ich zu Fuß versuche, mit seinem Pferd Schritt zu halten. »Frage Mangold doch mal nach Fabaria.« Er lässt sein Pferd etwas vorantraben und ich bleibe ratlos zurück.

Meine Gedanken kreisen um Fabaria. Ich habe schon davon gehört, kann den Namen aber nicht zuordnen, weshalb ich beschließe, Mangold diesen Abend im Nachtlager darauf anzusprechen. Als ich an der Seite von Matheus, Snato, Fridpert, Sintwart und Warsind weitermarschiere, verliere ich kein Wort. Vermutlich könnte mir Warsind weiterhelfen, doch will ich – sollte es sich um etwas Unrühmliches handeln – keine Zwietracht unter den Männern säen.

»Das Marienkloster?«, antwortet Mangold mit einer Gegenfrage, als ich ihn am Abend aufsuche. Er ist weder überrascht noch misstrauisch. Erst als ich ihm erkläre, warum ich danach frage, beginnt er zu verstehen und blickt nachdenklich hinüber zu den Feuern der Raeter.

»Es handelt sich also um ein Kloster?«, hake ich vorsichtig nach.

»Bischof Salomo von Constantia, Vorgänger des Bischofs Noting und mein damaliger Herr, war zugleich Abt des Gallusklosters und vereinte die Macht von Gallus mit jener der Gottesmutter, wurde Abt des Gallusklosters und von Fabaria«, erklärt Mangold beinahe geheimnisvoll. Ich weiß, dass die Äbte und Mönche des Gallusklosters schon mehrfach ihren eigenen Einflussbereich durch die Übernahme anderer Mönchsgemeinschaften zu mehren versuchten. Aber von Fabaria habe ich noch nichts gehört. Dann weiß ich zumindest, worüber ich beim nächsten Besuch im Kloster mit dem Bruder Infirmar spreche.

»Doch ganz so einfach war es nicht«, erklärt Mangold. »Nach dem Tod Abtbischofs Salomo konnte nämlich lange keine Nachfolge für die Führung des Gallusklosters gefunden werden, was sich Bischof Waldo von Curia zu Nutze machte, indem er damit begann, die Ländereien von Fabaria auf eigenen Profit zu verleihen. Es wäre beinahe zu einem kriegerischen Konflikt zwischen den Alemannen des Gallus und den Raetern von Curia gekommen. Wir verhandelten den Fall damals in Vinomna, einem raetischen Gerichtsort. Ich gehörte zu den alemannischen Richtern, Valerius zu den romanischen Vertretern aus Curia. Bischof Waldo und Herzog Burchard hielten persönlich den Vorsitz.« Mangold entdeckt unter den Raetern in der Ferne Valerius und schweigt einen kurzen Augenblick. Das Feuer erhellt immer wieder flackernd sein Gesicht. Mangold erzählt weiter:»Letztlich obsiegten die Romanen und Waldo behauptete seinen Einflussbereich zwischen Curia, dem Galluskloster und dem Zurichgau. Es hätte mich eigentlich nicht grämen dürfen, doch versprach ich dem verstorbenen Bischof Salomo, weiterhin für ihn einzustehen. Vielleicht nehme ich diese Angelegenheit also auch unnötigerweise zu persönlich. Denn es waren die Mönche des Gallusklosters, die sich nicht auf einen neuen Abt einigen konnten, der Fabaria hätte weiterführen können. Daraufhin verschrieb ich meine Gefolgschaft endgültig auf das Bistum Constantia und überließ die Mönche des Gallus sich selbst.« Es scheint fast so, als würde sich Mangold mir gegenüber in dieser kalten Frühjahrsnacht etwas von der Seele reden, das ihn schon länger beschäftigt. Doch für mich ergibt nun so einiges Sinn. Als ich Mangold vor fünf Jahren zum ersten Mal begegnete, war er im Auftrag des Bischofs von Constantia als Legat im Galluskloster, um über die gegenseitige Anerkennung der Besitztümer zu verhandeln. Und jetzt ist mir auch klar, warum man ihn geschickt hat. Wer sonst kennt die beiden Orte besser als er?

Mangold scheint selbst zu bemerken, wie frei er gerade mit mir gesprochen hat; und als wollte er sich entschuldigen, ergänzt er: »Ich habe lange nicht mehr über jene Verhandlung vor mehr als zehn Jahren nachgedacht.« Er blickt verunsichert. »Valerius hat mich anscheinend selbst nach so vielen Jahren wieder erkannt.« Mangold schenkt mir ein schwaches Lächeln und bevor er sich aufmacht, um nach seinen anderen Männern zu sehen, versichert er: »Sorge dich nicht Marcus, das ist lange her. – Wir werden deswegen keinen neuerlichen Streit entfachen.«

Auch wenn ich meinem langjährigen Fürsprecher gerne glauben möchte, bin ich mir diesbezüglich nicht sicher, zumal Valerius sich sehr gut an den Streit um Fabaria erinnern kann. Er sah die Rücknahme jenes Klosters wohl als gerechtfertigte Wiederherstellung von zumindest einem kleinen Teil der raetischen Macht und so wie der Romane vom Machtschwund Curias sprach, dürfte er nach mehr streben.

»Hast du ihm etwas eingeflößt«, spricht Matheus leise. Er hat wohl Mangold aufstehen und davongehen sehen und setzt sich neugierig zu mir. »So viel habe ich ihn noch nie sprechen hören.« Ich beschließe, meinen Freund Matheus über unsere Unterhaltung aufzuklären. »Und wie kommst du darauf, Raetia wäre schwach?«, spricht er, als ich fertig erzählt habe. Nun bin ich es, der die Neugier nicht mehr hinter meinem fragenden Gesichtsausdruck verbergen kann, worauf Matheus – glücklich darüber, einmal besser informiert zu sein, als ich – erklärt: »Raetia war lange Zeit in den Händen derselben Familie, wie du vielleicht weißt.« Er wartet kurz meine Reaktion ab, doch verstehe ich nicht, worauf er hinauswill. »Ein Abkömmling dieser Familie war es auch, der dem lange verlorenen Herzogtum der Alemannen als Herzogtum Schwaben neues Leben einhauchte.«

»Burchard!«, schießt der Name aus meinem Mund. »Wie konnte ich das nur vergessen?« Immerhin sprach ich vor einigen Jahren mit seiner Witwe Reginlind. Was Matheus sagt, ergibt tatsächlich Sinn. Ich habe beinahe vergessen, wie Raetia zur Suabia kam. Mein Freund überrascht mich immer wieder aufs Neue. Er kämpfte vor sieben Jahren an der Seite Hirmingers gegen die Ungrer und folgte diesem nach unserem Sieg in den Frichgau. Bald schon zog es ihn seiner Gemahlin Maia zuliebe in die Nähe des Bodamansees. Die beiden wohnten meiner Hochzeit mit Anna bei, gehörten zu den ersten, die unsere Söhne zu Gesicht bekamen, und retteten uns mehr als einmal das Leben. Gerne wüsste ich sie häufiger in unserer Nähe, doch würden sich unsere Wege wohl bald schon wieder trennen. Denn während er mit Mangold und den meisten Kriegern aus Constantia westlich um den Bodamansee ziehen würde, wäre es für mich naheliegender, den See gen Osten zu umgehen. Zudem habe ich das unerklärliche Gefühl, Valerius folgen zu müssen, um weiteres über die Romanen und die geheimnisvollen Saracenen zu erfahren. Dabei wäre es klüger, stattdessen Matheus zu folgen und dem Bischof von Constantia meine Aufwartung zu machen. Das würde mich endlich von der Schuld dem Bistum gegenüber befreien und das Zuhause meiner Familie in Buocha absichern.

Als könnte Matheus erahnen, was in meinem Kopf vor sich geht, sagt er: »Was, wenn an der Geschichte um die Saracenen gar nichts dran ist? Valerius konnte wohl davon ausgehen, dass der Kriegsherr von Constantia bestimmt schon einmal von den Saracenen gehört hat. Aber dass sie es über die Alpes bis in unser Herzogtum geschafft haben sollen, scheint mir doch arg übertrieben.« Er mustert mich und ergänzt: »Sei bloß vorsichtig mit den Raetern! Vielleicht wollte Bischof Waldo einfach keinen seiner wertvollen Krieger verlieren.« Kaum jemand ist in der Lage, in allem immer noch etwas Gutes zu sehen, wie Matheus. Ich schätze unsere Gespräche sehr, und unsere Freundschaft hat sich seit den Kämpfen gegen die Ungrer vor sieben Jahren stetig vertieft. Doch manchmal muss ich aufpassen, seine Worte nicht für bare Münze zu nehmen, da er Nachrichten und Vermutungen nicht ungern mit Wünschen verwechselt. So bezweifle ich stark, dass die Geschichte mit den Saracenen nur eine Finte war.

Wir sind bald drei Wochen unterwegs, als wir hinter einem weiteren Hügelzug plötzlich in der Ferne die Alpes erblicken. Davor glitzert der Bodamansee. Die Entscheidung über meinen weiteren Weg lastete die letzten Tage schwer auf der Seele, doch muss sie nun fallen. Da

offenbart sich plötzlich ein Zeichen, das sich zwar zu
meinen Gunsten ausspricht, jedoch zu einem schrecklichen Preis.

Cap. VIII

Montag, 8. April 933

»Die Saracenen!«, ist die aufgeregte Stimme eines nahenden Reiters zu vernehmen. »Die Saracenen sind zurück!« Valerius prescht an die Spitze unserer Truppen, Mangold folgt ihm. »Herr«, wendet sich der Mann direkt an Valerius. Offenbar handelt es sich um einen Boten der Raeter. »Ich erwartete euch erst im Norden zu erreichen. Ein Wunder!«

Valerius bringt ihn mit den Armen fuchtelnd zum Schweigen. »Ein Wunder wäre es, wenn du zum Wesentlichen kämest. Wer bist du? Was ist passiert? Wo stehen die Saracenen? Ist Curia bedroht?«

»Artimius, mein Herr Valerius«, antwortet der Bote rasch. »Bischof Waldo schickt mich, Euch zurückzubeordern. Die Saracenen haben sich nicht nach Süden über die Alpes zurückgezogen, sondern drangen völlig unerwartet Richtung Bodamansee vor. Selbst das Kloster des heiligen Gallus haben sie angegriffen.« Nun sind auch wir anderen entsetzt und mein Magen verkrampft sich schmerzhaft. Das darf nicht sein. Ist nun genau dies eingetroffen, wofür ich den seligen Herzog Burchard immer und immer wieder verflucht habe? Dieser weilte in Italia auf einem Feldzug, als die Ungrer damals einfielen. Unzählige Ale-

94

mannen starben schutzlos oder wurden verschleppt. Und nun gehöre ich zu einer ebensolchen Truppe, die fern der Heimat kämpft, während das eigene Zuhause größter Gefahr ausgesetzt ist. Die Aufwartung beim Bischof von Constantia kann warten. Ich muss augenblicklich nach Hause und nach meinen Liebsten sehen. Artimius, der raetische Bote, spricht derweil weiter, doch ich vernehme seine Worte erst wieder, als ich mich hilfesuchend nach Matheus und Snato umsehe: »Bischof Waldo befürchtet, dass diese Teufel ihren Rückweg über Curia wählen könnten, und wünscht deshalb seinen Heerführer so bald wie möglich an seiner Seite zu wissen.«

»Melde dem Bischof, dass ich unsere Krieger auf schnellstem Weg zurück in die Raetia führe«, trägt Valerius dem Boten auf. Dieser nickt und reitet zurück Richtung Bodamansee.

»Unsere Wege trennen sich hier«, ruft Valerius Mangold zu. »Vorwärts Männer, ich will das Seeufer heute Abend erreicht haben.«

Mangold zögert. Denkt er darüber nach, Valerius zu folgen? Das wäre wohl kaum im Interesse Bischof Notings von Constantia. Und so fällt auch seine Entscheidung, als er ihm Glück wünscht.

Rasch eile ich zu Mangold. Ich muss ihm erklären, dass ich keinesfalls weiter mit den Kriegern aus Constantia ziehen kann. Ich werde mich bis zur Mündung des Rîn Valerius anschließen. Und als hätte Mangold nichts anderes erwartet, kommt er mir zuvor: »Ich bezeuge die Begleichung deiner Schuld. Gehe nun, Marcus, du hast tapfer und ehrenhaft gekämpft. Solltest du je wieder in die Dienste des Bischofs treten wollen, wende dich an mich.

Es wäre mir eine Ehre, dein Fürsprecher zu sein. Dein Weg steht erst am Anfang. Verschwende dein Talent nicht in einem Schweinestall oder auf einem Feld«, zwinkert er mir zu. »Wir sehen uns wieder.«

Während Valerius' Männer bereits weitermarschieren, begebe ich mich zu meinen engsten Kampfgefährten. Ich umarme Matheus und Sintwart, verabschiede mich von den anderen und eile ans Ende der raetischen Kolonne.

Noch etwa eine Stunde folgen alle demselben Weg, dann sehe ich mit einem Blick zurück, dass Mangolds Männer eine Abzweigung nehmen; jedoch nicht alle. Eine kleine Gruppe behält unsere Richtung bei und wenn mich meine Augen nicht täuschen, weiß ich auch schon wer. Mein Herz fühlt sich überraschend leicht an und wie ein zu kräftig angezogener Knoten, der sich mit einem Mal zu lösen beginnt, entknotet sich auch ein Teil meiner sorgenvollen Gedanken.

Matheus, Snato, Warsind und seine Söhne Sintwart und Fridpert holen uns rasch ein. Ich weiß gar nicht, wie ich darauf reagieren soll, habe ich mich doch längst auf einen Abschied eingestellt. Doch diese Männer so selbstverständlich an meiner Seite wissen zu dürfen, ist ein unglaubliches Privileg, eine Ehre. »Glaube bloß nicht, wir seien wegen dir hier«, scherzt Snato und nimmt der für mich überfordernden Situation sogleich die Anspannung.

»Aber Maia«, wende ich mich an meinen Freund Matheus. Er würde es wohl kaum erwarten können, seine Frau wieder zu sehen.

»Wenn sie hört, dass deine Familie in Gefahr schwebt, wäre sie eher enttäuscht, wenn ich zu ihr nach Hause käme statt dir zu helfen.« Matheus grinst.

»Ich danke euch!«, nicke ich meinen Freunden aufrichtig zu.

Valerius führt seine Krieger in einem Gewaltmarsch nach Süden. Es ist bereits dunkel, als wir am Ufer des Bodamansees einige Lagerfeuer entzünden und uns zur Ruhe legen. Sehnsüchtig blicke ich aufs Wasser hinaus. Irgendwo dort drüben, auf der anderen Seite des Sees, warten hoffentlich Anna, Jacob und Marcus auf mich. Am liebsten wäre ich einfach weitermarschiert, aber in der Nacht auf unbekannten Wegen ist dies höchst unklug. Immer wieder glaube ich, am anderen Ufer Lichtpunkte zu entdecken. Doch bestimmt täuschen mich meine Augen. Jahrelang habe ich von den Mauern des Kastells Arbona hierhergeschaut und versucht, etwas zu erkennen. Doch erst als die Ungrer das Umland heimsuchten, waren plötzlich überall rundherum dunkle Rauchschwaden zu entdecken und mein Leben änderte sich blitzartig.

Seither denke ich zwar häufig an Arbona, aber ich bin nie dorthin zurückgekehrt. Wäre es nun an der Zeit? Nirgends wäre ich sicherer mit meiner Familie. Und wenn diese Saracenen tatsächlich bis zum See vorgedrungen sind, wäre es womöglich angesagter denn je, beim Tribun von Arbona vorstellig zu werden. Milo, ein alter Freund aus Arbona, der mir vor einigen Jahren in der Not zu Hilfe eilte, würde mich bestimmt unterstützen. Doch wartet hinter den steinernen Mauern auch immer noch einer meiner ärgsten Feinde: Strello. Einst verriet er Anna, Milo und mich, doch gelang es ihm, alles zu seinen Gunsten zu wenden. Heute dient er in Arbona als Centenar, weshalb ich nie eine Rückkehr in Angriff genommen habe. Sollte

Anna oder meinen Kindern etwas zugestoßen sein, sehe ich allerdings keine Alternative.

Diese schrecklichen Verlustängste verdrängend gehe ich zum Feuer meiner Freunde zurück. Eine Unterhaltung würde mich ablenken. Und als würden sie mir absichtlich zu viel Ablenkung bieten wollen, empfängt mich ein leises Streitgespräch zwischen Fridpert und seinem Vater Warsind. Sintwart sitzt am Feuer und beobachtet das Geschehen. »Ich kann deiner Mutter schon kaum davon berichten, dass du eine Geisel der Ungrer warst. Wie will ich ihr je wieder unter die Augen treten, wenn ich dich nur Wochen später gegen eine weitere Bedrohung schicke«, spricht Warsind ein Machtwort. Fridpert tritt ob den Worten seines Vaters wütend gegen ein Stück Holz, das zum Verfeuern in der Nacht bereitliegt. Warsind blickt hilfesuchend zu seinem ältesten Sohn: »Wir begleiten Marcus zurück, dann bringst du deinen Bruder nach Hause.« Sintwart ging wohl davon aus, ebenfalls an meiner Seite zu bleiben, weshalb er protestierend aufsteht. Doch Warsind kommt ihm zuvor: »Ein Krieg ist genug für ein Jahr! Ihr beiden geht heim und beruhigt eure Mutter.«

»Allein eure Bereitschaft, mir beizustehen, ist mehr als ich erwarten durfte«, pflichte ich Warsind bei, als ich zu ihnen ans Feuer trete. Und in der Tat empfinde ich eine solch tiefe Dankbarkeit gegenüber diesen Männern, dass ich am liebsten noch diese Nacht losziehen würde, um sie gar nicht erst in Gefahr zu bringen.

Dienstag, 9. April 933

In der vergangenen Nacht bin ich kaum zur Ruhe gekommen. Zu stark kreisten meine Gedanken um Anna, Jacob und Marcus. Da kam es mir ganz gelegen, dass auch die Raeter beim ersten Sonnenlicht am Horizont weiterzogen.

So kommt es, dass wir das große Kastell von Bregancia noch vor dem Mittag erreichen. Valerius gibt seinen Männern die Weisung, weiterzumarschieren, doch – gespannt, was hier zu erfahren wäre – schiebt sich die Kolonne nur langsam voran und viele bleiben ganz stehen, so auch ich. Ich trete etwas näher. Seine Befehle gelten ohnehin nicht für uns.

»Gerüchte?«, ruft Valerius gereizt aus. Nun bleiben auch die letzten seiner Leute stehen. »Ihr wollt mir sagen, mein Bote hat mich belogen?« Darauf gibt es eigentlich keine korrekte Antwort und das weiß auch der Centenar, der aus dem Tor von Bregancia getreten ist.

»Wir hörten ebenfalls von fremdländischen Plünderern, aber wir hätten davon erfahren, wenn sie es bis zum See geschafft hätten«, beschwichtigt der Centenar und noch immer wandelt die Frage durch meinen Kopf, wen ich mir unter diesen Fremden wohl vorzustellen habe.

»Vielleicht blieben sie bislang auch nur jenseits des Rîns«, sucht Valerius selbst nach einer Antwort, worauf der Centenar lediglich mit den Achseln zuckt.

»Wir werden augenblicklich einen Trupp zur nächsten Fährstelle schicken«, fügt der Mann aus Bregancia um Initiative bemüht hinzu. Aber Valerius hört ihm nicht mehr zu, lässt ihn stehen und treibt stattdessen seine Leute zur Eile an. Ich bin beeindruckt, wie sehr der Centenar von Bregancia um Valerius' Wohlwollen bemüht war und frage mich, ob das in Arbona ähnlich von Statten gegangen wäre. Besteht noch immer eine unsichtbare Verbindung zwischen den ehemaligen Romanensiedlungen? Sehen Bregancia und Arbona noch immer die romanischen Raeter als ihre Verbündeten und den Bischof von Curia als ihren Oberhirten an oder wäre diese Unterhaltung ganz anders verlaufen, wenn statt des Centenars der Tribun von Bregancia mit Valerius gesprochen hätte?

Diese Gedanken beschäftigen mich noch eine ganze Weile und lenken dadurch kurz von den Ängsten um meine Familie ab, während wir zu eben jener Fährstelle in Hochstadio marschieren, die der Centenar genannt hat. Hochstadio bietet in der Gegend die einzige Möglichkeit zur sicheren Überquerung des Rîns.

Die Fähre muss mehrmals übersetzen und als ich während der Überfahrt einige unnatürlich angeordnete Pfosten knapp unter dem Wasserspiegel entdecke, denke ich an eine der vielen Geschichten meines Magisters in Arbona zurück. Er erzählte mir, dass die zwei Kastelle von Bregancia und Arbona einst direkt durch eine Straße miteinander verbunden gewesen seien. Selbst der Rîn soll dank einer festen Brücke kein Hindernis dargestellt haben. Ob dies die Überreste ebendieser Brücke sind? Warum hat man sie denn nicht neu erbaut?

Ohne ein weiteres Wort mit Valerius zu wechseln, entschließe ich mich, von nun an dem Ufer des Bodamansees zu folgen. Ich kenne den Weg zwar nicht, aber in Sichtweite des Sees würde ich Buocha, mein Zuhause, nicht verfehlen. Valerius und seine Männer folgen ebenfalls ein Stück weit dem Seeufer, schlagen dann aber den Weg Richtung Galluskloster ein. Vielleicht sollten wir es ihnen gleichtun und besser via Galluskloster nach Buocha reisen, um Arbona zu umgehen. Aber das kostet uns Zeit, ein Gut, das meine Liebsten womöglich nicht mehr besitzen. Soll uns Strello der Verräter, der Anna und mich damals zum Sterben zurückließ, doch von den Kastellmauern aus sehen. Vermutlich weiß er längst, dass wir noch am Leben sind. Ich will jetzt nur noch nach Hause.

Meine Freunde wissen um mein besonderes Verhältnis zu Arbona und ich weiß, dass sie nicht wirklich einsehen, warum ich nie dorthin zurückgekehrt bin, aber keiner sagt etwas, als wir am späten Nachmittag in Sichtweite des steinernen Kastells auf einer Halbinsel im Bodamansee kommen.

»Wo wollt ihr denn hin?«, hören wir plötzlich die Stimme eines älteren Mannes aus dem Dickicht des fast bis an den See reichenden Forsts von Arbona. Nicht einmal unser Jäger und Späher Snato scheint die Gruppe, die sich nun aus dem Wald auf uns zubewegt, bemerkt zu haben.

»Mein Herr Tribun«, entfährt mir ehrfürchtig – wenn nicht sogar unterwürfig – eine Begrüßung, die ich seit sieben Jahren nicht mehr gebraucht habe. Der Tribun von Arbona steht vor uns. Doch scheint er mich nicht zu erkennen, denn zwar ist er von meiner Reaktion etwas überrascht, aber viele hier kennen ihn.

Er scheint an der Spitze einer Gruppe Jäger gerade im Forst von Arbona auf die Jagd zu gehen. Und nun, da er erkannt wurde, kommt er seiner Schutzpflicht nach:

»Wer seid ihr? Was haben sechs zum Krieg gerüstete Männer auf meinem Land zu suchen?« Nicht dass ihn dies bislang wirklich interessiert hätte, immerhin wohne ich seit vielen Jahren im nahen Buocha, aber heute, in Zeiten neuer unheimlicher Gerüchte um Ungrer und Saracenen sowie in Sichtweite seiner Festung, wirkt er beunruhigt. »Wir kehren heim aus dem Norden«, erklärt Warsind als der Älteste unserer Gruppe. »An der Seite König Heinrichs besiegten wir die Ungrer an einem fernen Fluss namens Unstruod.« Der Tribun wirkt beeindruckt. Bestimmt hat auch er vom Ruf zu den Waffen gehört, der im Süden aber primär an die Bischöfe des Reichs gerichtet war. Er betrachtet uns lange und mustert mein Gesicht genau.

»Man hört vieles in diesen Tagen«, erklärt er, will aber offenbar nicht weiter darauf eingehen, so als versuchte er zu verhindern, uns in Arbona bewirten zu müssen.

»Wir sind dankbar, Euer Land passieren zu dürfen und werden Euch nicht länger aufhalten«, unternimmt Matheus den Versuch, das peinlich angespannte Gespräch zu beenden. Und ich bin ihm hierfür dankbar. Denn weder möchte ich im Moment noch unnötig länger aufgehalten werden, noch verspüre ich Lust, in Arbona auf meinen Erzfeind Strello zu treffen. Ich will so rasch wie möglich heim nach Buocha und nach meinen Liebsten sehen.

Wir setzen uns in Bewegung und obwohl ich es bin, den es am meisten vorantreibt, kann ich es mir nicht verkneifen, in Erinnerung an das kurze Gespräch mit Valerius, an die Nähe der alten Kastelle und Curia zu appellieren: »Gehabt Euch wohl, Herr Tribun, die Gefahr durch die Saracenen dürfte bald gebannt sein. Herr

Valerius aus Curia zieht in diesem Augenblick zum Kloster des heiligen Gallus.« Gespannt auf seine Reaktion bleibe ich kurz stehen und bei der Erwähnung der Saracenen verengen sich tatsächlich kurz seine Augen, aber er geht nicht weiter darauf ein, sodass ich mich wieder in Bewegung setze. Weiß er mehr als wir? Hält er die Saracenen nur für ein Gerücht?

Immerhin deutet für den Moment nichts darauf hin, dass die Saracenen bis zum Bodamansee vorgedrungen sind, sonst hielte sich der Tribun kaum mit so wenigen Männern außerhalb der Mauern auf. Doch trotzdem fühle ich – nun da wir mein Zuhause bald erreicht haben – ein unerklärliches Unbehagen. So viele Wochen habe ich meine Familie allein gelassen. Meine Schritte werden immer kürzer und schneller, sodass ich besorgte Blicke ernte. So kurz vor dem Ziel steigert sich meine Sorge immer weiter. Hoffentlich sind alle gesund und unverletzt. Ich kann es kaum erwarten, meine Anna und meine Söhne wieder in die Arme zu schließen. Am liebsten würde ich das letzte Stück rennen.

Dann ist es so weit. Buocha, mein Hof, für den ich die gefährliche Reise im Auftrag des Bischofs überhaupt auf mich genommen habe, ist zwischen den Bäumen zu sehen. Es beginnt einzudunkeln und dennoch erkenne ich, dass das Grubenhaus und die Scheune verschlossen sind, ebenso unser Wohnhaus. Noch scheint alles in Ordnung, selbst wenn ich mir gewünscht hätte, meine Liebsten bereits aus der Ferne gesund und munter zu entdecken.

Schon einmal ging ich aus Sorge, Anna könnte entführt oder getötet worden sein, langsam auf mein Heim zu. Als bohrten sich all diese schrecklichen Gefühle wie ein spitzer Dolch in mein Herz, erlebe ich diesen Moment erneut. Damals unterlag ich einem Irrtum, der mich beinahe das Leben gekostet hätte. Was befürchte ich gleich zu sehen; was hoffe und erwarte ich in wenigen Augenblicken zu entdecken? Langsamen Schrittes gehe ich voran. Ich schließe die Augen und schicke ein Stoßgebet gen Himmel. Es ist alles so still. Das ist kein gutes Zeichen, zumal es seit der Geburt unserer Söhne nicht mehr so ruhig war. Ich öffne die Augen, hoffe, dass gleich Anna aus der Tür tritt oder Jacob hinter dem Haus hervorspringt oder Marcus etwas im Haus zerschlägt. Aber nichts. Alles ist still. Meine Beine fühlen sich zittrig an wie weiche Haselruten und meine Knie weich, als bestünden sie aus Haferbrei.

»Papa!«

Ich erschrecke so sehr, dass ich unkontrolliert nach hinten taumle. Aber da ist er, mein Ältester. »Jacob!«

»Marcus?« Anna tritt mit unserem Jüngsten auf dem Arm aus der Tür. Ich kann es nicht fassen. Meine ganze Familie ist hier und wohlauf. Alles andere vergessend renne ich auf meine Liebsten zu. Jacob erreiche ich als ersten. Kraftvoll springt er mir entgegen und ich schaffe es grade noch, ihn aufzufangen und schließe ihn fest in meine Arme. Gemeinsam gehen wir das letzte Stück zum Haus. Als wir uns umarmen, protestiert der Kleine lautstark. Anna lacht herzhaft und ich kann mich ebenfalls nicht mehr zurückhalten. Die ganze Anspannung der letzten Tage und Wochen fällt von mir ab.

Dann drückt sich jemand nah an mir vorbei zum Türverschlag unseres Hauses. Es ist Matheus und ich will grade dazu ansetzen, Anna die ihr bislang unbekannten

Gesichter meiner Begleiter vorzustellen. Aber was tut er da? Innig umarmt er jemanden in der Tür zu meinem Zuhause.

»Maia?« Matheus lässt sein Gegenüber endlich wieder zu Luft kommen und tatsächlich ist es Maia, die völlig unerwartet vor uns steht.

»Sie kam uns vor zwei Wochen besuchen«, lächelt Anna vielsagend, »und ist seither geblieben.«

»Sie darf für immer bleiben«, sagt Jacob hoffnungsvoll, worauf nun auch Warsind, Snato, Fridpert und Sintwart lachen.

»Wir werden sehen«, lächelt ihn Maia liebevoll an. »Ich kann gut etwas Unterstützung gebrauchen.« Matheus schaut sie mit großen Augen an und nimmt sie an der Hand, voller Angst, ihr sei etwas widerfahren. Ich überlege mir ebenfalls schon, ob nun auch sie in eine Abhängigkeit gegenüber dem Bischof geraten sind, ob die beiden womöglich gar ihr ohnehin nur spärliche Erträge abwerfendes Gut verloren haben. Doch als Maia mit ihrer freien Hand ihren Bauch streichelt, verstehe ich sofort und auch mein Freund begreift das neue Glück. Matheus ist ganz außer sich vor Freude. Noch nie habe ich ihn so glücklich gesehen.

»Du bist schwanger?« Maia nickt glücklich.

»Und ich habe ihr angeboten, solange bei uns zu bleiben«, erklärt mir Anna leise.

»Sobald du Herr von Arbona bist, hat sich das Platzproblem erledigt«, witzelt Sintwart und spielt damit auf unsere Begegnung von heute Nachmittag an.

Ich gehe nicht weiter darauf ein, sondern herze stattdessen meine zwei Söhne und erkläre Anna: »Du kannst dir nicht vorstellen, wie froh ich bin, euch alle wohlauf zu sehen.« Anna schaut mich fragend und ängstlich an. »Kommt ins Haus, wir haben viel zu berichten.«

Jacob und Marcus weichen keinen Moment von meiner Seite, als wir es uns im viel zu engen Raum bequem machen. Wir berichten abwechselnd vom großen Sieg über die Ungrer, wenn auch niemand zu sehr ins Detail geht. Doch liegt dies nicht in erster Linie an der Anwesenheit meiner Kinder, sondern an den persönlichen Erinnerungen eines jeden von uns. Das Gemetzel scheint nämlich auch den anderen noch zu stark in den Knochen zu stecken.

Stattdessen berichten wir von der neuen Gefahr aus dem Süden, was selbst mein Erstgeborener noch nicht wirklich einordnen kann; bald schon schlafen beide in meinen Armen. Maia und Anna scheint die Aufregung dagegen ins Gesicht geschrieben. Ich überlasse es Matheus, zu berichten und bringe stattdessen nacheinander Jacob und Marcus vorsichtig zu ihrem weich ausgelegten Schlafplatz nahe der kleinen Herdstelle, unserer einzigen Wärmequelle im Haus. Aufmerksam lausche ich Matheus und bin überrascht, als Anna erklärt, sie hätte bislang nichts von einem Angriff auf das Galluskloster gehört. Zwar verließ sie den Hof in der Zwischenzeit vermutlich nicht, doch entgehen Rauchsäulen oder verstärkte Botenbewegungen selbst uns im abseits der großen Wege gelegenen Buocha nicht vollständig. Zumindest bestätigt dies die bisherigen Vermutungen, wonach diese neuen Feinde nicht bis an den Bodamansee vorgedrungen sind.

Ich lasse meinen Blick durch unser Wohnhaus schweifen und komme trotz der unsicheren Bedrohungslage nicht umhin, zu lächeln. Ich bin wieder zu Hause. Ich kann nicht anders als mich nochmals über meine Söhne zu beugen. Welch ein Wunder Anna mir geschenkt hat. Solange ich meine Liebsten in Sicherheit weiß und einen Ort kenne, an den ich jederzeit zurückkehren kann, mag kommen, was will. Natürlich würden mich die steinernen Mauern meiner alten Heimstatt Arbona noch etwas tiefer schlafen lassen, aber dieser Ort ist im Moment unerreichbar.

Das laute Knacken eines glühenden Holzscheits in der Herdstelle reißt mich aus meinen Gedanken und als ich aufstehe, berichtet Sintwart gerade von der Begegnung mit den zu spät gekommenen Raetern. Ich entschließe mich, trotz meiner müden Beine einige Schritte nach draußen zu gehen und bei der Gelegenheit für neues Brennholz zu sorgen. Rasch schließe ich den Türverschlag hinter mir, um die wertvolle Wärme möglichst im Innern zu behalten und schlendere Richtung Ufer, woher der leise Klang der Wellen vom Bodamansee zu vernehmen ist. Wie sehr ich in den letzten Wochen Augenblicke wie diesen herbeigesehnt habe. Doch bleibt mir wohl nichts anderes übrig, als im ersten Licht des neuen Tages wieder von hier wegzugehen, so sehr mich das auch schmerzt. Ich muss wissen, was an den Geschichten um die Saracenen und das Kloster dran ist.

»Was beschäftigt dich, Liebster?«, höre ich ganz nah hinter mir die wohltuende Stimme von Anna. Ich könnte weinen vor Freude. Wie sehr hat sie mir gefehlt! Annas Fürsorge und Liebe geben mir neue Kraft. Ihre Stimme ist reinster Balsam für meine Seele. Ein einziger Augenblick mit ihr an meiner Seite hätte in den vergangenen Wochen so unendlich viel Schmerz, Unsicherheit und Angst von mir genommen. Jemanden wie Anna in meinem Leben zu wissen, ist pure Glückseligkeit.

Ich vermag ihr nicht zu antworten. Stattdessen drehe ich mich um und schließe sie so fest in meine Arme, dass ich ihr ein kicherndes Lachen entlocke:»Auch wenn ich für dich auf nahezu alles andere verzichten würde, Marcus, atmen muss ich trotzdem.« Ich lockere sofort etwas meine Umarmung und küsse sie liebevoll auf den Mund.

»Du hast mir so gefehlt, Liebste!«

»Du mir auch«, flüstert Anna,»und erst unseren Söhnen. Jacob hat täglich mehrmals nach dir gefragt.«

»Ich bin froh, dass du dank Maia nicht ganz auf dich allein gestellt warst«, entgegne ich, in der Hoffnung nicht gleich darauf zu sprechen kommen zu müssen, dass ich beabsichtige, meine Familie bereits morgen früh wieder zu verlassen. Es schmerzt mich selbst schon genug. Daher bleibe ich bei Maia:»Wie weit ist sie?«

»Diese Antwort ist sie mir noch schuldig«, antwortet Anna und beginnt darauf erneut zu kichern.»Dein Ältester hatte allerdings schon einige Fragen zu Maias Schwangerschaft. Er befürchtete, sie sei krank. Ich habe ihm gesagt, du würdest ihm das schon noch erklären.«

Das bringt nun mich zum Lachen.»Anna, gewitzte süße Anna, wie sehr hast du mir gefehlt.« Ich küsse sie erneut und sie streichelt mir liebevoll über die Wange, worauf ich ihr zuflüstere:»Dann sollten wir wohl besser nicht aus der Übung kommen.« Durch einen innigen Kuss verbunden, beuge ich mich weiter hinab und hebe sie mit beiden Händen hoch. Sie schlingt augenblicklich beide Beine um meine Hüfte und presst sich an mich. Als wollte ich – wie ursprünglich beabsichtigt – hier draußen Holz holen gehen, trage ich Anna die wenigen Schritte hinüber zum aufgestapelten Holz und schiebe ihr Kleid zurück. Ich fühle mich beinahe wieder wie der kleine Junge von damals. Hier draußen im Dunkeln wird uns niemand sehen noch hören und als ob es uns zum ersten Mal vergönnt wäre, lassen wir unserer Liebe und Leidenschaft freien Lauf.

Cap. IX

Mittwoch, 10. April 933

Für meine Heimkehr hatte ich mir so manches vorgestellt, hatte gar kurz befürchtet, Buocha wäre Ziel der
Saracenen geworden. Doch vergangene Nacht hat mir
einmal mehr gezeigt, wie sinnfrei und leer mein Leben
doch wäre ohne Anna und unsere wundervollen Söhne.
Als wir vor einigen Stunden in den beheizten Wohn-
raum zurückkehrten, war dem einen oder anderen Grinsen durchaus zu entnehmen, dass wir kaum so lange
gebraucht haben, um Holz zu holen, zumal wir dieses
zuletzt beinahe vergessen hätten.

Lediglich Annas Ankündigung, den Mönchen gleich
bei Sonnenaufgang ebenfalls einen Besuch abstatten zu
wollen, brachte meine Gefühlswelt für einen Augenblick
ins Schwanken. Doch wer bin ich, meiner Liebsten vor-
zuschreiben, was sie zu tun hat. Und da sie lange genug
kaum etwas anderes machen konnte als zu Hause zu sitzen, hat sie sich das Recht dieser kurzen Reise mehr als
nur verdient. Maia passt stattdessen auf die Kinder auf.
In ihrem Zustand sollte sie sich ohnehin nicht zu vielen
Anstrengungen aussetzen.

»Wir werden zu ihrem Schutz hierbleiben«, verspricht
Warsind. Er hatte sich mit seinen Söhnen darauf geeinigt,

dass Fridpert bei ihm bleibt, während Sintwart uns begleitet. So brechen Matheus, Snato, Sintwart, Anna und ich am frühen Morgen zum Galluskloster auf. In Ungewissheit, was uns erwartet, tragen wir alle unsere Waffen und – wie schon in unseren früheren Kämpfen – trägt Anna meinen Sax.

Wir erreichen die südliche Anhöhe vor dem Tal der Steinaun, wo sich der heilige Gallus einst am Wasserfall dieses Flüsschens niederließ, schon am frühen Vormittag. Nichts deutet auf feindliche Aktivitäten hin. In der Luft liegt noch immer der Geruch von Schnee, doch bezeugen singende Vögel den Frühling. Weder nehme ich Brandgeruch wahr noch deuten fliehendes Wild oder aufgeschreckte Krähen auf Tod oder Gefahren hin. Womöglich reagiere ich nach Jahren im Wald auch besonders empfindlich auf das Verhalten von Wildtieren. Jedenfalls unterscheidet sich gerade nichts von früheren Besuchen im Galluskloster. Ich genieße einfach nur die Tatsache, dass ich erneut eine Begegnung mit Ungrern überlebt habe und nun mit meinen Liebsten durch die vertrauten Wälder zwischen Arbona, Sitteruna und Steinaun wandeln darf.

Ich bin schon sehr gespannt, was der Bruder Infirmar alles Neues zu berichten hat. Seit er mir damals das Leben rettete, verbindet uns etwas Besonderes und Anna begleitete mich schließlich überhaupt nur noch dann zum Kloster, wenn sie davon ausgehen konnte, auf den Infirmar zu treffen. Nicht nur verbindet sie ein gemeinsames Interesse an Pflanzen und Heilmitteln, sondern auch seine Ansichten zum Geschehen um uns herum. Bestimmt wird er es kaum erwarten können, vom Sieg im Norden zu hören, zumal sein Gehilfe Athanasius selbst ein konvertierter Ungrer ist.

Wir marschieren auf dem Pfad hinab zum Kloster. Womöglich können wir schon heute Abend wieder heim nach Buocha, denn ich rechne immer weniger damit, tatsächlich auf Spuren dieser Saracenen zu stoßen. Ich genieße den gemeinsamen Marsch mit Anna und denke deshalb gar nicht mehr daran, was uns alles erwarten könnte. Wir waren zu lange getrennt und ich bin froh, sie dieses Mal an meiner Seite zu wissen. Wie sehr uns Matheus dieses Glück nach einer nur kurzen Nacht mit Maia gönnen mag, kann ich nicht sagen, aber vermutlich ist es ihm lieber, seine schwangere Frau verbleibt an einem sicheren Ort.

Wir befinden uns nun auf der gerodeten Ebene vor dem Kloster, wo nun einfache Zelte stehen. Noch immer in leichter Hochstimmung möchte ich schon einen Spruch zum Besten geben, dass wohl nur eine Gruppe von der Reise gezeichneter Pilger aufgetaucht sei, die von den einfältigen Mönchen als südländische Räuber fehlverstanden wurden. Doch erkenne ich nun einige der Männer vor den Zelten wieder. Es sind die Raeter des Valerius, die das Kloster wohl gestern Abend erreicht haben. Und das Fehlen von Brandgeruch in der Ferne bedeutet leider nur, dass jegliches Feuer erloschen ist, denn tatsächlich erkenne ich schon von diesseits des durch Haselruten abgetrennten Klosterbezirks mindestens zwei Brandruinen. Wie dumm von mir. Seit die Boten auf der Suche nach Valerius losgeschickt wurden, sind Tage vergangen. Wer weiß, ob nicht immer noch Gefahr droht. Ich war derart erleichtert, Anna und meine

Kinder gesund wiederzusehen, dass ich den Besuch des Gallusklosters wohl zu wenig abgewogen habe. Nun bin ich hier, und mit mir Anna und meine Freunde. Wenn das nur gut ausgeht.

Wir passieren die Zelte, grüßen die Raeter und überqueren die Grenze zum Klosterbezirk, als plötzlich hinter uns lautes Hufgetrappel zu hören ist. Als hätte mein Herz plötzlich zu schlagen vergessen, zucke ich zusammen. Für einen Wimpernschlag fühle ich mich auf den Hügel bei Riade zurückversetzt; vor den Ungrern fliehend, die mit lauten Hufschlägen drohend näherkamen. Doch sind es weder Ungrer noch andere Fremdlinge. Eine Kolonne suabischer Panzerreiter nähert sich von Westen auf dem Pfad, der dieses Tal durchquert.

Wer mag das sein? Ist doch mehr dran an der Geschichte um die Saracenen? Die Krieger nähern sich dem Durchgang zum Kloster, worauf wir sofort Platz machen. Unter den Reitern kann ich niemanden erkennen. Hat der Abt seine Gefolgsleute zu den Waffen gerufen? Steht dies in direktem Zusammenhang mit den niedergebrannten Gebäuden? Als der letzte Reiter an uns vorübergeritten ist, betreten wir ebenfalls den offenen Platz vor dem Kloster. Nach Kampfspuren suche ich vergeblich. Was also ist geschehen? Angestrengt sehe ich mich nach bekannten Gesichtern um, am liebsten wäre mir der Bruder Infirmar, doch die Mönche befinden sich entweder zum Gebet in der Kirche oder halten sich absichtlich zurück.

Aus dem Gästehaus tritt nun doch ein Bekannter. Valerius nähert sich mit einem halben Dutzend Kriegern den Panzerreitern, die allesamt absteigen. Einer von ihnen reicht Valerius die Hand. Und dieser Mann ist nicht etwa irgendein Vasall des heiligen Gallus. Vielmehr verrät mir ein großes Kreuz um seinen Hals, dass es der Abt höchstselbst ist. Aber es ist nicht Abt Engilbert. Ich blicke mich um, hoffe, diesen stattdessen zur Begrüßung aus der äbtischen Pfalz kommen zu sehen. Aber irgendetwas muss ich verpasst haben während der Wintermonate. Wo ist Engilbert, der Mann, der Anna und mir damals Hilfe gewährte, als wir vor sieben Jahren auf der Flucht vor den Ungrern durch den Wald irrten? Hat der Konvent des heiligen Gallus einen neuen Abt gewählt?

Nicht dass ich mich gefreut hätte, ihn zu sehen; ich kenne Engilbert kaum, obwohl ich regelmäßig zu Besuch im Kloster war. Doch der alte Abt schaffte es während des Ungrerangriffs, die Mönche samt Gesinde, Bibliothek und Archiv zu retten, weshalb ich im Angesicht einer neuen Gefahr fest mit seinen Fähigkeiten gerechnet habe. Andererseits führte sein Sicherheitsdenken aber auch dazu, dass – während die Ungrer das Umland plünderten – er sich lieber hinter den Befestigungen seiner Burg im Wald verschanzte statt einzugreifen. Ist ihm das angesichts dieser neuen Bedrohung womöglich zum Verhängnis geworden, sodass nun ein anderer Oberhirte Gallus' Schafe führt? Wir werden es gleich herausfinden.

»Das ist nah genug«, treten uns drei Krieger mahnend entgegen, als wir uns an Valerius' Seite begeben wollen. Das erweckt die Aufmerksamkeit der Raeter, deren Anführer uns zu sich winkt:

»Das sind Krieger des Bischofs von Constantia«, versichert Valerius, wenig überrascht, uns zu sehen. Der Abt wirft uns einen flüchtigen Blick zu. Ich habe sein Gesicht schon einmal gesehen, doch fällt mir sein Name nicht mehr ein. Jedenfalls war er bei unserer letzten Begegnung noch Mönch.

Wir treten also näher heran und hören gerade noch, wie Valerius erklärt: »Wir hielten die Saracenen für besiegt.« »Das war offensichtlich nicht der Fall«, erwidert der Abt harsch. »Wir verfolgten sie drei Tage und Nächte in die unwegsamen Hügel, Wälder und Berge um Herinisau und Huntwil. Aber wir konnten weder sie noch ihre Gefangenen finden. Diese Teufel sind längst zurück über die Berge geflohen. Die feige Bande verweigerte den ehrenvollen Kampf.«

»Ihr habt was?«, höre ich die vertraute Stimme des Mönchs Walto, der dieses Jahr das Amt des Dekans innehält. »Gab es denn keinerlei Spuren unserer Brüder?«, Walto schluckt leer und fügt dann rasch hinzu: »… Vater Abt?« Und jetzt verstehe ich auch, was der Abt mit Gefangenen meinte.

»Die Saracenen waren hier im Kloster?«, falle ich ihnen – jegliche Höflichkeiten ignorierend – ins Wort. Ich ernte einige verärgerte Blicke, doch der Abt sieht sich zu einer Antwort genötigt:

»Am Tage des Herrn wurden wir inmitten einer Kreuzprozession von diesen Teufeln überfallen. Angesichts unserer Wachen zogen sie sich zwar schnell wieder zurück, aber wegen eines ausgebrochenen Feuers, gelang es ihnen, einige unserer Brüder zu entführen.«

»Reitet Ihr heute nicht erneut aus, um sie zu suchen?«, fragt der Dekan bestürzt. Weitere Mönche sind zusammengekommen und lauschen der Hiobsbotschaft ihres Abts.

»Betet, meine Brüder, betet!«, breitet der Abt seine Arme aus. »Für die Diener Gottes besteht kaum mehr

Hoffnung in den schuldigen Händen dieser Teufel. Hätten sie Lösegeld fordern wollen, wäre dies längst geschehen. Gott hat sie längst zu sich gerufen, unter fürsorglicher Begleitung durch Gallus unseren Fürsprecher.« Ich kann nicht glauben, was ich höre. Ein Abt, der seine eigenen Brüder im Stich lässt? Eine peinliche Stille herrscht. Ich spüre Matheus' Hand an meinem Arm, als befürchtete er gleich einen Streit. Walto der Dekan ringt nach Worten, doch der Abt wendet ihm den Rücken zu und spricht mit einem seiner Panzerreiter. Valerius hat sich längst einen Schritt Richtung Gästehaus zurückgezogen. Er würde sich hier keinesfalls einmischen. Dabei wüsste er wohl am besten Bescheid, wie mit den Saracenen umzugehen wäre.

Stattdessen tritt jemand anderes zwischen den Mönchen hervor. Sein befremdlich wirkendes Aussehen mit etwas spitzer zulaufendem Gesichtsprofil und schmaleren Augenpartien zeichnet selbst dem kampferfahrenen Valerius Schrecken ins Gesicht. Der Mann mit der Kleidung eines Klosternovizen und den Gesichtszügen eines Ungrers ist mir kein Unbekannter: Athanasius. Freilich trug er früher einen anderen Namen, doch nahm er mit der Taufe auch gleich einen neuen Namen an. Unweigerlich blicke ich mich nach dem Bruder Infirmar um, der diesen Mann damals als gefangenen Ungrer vor dem Tod bewahrte. Seit seiner Taufe ist Athanasius Teil der Klosterfamilia, allerdings wird er nicht bei allen gleich akzeptiert. Und in dieser angespannten Situation ist es Athanasius, der spricht: »Mein Herr Thieto«, neigt er ehrfurchtsvoll seinen Kopf vor dem Abt, der sich sichtlich verärgert zu ihm dreht, »Erlaubt mir, selbst auf die

Suche zu gehen. Ich kenne die Wälder und Hügel um den klösterlichen Vorposten Huntwil sehr gut. Wir suchten dort schon oft nach seltenen Heilkräutern.« Dann senkt er ängstlich sein Haupt. Ist es angesichts dieser verzweifelten Situation ausgerechnet der einst größte Feind, der sein Leben riskiert, um die Diener des heiligen Gallus zu retten?

»Du bist nicht Teil unseres Ordens, dir mag eine äbtische Anordnung deshalb nicht viel bedeuten«, setzt Thieto mit gehässigem Unterton an, doch angesichts der unzufriedenen Mienen seiner Mönche blickt er hilfesuchend zu Walto. Thieto kann erst seit kurzem zum Abt gewählt worden sein und wollte sich offenbar nach dem Angriff der Saracenen gleich beweisen, indem er seine Gefolgsleute zu den Waffen rief und zur Verfolgung ansetzte. Er wollte jene Tatkraft beweisen, die seinem Vorgänger Engilbert damals gegen die Ungrer fehlte. Selbst wenn er nun unverrichteter Dinge zurückkam, ging er wohl davon aus, genug für sein junges Abbatiat getan zu haben. Doch sollte der Konvent darauf bestehen, dass mehr getan werden muss, dürfte selbst Thieto Vorsicht walten lassen.

Und so ist es Walto der Dekan, der aus den Seinen hervortritt und sich an Athanasius' Seite stellt: »Ihr habt Euren Auftrag erfüllt, Vater Abt. Ihr habt die teuflischen Heerscharen versprengt und in die Berge getrieben. Geht nun hin und kümmert Euch um Eure Kinder, die mehr denn je Eurer Führung und Anleitung bedürfen. Ich werde mich mit einer Handvoll der treuen Knechte unserer Familia auf die Suche nach den sterblichen Überresten unserer Brüder machen.« Statt Erleichterung scheint dieses selbstlose Angebot des Dekans Argwohn ins Herz des

Abts zu treiben. Fürchtet er um die Loyalität des Dekans, um seine eigene Stellung als Abt?

Ich will ihm unbedingt zu Hilfe kommen und beschließe, meine Hilfe anzubieten. Doch kommt mir jemand zuvor.

»Ich werde Euch begleiten«, spricht Anna und gesellt sich zu Athanasius, der sie lächelnd begrüßt.

»Wir selbstverständlich ebenfalls«, meldet sich Sintwart an meiner Stelle noch bevor der Abt etwas dazu sagen kann.

»Diese Bedrohung betrifft uns noch mehr als euch«, spricht Valerius. »Aber ich habe eine Verpflichtung gegenüber meinem Herrn. Nun da die unmittelbare Gefahr für das Galluskloster gebannt ist, kehren wir noch heute zurück in die Raetia. Sollten diese Teufel nicht mehr in den Wäldern und Hügeln versteckt sein, von denen ihr spracht, sind sie uns stattdessen schon um Tage voraus.«

Angesichts der breiten Zustimmung und der Anwesenheit eines hohen Abgesandten aus der Raetia bleibt Abt Thieto nichts anderes übrig, als alldem zuzustimmen. Er erteilt Walto seinen Segen und zieht sich mit seinen Kriegern in die Pfalz zurück. Der Dekan eilt augenblicklich mit Athanasius davon, um Vorbereitungen zu treffen. Wir folgen ihm, ohne zu wissen, was nun geschieht.

»Matheus, du muss das nicht tun. Kehre heim zu deiner schwangeren Frau«, spreche ich leise, während wir Walto folgen. »Anna wird sich über etwas Gesellschaft freuen.«

»Was denkst du eigentlich, wer du bist?«, fragt Anna wütend und so laut, dass wir viele Blicke auf uns ziehen. Nach der letzten Nacht habe ich keineswegs mit einer solchen Reaktion gerechnet. Aber natürlich hat sie recht. »Ich kenne den Infirmar mindestens genauso gut wie du.

Geh doch du zurück nach Buocha und kümmere dich um unsere Kinder!«

So aufgebracht habe ich meine Anna schon sehr lange nicht mehr gesehen. Die Ereignisse gehen ihr nah und ich würde sie keinesfalls davon abbringen können, sich der gefährlichen Suche anzuschließen. Vorsichtig meldet sich Matheus zu Wort und beendet damit das unangenehme Gespräch:»Ich bin ebenfalls dabei. Sonst verlauft ihr euch noch.« Bei diesen Worten zeigt selbst Snato eines seiner seltenen Lächeln und Matheus ergänzt:»Maia kennt eure Söhne gut genug und bestimmt verbleiben auch Warsind und Fridpert noch einige Tage in Buocha.«

»Davon könnt ihr ausgehen«, grinst Sintwart,»denn ich werde euch ebenfalls nicht von der Seite weichen und ohne mich werden sie kaum nach Hause weiterziehen. Wenn ich meinem Vater erzählen würde, dass ich die Rettung eures Freundes einem Ungrer und einigen Mönchen überließ, würde er mich vermutlich eigenhändig zurückprügeln.«

Lachend folgen wir dem Dekan zu den Stallungen und zu den Unterkünften des Gesindes. Es ist schön, wieder gemeinsam mit meiner Anna einem gefährlichen Unternehmen entgegenzublicken, selbst wenn die Umstände trauriger Natur sind. Wir können nur mutmaßen, wo die verschwundenen Mönche sind, doch keimt nun wieder die Hoffnung, sie lebend anzutreffen.

Cap. X

Strello

»Nach der Sexta brechen wir auf«, verkündet uns Walto und begibt sich dann zum Gebet in die Kirche. Er erzählte uns davon, wie Abt Engilbert aus Gründen des Alters von seiner Aufgabe zurücktrat und wie danach Thieto als Nachfolger gewählt wurde. Dass kurz darauf die Saracenen die sonntägliche Kreuzprozession überfielen, soll von einigen als schlechtes Omen für Thietos Abbatiat gedeutet worden sein. »Aber darum wird schon nicht das ganze Kloster niederbrennen«, scherzte Walto, als er uns von der Zeit erzählte, in der wir an der Unstruod gegen die Ungrer ins Feld zogen. An unseren Taten im Norden schien er dagegen weniger interessiert, womöglich fürchtete er aber einfach, dass uns in den kommenden Nächten der Gesprächsstoff ausgehen könnte.

Snato, Matheus, Sintwart, Anna und ich decken uns mit ausreichend Nahrungsmittel für drei Tage ein und verstauen die drei zusätzlichen Decken, die wir vom Dekan erhalten haben. Athanasius bereitet sich ebenfalls vor, unterhält sich mit einigen der zwölf Knechte, dich sich an der Suchaktion beteiligen, und verschwindet dann. Es wollten sich deutlich mehr Personen aus der Familia des Klosters an der Suche beteiligen, doch befürchtete Walto wohl zu Recht, dass der Abt – in Sorge um das Wohlergehen des Klosters – womöglich gleich die ganze Aktion abgesagt hätte. Die Knechte sind bewaffnet mit Speeren, Äxten und Sensen, ihren alltäglichen Werkzeugen. Damit wären wir neunzehn halbwegs Bewaffnete, die bald einer unbekannten Anzahl Feinde gegenüberstehen könnten. Wir hätten die Krieger des Abts gut gebrauchen können, doch sind wir auf diese Weise vermutlich unauffälliger und leiser.

Die Sonne steht hoch am Himmel, der Tag hält also noch einige helle Stunden für unsere Suche bereit. Wir machen uns auf zum Eingang des Klosterbezirks, in der Hoffnung, nochmals Valerius über den Weg zu laufen, und warten auf die Rückkehr von Walto. Die Raeter stehen in Marschkolonne bereit und bevor ich Valerius finde, hat mich dieser längst entdeckt: »Wir hätten euch begleitet, Marcus«, schlägt er jenen freundschaftlichen Ton an, den er bereits während unserer kurzen Unterredung nördlich des Bodamansees einsetzte, »aber bestimmt verstehst du, wie wichtig es ist, die Menschen der südlichen Raetia vor dieser Bedrohung zu beschützen.« Ich nicke nur, denn mit dieser Entscheidung habe ich bereits gerechnet. Wir kämpfen alle für dieselbe Sache, wenn auch an verschiedenen Fronten und nicht immer aus denselben Gründen.

Valerius selbst scheint sich dabei viel mehr Gedanken gemacht zu haben. Denn, als sich Walto nähert, fährt er fort: »Treibt sie aus ihren Verstecken. Wir werden bei Hochstadio nicht die Fähre zurück ans andere Ufer nehmen, sondern folgen dem Rîn auf dieser Seite nach Süden, sodass die Saracenen im besten Fall von den Bergen herab direkt in unsere Arme laufen. Oh, und freut euch stattdessen über einige erfahrene Schwerthände meiner Brüder vom Bodamansee.« Ich verstehe nicht, was wir mit dieser Information anfangen sollen, aber wir danken ihm und verabschieden uns mit den besten Wünschen. Dann brechen die Raeter auf. Welche Brüder vom Bodamansee sollen uns helfen? Er wird kaum von Mönchen gesprochen haben. Etwa gleichgesinnte Romanen? Hat er heimlich Hilfe aus Bregancia angefordert?

Walto erreicht uns etwa zur selben Zeit wie Athanasius, der ein langes Bündel auf dem Rücken trägt. Gerne hätte ich erfahren, was er denn alles mitzunehmen gedenkt, doch der Dekan wirkt verärgert, sodass ich gar nicht erst frage. Bestimmt hat sich Athanasius mit Salben, Verbänden und anderen Utensilien zur Wundversorgung eingedeckt.

»Wir brechen auf«, äußert Walto knapp. Einer der Knechte führt einen Esel mit Verpflegung sowie der Ausrüstung des Dekans mit sich, sodass nun nichts mehr unseren Aufbruch hinauszögert; nun, fast nichts:

»Meine Männer stoßen in Kürze zu uns, Dekan«, höre ich plötzlich eine Stimme, die ich zwar gerade nicht zuordnen kann, die jedoch tiefes Unbehagen auslöst. »Waldo, nicht wahr? Ihr wollt doch nicht dem Auftrag Eures Abts zuwiderhandeln?«

»Walto, nicht Waldo«, raunt der Dekan verärgert und dreht sich widerwillig zum Urheber dieser Stimme um. Keinesfalls würde er gegen die Regeln seines Ordens handeln, doch scheint ihm dieser Mann sämtliche Beherrschung abzuverlangen. Ich drehe mich ebenfalls um und bevor ich sehe, wer da auf uns zukommt, spüre ich am schmerzhaften Griff von Anna, dass dessen Ankunft nichts Gutes verheißt.

Ich könnte mich übergeben. Mit dieser Fratze hätte ich in der Tat zuletzt gerechnet. Doch haben wir uns dies selbst zuzuschreiben, nachdem wir gestern nicht etwa einen Umweg eingeschlagen haben, sondern den direkten Weg – an Arbona vorbei – gewählt haben. In gutem Kettenhemd, bewaffnet mit Spatha und Sax und ausgerüstet, als wollte er eine lange Pilgerreise antreten, nähert sich Strello – zugleich Centenar von Arbona und Todfeind von Anna und mir. Er hat uns noch nicht gesehen. Stattdessen besteht er darauf, dass wir warten:»Meine Männer sollten jeden Moment dort aus dem Wald kommen.« Strello weist auf die Stelle, wo der Pfad sich nördlich des Klosters im Wald verliert. Heute Morgen erreichten wir auf diesem Weg das Kloster. Wie lange Strello wohl schon im Kloster ist? Er muss nach uns eingetroffen sein. Vermutlich ritt er seiner Truppe voraus, um die Lage zu prüfen; ein durchaus kluger Schritt, den ich ihm nicht zugetraut hätte. Was passiert wohl, wenn er uns entdeckt? Nun wäre nicht der Zeitpunkt für einen Kampf, ebenso wenig für einen gerichtlichen Streit.

»Meine Geduld hat seine Grenzen«, antwortet Walto und ringt um Beherrschung.»Wir müssen Herinisau noch vor Anbruch der Nacht erreichen, sonst wird es gefährlich.« Strello gesellt sich zum Dekan und ich frage mich, ob der Tribun von Arbona absichtlich seinen Centenar geschickt hat. Wusste er gestern, wer ich bin? Und welchen Zweck verfolgt eigentlich der Abt, indem er einen Centenar aus Arbona an die Seite seines eigenen Dekans stellt? Teilt er absichtlich die Anführerschaft dieses Unternehmens auf, um den Ruhm zu schmälern, den sein Dekan dadurch erlangen könnte?

Zu Waltos Erleichterung dauert es wirklich nicht lange bis wir eine geordnete Kolonne unberittener Krieger den Hügel hinabmarschieren sehen. Und an ihrer Spitze erkenne ich – welch Glück – meinen alten Freund Milo.

»Athanasius, du bildest mit Marcus und seinen Leuten die Vorhut«, ordnet Walto an und blickt dabei mit halb fragendem Blick zu uns, als wäre er sich ob der Befehlsgewalt unsicher. Doch mich hat eher verunsichert, dass er mich wie den Anführer eines Kriegertrupps genannt hat und von ›meinen Leuten‹ gesprochen hat. Denn natürlich werden wir gerne vorausgehen. Doch meine Erwähnung hat nun erstmals Strellos Aufmerksamkeit auf mich gelenkt.

»Der Mann, der sich gerne mit ›Marcus von Arbona‹ betitelt«, spricht er mit erzwungen freundlicher Stimme, »nicht wahr, alter Freund?«

Was soll ich darauf entgegnen? Ich habe mich lediglich als Mann aus Arbona bezeichnet, als dies tatsächlich noch der Fall war, und inzwischen haben sich alle um mich herum daran gewöhnt. Und selbst wenn ich lange nicht mehr in jenem Kastell am Bodamansee war, so hoffte ich in den letzten Jahren mehr und mehr, eines Tages dorthin zurückkehren zu können; besonders während meines Kampfes Seite an Seite mit Milo vor fünf Jahren. Denn, auch wenn Anna und ich uns in Buocha ein neues Zuhause aufgebaut haben und ich mich dort zu Hause fühle, wo meine Familie lebt, empfinde ich Arbona nach wie vor als meine Heimat. Arbona ist meine Bestimmung.

Hier und jetzt im Angesicht von Strello sehe ich es sogar als besondere Ehre, Marcus von Arbona zu sein. Das Leben, das er nach seinem Verrat führte, hätte meines sein können. Stattdessen fürchtete ich mich vor den Folgen einer Rückkehr. Zumindest dachte ich das lange und nannte dies auch Anna gegenüber immer als Grund. Womöglich erwarte ich aber auch, dass Arbona mir ein Zeichen schickt. Als mir Milo vor Jahren in Zurich begegnete und mit mir über die Vergangenheit sprach, sah ich dies erst als solches Zeichen. Doch dann tötete ich vor seinen Augen einen Unbewaffneten und die Chance auf eine Rückkehr war verwirkt. Muss ich mich neuerlich beweisen?

Am liebsten würde ich Strello mitten ins Gesicht schlagen. Selbst Milo verstünde das. Doch nicht nur meine Chance auf eine Rückkehr nach Arbona würde dadurch in noch weitere Ferne rücken. Auch unsere Chance zur Rettung der Mönche würde durch einen Streit gefährlich weit hinausgezögert. »Nimm dich in Acht, du großer Krieger«, stellt sich nun plötzlich Anna an meine Seite und Strello erbleicht. Von mir scheint er gehört zu haben, aber er rechnete sicher nicht mehr mit Anna, der Magd, die er damals wie Dreck behandelte und zum Sterben zurückließ. Annas Hand umklammert bedrohlich den Griff ihres Kurzschwerts, das sie in einer Lederscheide umgebunden trägt. »Du solltest sie alle ganz allein angreifen. Wer, wenn nicht der große Strello, Centenar von Arbona, könnte die Saracenen in die Flucht schlagen?« Strello hätte gerne etwas entgegnet. Seine Lippen beben vor Wut, doch er scheint inzwischen gelernt zu haben, wann man besser schweigt.

»Mit diesen Leuten wollt ihr kämpfen, Dekan?«, fragt Strello wütend und geht dann seinen Leuten entgegen.

»Was ist denn zwischen euch vorgefallen?«, fragt Walto verwundert, »nicht, dass ich dich deswegen verurteile, Marcus, aber ich wüsste nur gerne, ob ich mich im Kampf voll auf meine Mitstreiter verlassen kann.«

»Keine Sorge, ich richte mein Schwert nur gegen jene, die uns Schaden wollen.« Der Dekan wirkt durch meine Antwort keineswegs beruhigt, aber in diesem Moment fühle ich mich nicht in der Lage, ruhig Blut zu bewahren.

Wir warten noch etwas, dann gibt Walto den Befehl zum Aufbruch, sodass sich Strello und die Krieger aus Arbona mit nur kleinem Abstand unserer Kolonne anschließen können. Nach dem Marsch vom Bodamansee hierher erwarteten seine Leute zweifellos eine kurze Verschnaufpause, doch wie auch Anna und ich, fühlt sich Walto unbehaglich beim Gedanken, dass dort oben in den Hügeln und Bergen womöglich noch verzweifelt auf Rettung hoffende Mönche warten.

Der erste Teil des Weges führt uns auf einem breiten Pfad weiter durch das Tal und ich wundere mich bereits, warum wir keinen direkteren Weg in die Hügel suchen. Dann zweigt ein schmaler Trampelpfad ab, der bergauf führt und ich erinnere mich daran, dass die Mönche des Gallus schon seit vielen Jahren kleinere Außenstellen in diesen unwirtlichen Hügeln betreiben. Der Abt selbst sprach von Huntwil und Herinisau. Und in der Tat erkenne ich im aufgeweichten Boden tiefe Hufabdrücke. Warum folgen wir derselben Spur wie der erfolglose Abt Thieto?

Bergauf nutze ich immer wieder die Gelegenheit zurückzuschauen und einen Blick auf Milo zu erhaschen.

Ob er weiß, dass ich Teil dieses Trupps bin? Strello scheint es zumindest geahnt zu haben, sonst hätte er anders reagiert. Bestimmt hat ihm der Tribun von einem Marcus berichtet. Womöglich hat ihm gar Milo bestätigt, dass ich noch am Leben bin. Bei unserer letzten Begegnung trennten wir uns nicht gerade versöhnlich. Er wollte unseren letzten lebenden Gegner damals dem Tribun ausliefern, doch aus Angst, dieser könne entkommen und uns erneut bedrohen, tötete ich den Unbewaffneten. Damit zeigte ich nicht nur ihm, sondern in erster Linie auch mir eine Seite, die ich bis dahin nicht von mir kannte und die ich gerne vergessen würde. Doch diese Tat haftet mir auf ewig an. Wie könnte ich es Milo also verdenken?

Ein fernes Knacken im Wald lässt mich aufhorchen und holt mich augenblicklich aus meinen Gedanken. Ich darf mich nicht mehr so leicht ablenken lassen. Nun könnte hinter jeder Biegung des Weges, auf jedem Baum und in jedem Unterschlupf der Feind lauern. Auch die anderen beobachten aufmerksam die Umgebung, während wir uns in gleichmäßigen Schritten bergauf bewegen. Bestimmt war es nur ein Reh. Die Abenddämmerung setzt ein und das Wild sucht nach frischem Gras, das nun an den Waldrändern und auf Lichtungen überall hervorschießt, seitdem der Schnee geschmolzen ist.

Als es eindunkelt, erreichen wir ohne weitere Ereignisse eine kleine Kapelle und drei einfache, mit Lehm verputzte Hütten. »Herinisau«, verkündet der Dekan. »Esst etwas und sucht euch einen Platz zum Schlafen. Morgen brechen wir früh auf.« Ich bin überrascht, dass wir nicht begrüßt werden und auch als wir die Hütten durchstreifen, stoßen wir auf keinerlei Bewohner. Walto scheint dies nicht weiter zu kümmern, als wüsste er mehr als wir. Wurden die Bewohner von Herinisau längst Opfer der Saracenen? Oder haben sie sich vorsorglich ins Tal zurückgezogen?

Als wollte er sich mit Walto gutstellen, bietet Strello an, dass die Krieger aus Arbona in der ersten Nacht die Wache stellen. Wie sehr ihm das seine Leute – die ohne Pause vom Bodamansee hierher marschiert sind – danken, kann ich mir gut vorstellen. Auch ich sollte diese Nacht ruhen, denn der lange Marsch von der Unstruod hierher sitzt mir noch immer in den Knochen. Aber ich muss unbedingt mit Milo sprechen. Hoffentlich erwische ich ihn bei der Wache. »Schlaf weiter, meine Liebe«, flüstere ich Anna zu, als ich aufstehe, und ziehe ihr die Decke bis über die Schultern hoch. Wir sind in den Häusern zwar vor dem Wind geschützt, aber ohne Feuer ist es zu dieser Jahreszeit noch immer eisig. Ich trete vor die Tür und blicke mich um. Vor der Kapelle im Zentrum brennt ein Feuer. Vermutlich würde ich dort auf Strello treffen, worauf ich im Moment gar nicht erpicht bin. Dann sehe ich, dass mindestens vier weitere Feuer rund die um die Häusergruppe entzündet wurden. Dort lagern jeweils zwei bis drei Krieger aus Arbona. Vermutlich hält jeweils einer pro Feuer Wache, während die anderen schlafen. Ich gebe vor, mir etwas die Beine zu vertreten und drehe eine kleine Runde um die Häuser.

»Wenn ich es euch doch sage! Er ist es«, höre ich vom nächstgelegenen Feuer plötzlich aufgeregte Stimmen, gefolgt von Getuschel. Ich trete etwas näher.

»In der Tat, er lebt. Vielleicht überdenkt ihr einmal, was uns der Centenar damals alles erzählt hat«.

»Der sieht sich doch ohnehin immer als Retter von Arbona«, höre ich eine dritte Stimme. Strello scheint also doch nicht nur der beliebte Centenar zu sein, wie ich annahm. Hätte ich damals einfach heim nach Arbona gehen sollen? Habe ich mich erst durch meine Abwesenheit verdächtig gemacht?

»Ich wäre damals beinahe gestorben. Strello hat mich gerettet. An mehr mag ich mich nicht erinnern«, ist erneut die zweite Stimme zu hören, die ich nun mit Sicherheit als jene von Milo identifizieren kann. Ich habe ihn gefunden, doch kann ich schlecht in diesem Augenblick aus dem Dunkeln treten. Dann wissen sie alle, dass ich sie belauscht habe. Vorsichtig mache ich einige Schritte zurück, entlang der Hauswand. »Wie ich gehört habe, wurde aber auch Marcus schwer getroffen und vermutlich war es ihm deshalb nicht mehr möglich, sich den Weg zurück nach Arbona freizukämpfen. Wir sollten ihn also nicht zu voreilig verurteilen.« Schritt für Schritt schleiche ich rückwärts. Die Stimmen werden leiser. Gerne hätte ich weiter zugehört, denn Milo scheint mir weiterhin zu vertrauen. Aber vielleicht warte ich besser bis morgen, um mich mehr zufällig mit ihnen zu unterhalten.

Dann passiert es. Ich knalle ungeschickt gegen zwei geflochtene Körbe, wovon einer offenbar mit kleinen flachen Steinen gefüllt ist. Laut scheppernd purzelt alles zu Boden. »Halt!«, höre ich einen der Männer von Milos Feuer rufen. »Zeige dich.« Was für ein Mist. Jetzt kann ich mich nicht mehr so leicht rausreden.

Ich drehe mich um und trete mit offenen Armen rasch in den Schein des Feuers. »Seid gegrüßt«, ergreife ich die Initiative. »Ich wollte mich nur vergewissern, dass ihr alles habt, was ihr braucht«, äußere ich das erste, das mir spontan einfällt. Doch wird mir diesen Schwachsinn niemand glauben und es ist offensichtlich, dass ich nicht zufällig in ihr Gespräch gestolpert bin.

»Marcus«, begrüßt mich Milo und seine zwei Kameraden schauen mich mit großen Augen an. Was sie wohl sonst schon von mir gehört haben? Kennen wir uns womöglich noch von früher?»Darf ich vorstellen: Tetto und Emilo«, stellt mir Milo seine Wachkameraden vor, wovon mir einer tatsächlich bekannt vorkommt.

»Sehr erfreut«, antworte ich leicht verlegen.»Wir kennen uns schon«, lächle ich Tetto an. Er hielt damals einige Male mit mir Wache auf den Mauern von Arbona.

»Ich hörte, du hast in großen Schlachten gegen die Ungrer gekämpft«, zeugt Tettos Antwort gar von Bewunderung. Besonders nachdem ich beim Lauschen erwischt wurde, hätte ich eine andere Reaktion erwartet. Er ist älter als ich und hat – wie alle anderen in Arbona auch – wohl schon mehrere Male Strellos Geschichte gehört, weshalb ich selbstverständlich davon ausging, dass alle in meiner wahren Heimstatt schlecht von mir denken.

Wir unterhalten uns lange. Milo erzählt von Arbona, nennt viele vertraute Namen und auch Emilo und Tetto berichten mit Freude vom stolzen Arbona. Und als ich von den Ereignissen in der Alsaza, an der Unstruod und meinen Erfahrungen mit den Leuten aus Constantia und den Mönchen des heiligen Gallus berichte, lauschen sie aufmerksam und ehrlich interessiert. Nicht alle scheinen so zu denken wie Strello. Ich genieße durchaus Ansehen. Schaffe ich es womöglich doch noch zurück nach Arbona? Ich vergesse völlig die Zeit und meine anfängliche Müdigkeit. Für einen kurzen Moment fühle ich mich als Teil von Arbona.

Cap. XI

Donnerstag, 11. April 933

Vergangene Nacht kam ich nicht mehr zum Schlafen, ebenso wenig Milo, Emilo und Tetto. Hoffentlich werden wir das heute nicht bereuen. Doch hielten uns erst Geschichten um die Nachwehen der ungrischen Angriffe wach. Später alarmierte uns ein unerklärliches Knacken in der Dunkelheit, worauf Milo seinen Kameraden Tetto zum Centenar schickte. Es wäre durchaus angebracht gewesen, eine kurze Erkundungsmission zu wagen, da wir keinerlei Anhaltspunkte zum Aufenthaltsort der Saracenen haben. Wir tasten noch immer im Dunkeln und hätten in der Nacht leicht zu Opfern eines Überfalls werden können. Zu unserer Enttäuschung kümmerte dies Strello wenig, sodass wir auch in den folgenden Stunden mit angespannter Aufmerksamkeit wach am schwächer werdenden Feuer sitzen blieben und uns über die vergangenen Ereignisse in Arbona unterhielten. Strello kam dabei nicht gut weg. Selbst Milo, der mir damals berichtete, wie jener ihn vor dem sicheren Tod gerettet haben soll, fand keine freundlichen Worte mehr für seinen Centenar. Offenbar untergrub er in letzter Zeit gar die Stellung des Tribuns und soll einige Krieger als persönliche Gefolgsleute gewonnen haben.

Über den Baumwipfeln zeigt sich das erste Licht der morgendlichen Sonne, als wir erneut aufgrund nahender Schritte aufschrecken und unsere Waffen zücken. Doch ist es Matheus, der – auf der Suche nach mir – das Lager in Herinisau durchstreift und sich schließlich zufrieden an meine Seite setzt. »Was treibst du hier draußen?«, spottet er. »Deine Frau hätte sich bestimmt über etwas Wärme gefreut.« Dann blickt er in die Runde und grüßt Milo, den er noch von unserem Kampf damals in Liubmanswila kennt.

»In wessen Dienst kämpfst du hier, Matheus?«, fragt Milo verwundert. »Du wirst doch nicht diesem Taugenichts gefolgt sein?« Mit einer Kopfbewegung deutet er lachend in meine Richtung.

»Genau so ist es, mein Freund«, antwortet Matheus. »Ohne mich wäre er doch ein gefundenes Fressen.« Das bringt uns alle zum Lachen und als sich daraufhin Anna, Snato und Sintwart zu uns gesellen, fragt Matheus: »Aber welches Interesse hegt Arbona an dieser Verfolgung?«

»Unser Herr Tribun hörte davon, dass Valerius aus Curia den Dienern des heiligen Gallus zu Hilfe geeilt sei und vermutlich zur Wahrung der alten Verbindung mit Curia entschied er, den Centenar mit einer Schar Krieger zur Unterstützung zu schicken«, erklärt uns Emilo.

»Abgesehen davon liegen freie Handelswege auch im Interesse von Arbona«, ergänzt Tetto augenzwinkernd.

»Wir brechen auf!«, ist plötzlich die kräftige Stimme des Dekans zu hören. »Ich möchte Huntwil noch vor dem Mittag erreichen.«

Um uns den anderen Kriegern anzuschließen, erheben wir uns vom nächtlichen Lagerplatz und als ich Anna die Hand gebe, um sie hochzuziehen, lässt sie sich absichtlich in meine Arme fallen und küsst mich herzlich. »Mir scheint langsam, du ziehst die Gesellschaft deiner Kameraden der meinen vor«, scherzt sie leise und möchte nun ebenfalls den anderen folgen. Ich ziehe sie zurück, nehme sie liebevoll in den Arm und küsse Anna zärtlich auf den Mund. Dann folgen wir dem grinsenden Snato. Walto der Dekan übernimmt erneut die Vorhut, Strello schließt sich an. Milo und die anderen aus Arbona folgen ihrem Centenar.

Die Kämpfe im Norden und das Wiedersehen mit meiner Familie sowie die Gespräche der vergangenen Nacht und der neue, bislang unsichtbare Feind bringen mich ganz durcheinander. Führe ich hier den Kampf, den ich tatsächlich führen muss? Führe ich ihn für meine Familie? Tue ich das alles zur Beruhigung meines Gewissens, also letztlich für mich selbst? Sollte ich Strello mit der Vergangenheit konfrontieren, ihm verzeihen oder für unser aller Seelenheil einfach von vorne beginnen und um Aufnahme in Arbona bitten? Während des beschwerlichen Marsches durch das bewaldete, hügelige und immer mehr von kleinen Bächen durchfurchte Land, beobachte ich meine Gefährten sowie das einfache Gesinde aus dem Galluskloster und die Krieger aus Arbona. Wir alle verfolgen dasselbe Ziel, doch könnte unser Antrieb kaum unterschiedlicher sein.

Wäre es nicht klüger, Sintwart zu Bruder und Vater sowie Matheus zur schwangeren Maia zurückzuschicken? Vor lauter Fragen in meinem Kopf, muss ich mich immer wieder daran erinnern, dass es hier nicht nur um mich, sondern auch um die entführten Mönche geht. Spätestens als sich Athanasius zu unserer Gruppe zurückfallen lässt, wird die Erinnerung an den guten Infirmar wieder wach. Allerdings bezweifle ich, dass wir die Saracenen noch rechtzeitig einholen werden, nachdem bereits der Abt mit seinen Reiterkriegern erfolglos blieb.

Noch bevor die Sonne im Zenit steht, erreichen wir unser nächstes Ziel Huntwil. Nachdem wir vorhin plötzlich vor einer steilen Schlucht standen, rechnete ich nicht mehr damit, dass wir es so früh hierher schaffen würden, doch Walto kennt sich gut aus und führte uns an geeigneter Stelle über den tief in die Hügel geschnittenen Bach. Anders als zuvor treffen wir hier in Huntwil auf drei verängstigte Männer, darunter ein Mönch. Sie haben sich vor den Saracenen versteckt und müssen offenbar auch die Krieger des Abts verpasst haben, denn laut ihrem Bericht, sind wir die ersten Menschen, die sie zu Gesicht bekommen, seit eine große Zahl an schrecklich finsteren Kämpfern Huntwil geplündert hätten und dann mit einigen gefesselten Mönchen weitergezogen seien.

»Durchsucht die Gebäude, sorgt euch um unsere Brüder«, befiehlt Walto und erhält darauf nicht nur Zustimmung. Natürlich würde auch ich am liebsten gleich weiterziehen, um den Feinden nachzusetzen, doch lediglich Strello vermag seine Unruhe nicht zu verbergen: »Während ihr die Stellung sichert, erkunden wir die Umgebung«, erklärt der Centenar kurzerhand. Aus Angst um seinen Fürsprecher und Freund schließt sich ihnen auch Athanasius an, worauf Anna ebenfalls darauf besteht, auf die Suche zu gehen. Und dabei scheinen Strellos Absichten klar, nachdem was ich letzte Nacht von Milo und den anderen gehört habe. Er möchte den Tribun von Arbona beerben, und dies lieber früher als später. Hierfür braucht er dringend einen Erfolg, wobei das Wohl seiner Männer für ihn offensichtlich eine untergeordnete Rolle spielt. Denn, falls wir nun wirklich auf den Feind treffen, wäre es besser, einige Ortskundige an der Seite zu wissen und in der Überzahl zu sein. Aber der Dekan – vermutlich froh, den geltungssüchtigen Centenar für kurze Zeit los zu sein – spricht sich nicht dagegen aus und sichert stattdessen Huntwil.

Auf breiter Front verteilt gehen und klettern wir bergan. Zuerst folgen wir einem kleinen Bach bis zu dessen Quelle, nur um dann völlig willkürlich ins Unbekannte vorzurücken. Strello ist ein Narr! Selbst ihm hätte ich mehr Gespür zugemutet. Wir hätten besser auf Walto gewartet. Plötzlich stoßen Athanasius, Anna, Snato, Matheus, Sintwart und ich auf einen verlassenen Lagerplatz. »Hier versteckte sich wohl kaum nur eine Handvoll Bauern«, gebe ich den anderen zu verstehen, dass wir offenbar auf eine Spur unserer Feinde gestoßen sind. »Wir müssen die anderen warnen.« Ich befürchte schon, dass mich meine angestaute Erschöpfung unvorsichtig werden lässt und dass ich etwas Wichtiges übersehe.

Doch jäher Kampflärm ganz in unserer Nähe macht weitere Vorsicht unnötig. Der fehlende Schlaf der vergangenen Nacht ist vergessen. Wir eilen so schnell wie möglich weg vom lichten Lagerplatz über bemooste tote Bäume weiter bergan durch den dichter werdenden Wald, immer weiter den Geräuschen folgend. Starkes Wurzelwerk ragt aus dem steil abfallenden Hang. Wo wird gekämpft? Noch hat niemand seine Waffe gezückt; zu sehr brauchen wir unsere Hände, um zu klettern. Erst als wir flacheren Grund erreichen, sehe ich wie Athanasius das geheimnisvolle Bündel entrollt und darin ein ungrisches Langschwert zum Vorschein kommt; eine zurecht gefürchtete Waffe. Das muss sein altes Schwert sein. Vermutlich bewahrte es der Infirmar als eine Art Zeichen der Bekehrung verborgen auf. Und vermutlich rechneten weder er noch Athanasius damit, dass es je wieder Blut schmecken würde.

Auch ich ziehe meine Spatha und gemeinsam eilen wir in Richtung des Stimmengewirrs. Wir nähern uns allerdings so laut, dass sich plötzlich wie aus dem Nichts vor uns drei Krieger erheben und umdrehen, die ganz sicher nicht aus diesen Landen stammen. Und nun verstehe ich auch die Bezeichnung als fremdartig und warum sich die Geflohenen in Huntwil fürchteten. Die Kämpfer tragen ungewohnt weite Kleidung und spezielle runde Helme mit Stoffbahnen, die teils über den Hals hinabreichen. Zudem habe ich nie zuvor solch dunkle Haut gesehen. Händler, die bis nach Italia zogen, berichteten zwar ebenfalls von dunklerer Haut, aber dass dieser Anblick die Mönche des heiligen Gallus in Panik versetzte, kann ich nachvollziehen. Einer der Fremdlinge flucht laut in einer Sprache, die ich noch nie gehört habe.

Ohne zu zögern oder einen eröffnenden Schuss von Snato abzuwarten, stürze ich mit meinem Schwert auf den am nächsten stehenden Gegner zu, während Athanasius seinen Nebenmann attackiert. Überrascht von unserem Angriff flieht der dritte Krieger. Vermutlich haben wir es bald mit mehr von ihnen zu tun. Athanasius schwingt seine ungrische Klinge mit solch eleganter Präzision, als hätte er nie aufgehört, sie zu führen. Mit einem geschickten Schwertstreich streckt er seinen Gegner nieder.

Ich wehrte soeben zwei unsichere Attacken des Saracenen vor mir ab und trete einen weiteren Schritt vor, als er angesichts meiner heranstürmenden Freunde zurückweichen will. Einen kurzen Augenblick nur wendet er seinen Blick zur Seite, worauf mir nach einem heftigen Schlag auf seine Klinge ein Treffer gegen seine Schwerthand gelingt. Sofort sinkt der Saracene auf die Knie und bittet offenbar um Gnade. Mit seiner Linken umfasst er schmerzverzerrt seinen stark blutenden rechten Unterarm. Wir verschonen ihn und Sintwart nimmt ihm auch die übrigen Waffen ab.

Nun sehen wir, was die drei Krieger beobachtet haben. Hügelabwärts durch die Bäume hindurch erkennen wir die Männer aus Arbona. Sie erwehren sich eines heftigen Angriffs. Rasch eile ich ihnen an der Seite von Anna, Matheus und Athanasius zu Hilfe, während Snato und Sintwart die höhere Position behaupten. Offenbar wurden unsere Verbündeten durch einen Pfeilhagel empfangen, wie ein halbes Dutzend von Pfeilen getroffener Krieger am Boden vermuten lässt. Einige von ihnen winden sich noch immer unter Schmerzen. Hoffentlich würden der Dekan und das Gesinde des heiligen Gallus bald dazustoßen; sonst wäre dies unser aller Ende. Vermutlich wäre es klüger, eine Umgehung zu versuchen, um unseren Gegnern in den Rücken zu fallen, doch würde dies wertvolle Zeit kosten, die unsere Waffenbrüder aus Arbona nun einmal nicht mehr haben. Sie brauchen unsere Hilfe jetzt. ›Strello, du Narr!‹, fluche ich erneut innerlich.

Mit Kampfgeschrei stürzen wir hügelabwärts, immer auf Wurzeln und feuchtes Blattwerk achtend. Vor mir erkenne ich Milo in verzweifeltem Zweikampf. Neben ihm sackt Emilo mit klaffender Kopfwunde zu Boden. Die Krieger aus Arbona sind mitten in eine Falle gelaufen und von ihrem Anführer, Centenar Strello, ist nichts zu sehen. Er lief doch nicht etwa zurück, um Verstärkung zu holen? Das könnte jeder andere genauso erledigen. Ein Centenar kämpft an der Seite seiner Leute und notfalls stirbt er mit ihnen. Athanasius eilt Milo zu Hilfe. Dessen Gegenüber erkennt die neue Gefahr augenblicklich und lässt sich etwas zurückfallen. Dies verschafft mir die Möglichkeit, einen raschen Überblick zu gewinnen. Und tatsächlich erkenne ich Strello weiter entfernt am Boden. Ohne Schwert kriecht er über den feuchten Waldboden, weg von den eigenen Leuten, so als wollte er sich verstecken. Der feige Hund soll gefälligst aufstehen und seinen Leuten beistehen.

Die Verwirrung könnte kaum schlimmer sein, das Blutbad nimmt seinen Lauf, ohne dass ich sagen könnte, wer gerade im Vorteil ist. Anna rennt an mir vorbei, um mit dem Sax einem anderen Krieger zu Hilfe zu eilen. Dann lässt uns neuerliches Kampfgeschrei vom Abhang gegenüber innehalten und ich bereue, überhaupt mit Strello mitgezogen zu sein, statt bei Walto zu bleiben. Kalter Schweiß rinnt über meine Stirn. Wenn dies weitere Saracenen sind, bedeutet dies unser Ende. Ich muss Anna hier fortbringen. Unsere Söhne sollen nicht als Vollwaisen aufwachsen müssen.

»Anna!« Doch meine Liebste hört mich nicht. Noch größere Verwirrung bricht unter den Kämpfenden aus. Denn auch die Saracenen scheinen nicht zu verstehen, wessen Kampfschreie aus dem Wald dringen. Dann plötzlich stürmen Saracenen ebenjenen Hügel hinab. »Snato!«, rufe ich meinen Freund herbei, der sich mit Sintwart bislang zurückhielt. Ohne zu wissen, ob überhaupt noch jemand die Lage überblickt, stürme ich nun ebenfalls los und ramme einen der Saracenen mit vollem Körpergewicht zu Boden, der sich gerade auf Anna zubewegte. »Lauf, Anna, lauf!«. Ich weiß, dass sie in dieser Lage vermutlich ebenso gehandelt hätte und sich darauf verlassen müsste, dass ich heim zu unseren Kindern eile, doch sie kann sich nicht zur Flucht überwinden. Stattdessen reißt sie ihren Sax nach vorne, als einer der Saracenen sich für einen Todesstoß über mich beugt. Blut spritzt über mein Gesicht und ich drehe mich mit voller Kraft zur Seite, um nicht unter dem Toten begraben zu werden. Als ich mich aufrichte, wird ein weiterer Angreifer von einem Pfeil in die Brust getroffen. Snato und Liutfrid schließen sich unserem Kampf an. Der Saracene, den sie bewachen sollten, dürfte nicht mehr am Leben sein, sofern sie ihn nicht an einen Baum gefesselt haben. Doch spielt dies nun alles keine Rolle mehr. Jetzt geht es nur noch ums Überleben. Sie oder wir.

Anna, Matheus, Milo und ich stehen zu allem entschlossen in enger Kampfformation, als die Saracenen plötzlich zurückweichen. Auch die übrigen Krieger aus Arbona scheinen überrascht, als plötzlich die Kämpfer des heiligen Gallus von zwei Seiten durch den Wald rennen; allen voran der Dekan höchstselbst. Und es ist ihr Kampfgeschrei, dass wir zuvor vernahmen. Die Saracenen fliehen, doch zwischen den Bäumen schnellen immer wieder todbringende Pfeile hervor. Sie zu verfolgen wäre in der jetzigen Situation und der unübersichtlichen Lage purer Wahnsinn.

»Arbona!«, schreit Milo neben mir mit markerschütternder Stimme. Seine Kampfgefährten strecken ihre Waffen in die Höhe und wiederholen seinen Ausspruch. Von Strello ist nichts mehr zu sehen. Bestimmt hat er längst die Flucht ergriffen und die Krieger von Arbona versammeln sich nun um Milo. Als der Dekan unsere Position erreicht, wird mir klar, was zuvor geschah. Die zu Hilfe eilenden Diener des heiligen Gallus müssen eine weitere Gruppe versteckter Saracenen aufgeschreckt und unabsichtlich vor sich hergetrieben haben, sodass es für uns erst danach aussah, als bekämen diese Teufel Verstärkung. Doch wurden sie nur weiteres Fleisch für unsere Klingen und der Sieg gehört nun uns. Allerdings ist er teuer erkauft und auch von den entführten Mönchen fehlt nach wie vor jede Spur.

Rasch eilt Matheus zurück auf den Hügel, um nach dem gefangenen Saracenen zu sehen. Wenn er nicht geflohen ist, hätte er womöglich wertvolle Informationen. Auch ich folge schnellen Schrittes, doch erkenne ich schon bald dessen Schicksal und bleibe stehen. Zwei Männer aus dem Gesinde des heiligen Gallus haben sich längst auf den wehrlosen und gefesselten jungen Saracenen gestürzt. Er ist unser Feind, doch ergab er sich in unsere Gnade und entsprechend muss er behandelt werden. Weit gefehlt. Von hier unten erkenne ich ein schreckliches Blutbad. Der Saracene wurde mit völlig übertriebenem Blutdurst abgeschlachtet und die zwei Männer durchsuchen nun seine Sachen.

So weit sind wir also schon mit unserer christlichen Nächstenliebe. Und Informationen werden wir so auch keine mehr erhalten. Anna an meiner Seite wendet mit

Entsetzen ihren Blick ab und spricht unnatürlich kalt: »Als Gefangener wäre es ihm wohl kaum besser ergangen.« Ich sage dazu nichts; sie war es, die damals als Gefangene mehrere Tage der Willkür der Ungrer ausgeliefert war. Darüber hat sie bislang eisern geschwiegen und sobald ich darauf zu sprechen komme, lenkt sie ab. Mein Blick schweift zurück über den blutigen Kampfplatz. Strello ist verschwunden und der Dekan sammelt alle Kämpfer. Wie viele Mitstreiter wir heute wohl verloren haben!

Cap. XII

Abbacella

»Wo ist dieser Narr?«, höre ich den verärgerten Dekan. Strello ist wie vom Erdboden verschluckt. Als hätten ihn diese Teufel zu sich geholt. Aber ich bezweifle, dass er den Tod im Kampf gefunden hat. Vielmehr wird er sich in irgendeinem Erdloch versteckt haben. Er führte seine Männer direkt in einen Hinterhalt und verschwand im entscheidenden Moment in den Wäldern, Hügeln und Bergen dieses unwegsamen Niemandslands. Diese unwirtliche Landschaft betritt niemand freiwillig, der nicht entweder den Tod in der Wildnis finden oder in totaler Einsamkeit leben will. Es würde mich nicht wundern, wenn der gewählte Vater Abt des heiligen Gallus seine Mönche und Diener noch weiter ins Unbekannte schickt, um Rückzugsorte und Gebetsstätten zu bauen. Bald dürfte es nach Herinisau und Huntwil noch weitere Abtszellen in dieser Landschaft geben.

Als Strello auch nach weiteren Stunden nicht auftaucht, vertrauen die überlebenden Krieger aus Arbona die Führung einstimmig Milo an. »Die Arbeit ist noch nicht getan«, erklärt dieser entschlossen. Er und die anderen Krieger werden den Dekan also noch weiter begleiten.

»Einige meiner Leute schaffen eure Verwundeten nach Huntwil und folgen uns dann augenblicklich nach. Die dortigen Überlebenden kümmern sich stattdessen um den Rücktransport ins Kloster«, verkündet Walto dankbar. »Ebenso wird man sich um die Gefallenen kümmern, das verspreche ich.« Er wartet das dankende Nicken von Milo ab und fährt fort: »Wir dürfen nicht länger warten. Mit jeder weiteren Stunde, die vergeht, sinken die Überlebenschancen unserer Brüder. Und diese Teufel werden ihren begangenen Frevel teuer bezahlen.«

Aus beiden Kampfgruppen wird jeweils ein Späher auserkoren und vorausgeschickt. Das sollte uns vor einem neuerlichen Hinterhalt bewahren. Dann marschieren wir los. Snato trägt seinen Bogen nun kampfbereit und Athanasius wischt gerade das letzte Blut von seiner Klinge. Noch bei unserer ersten Begegnung hätte ich ihn am liebsten getötet. Zu tief sitzt noch immer das Misstrauen gegenüber allem ungrischen. Doch nun, da er seinen Platz gefunden und seine Seite gewählt hat, bin ich froh, ihn bei uns zu wissen. Sein wertvolles Schwert war heute durstig und dem Blick in Athanasius' Augen nach zu urteilen ist sein Durst noch nicht gestillt. Dem gefangenen Infirmar verdankt er nicht nur sein Leben, er ist sein Freund.

Weiter und weiter ziehen wir durch das raue Land und versuchen, im dichten Wald die Spuren unserer Feinde auszumachen. Dann endlich lichtet sich vor uns das Geäst und wir stoßen auf ein kleines Flüsschen. »Die Sitteruna«, erklärt mir Athanasius erstaunlich akzentfrei. Ich bin überrascht, hier auf jenen Fluss zu stoßen, der in mir seit unserer Flucht vor den Ungrern vor sieben Jahren noch immer wechselhafte Gefühle auslöst. Einerseits sind da die schrecklichen Erinnerungen an Tod und Zerstörung, andererseits ist da die Freundschaft zum seligen Jacob und die Liebe zu Anna. Hier oben also speist sich dieses schicksalhafte Gewässer.

»Wir wollten längst bis zur Quelle vorstoßen«, erzählt mir der Ungrer weiter. »Mein Meister und ich. Auf der Suche nach Kräutern orientierten wir uns gerne an seinem Verlauf, doch ist die Sitteruna an manchen Stellen äußerst unberechenbar und nicht überall ist ein Durchkommen flussaufwärts möglich«.

»Da ist Blut«, spricht plötzlich Anna vor mir und deutet auf niedergedrücktes Gras am steilen Abhang zur Sitteruna. Und tatsächlich muss hier vor kurzem eine größere Gruppe Menschen vorbeigekommen sein und mindestens einer von ihnen dürfte verletzt gewesen sein, sodass sie oder er sich den Abhang hinabgleiten ließ.

»Seid wachsam«, befiehlt Milo, »das könnte eine weitere Falle der Saracenen sein.

»Wir gehen voran«, spricht der Dekan und führt seine wenigen Männer persönlich hinab ans Wasser. Sie begutachten den aufgeweichten Boden am Ufer. »Die Spuren führen flussaufwärts.« In seiner Stimme ist deutliche Erleichterung zu vernehmen.

»Warum stimmt ihn das so zufrieden?«, fragt Matheus leicht verärgert. Ob er es inzwischen bereut, mitgekommen zu sein, statt an der Seite seiner schwangeren Frau geblieben zu sein?

»Wären sie dem Wasser hinab gefolgt, würde dies eine erneute Bedrohung für das Kloster bedeuten«, erklärt Anna, als wäre es selbstverständlich. Matheus schweigt.

Wie auch allen anderen steht ihm die Erschöpfung ins Gesicht geschrieben.

In die Reihen des Dekans kommt Bewegung. Er scheint noch nicht an Rast zu denken. Stattdessen marschieren sie dem schmalen Ufer entlang. Noch vor kurzem war hier vermutlich noch alles gefroren. Der Winter hat sich noch nicht vollends verabschiedet und die Berge im Hintergrund sind noch immer schneebedeckt. Bald würde sich die Sitteruna in einen reißenden Strom aus Schmelzwasser verwandeln. Ist es dies, das Walto dazu anhält, immer weiterzumarschieren? Hegt er noch echte Hoffnung für seine Brüder?

Dann, als wiederholte sich der Anblick von vorhin, nehme ich rot verschmiertes Gras wahr. Wessen Blut mag dies sein? Wer so viel Blut verloren hat, kann nicht weit gekommen sein. Schweigend bewegen wir uns in einer gefährlich langen Kolonne entlang der Sitteruna. Ich lasse meinen Blick zu Boden und ins durchsichtige Wasser der Sitteruna schweifen, als könnte ich dort etwas entdecken, das uns weiterhilft.

»Wo hast du deine Augen, Marcus«, keift mich Snato plötzlich an. Gedankenverloren bin ich in ihn hineingelaufen. Ich möchte schon erwidern, er solle nicht mittendrin stehen bleiben, da bemerke ich, dass die ganze Kolonne angehalten hat. Ich versuche nach vorne zu blicken, doch das Gesinde des heiligen Gallus weiter vorne staut sich vor einer Windung der Sitteruna. Um etwas zu sehen, müsste ich ins seichte Wasser stehen, worauf ich bei den eisigen Temperaturen lieber verzichte.

Wir warten eine gefühlte Ewigkeit in dieser verwundbaren Position. Nun wünsche ich mir die dichte Bewaldung von vorhin zurück. Zwar wird auch die Sitteruna immer wieder von großen Bäumen überragt, doch spendet uns die untergehende Sonne hier im Flussbett noch am meisten Licht. Als es endlich weitergeht, schaue ich mich gespannt um. Auch meine Freunde scheinen es kaum erwarten zu können, den Grund für die Verzögerung mit eigenen Augen zu sehen.

Als ich um die Flussbiegung komme, fällt mir als erstes auf, dass der Dekan und die meisten seiner Leute damit beschäftigt sind, den hier deutlich flacheren Uferbereich freizuräumen. Schwemmholz wird aufgestapelt und erste Axtklingen werden in die dünnen Stämme kleinerer Bäumchen getrieben. Es scheint ganz so, als würden wir die Nacht hier verbringen. Dann jedoch werde ich noch etwas anderem gewahr. Mit einer Hand im kalten Wasser der Sitteruna liegt hier ein Saracene leblos und mit bläulich gefärbten Lippen im eigenen Blut.

»Vermutlich ein verwundeter Nachzügler«, spricht Matheus leise und ich stelle mir vor, wie ich selbst als Verwundeter versuche, mit den Männern aus Arbona Schritt zu halten, wie ich mich zuletzt entkräftet ans Ufer eines Gewässers schleppe, um einen letzten Schluck zu trinken, bevor ich für immer die Augen schließe.

Ich betrachte den Gefallenen. Wird er vermisst werden? Werden seine Leute auf der Suche nach ihm zurückkehren oder sind sie nun endgültig auf der Flucht? »Ich habe gehört, dass du es wirklich bist«, spricht mich plötzlich ein Krieger aus Arbona an und reißt mich dadurch aus meinen tristen Gedanken.

»Kommt darauf an, wen du suchst«, antworte ich. Matheus schichtet in der Nähe dünne Äste auf, um ein

147

Feuer für die Nacht zu entzünden, und blickt fragend in meine Richtung.

»Marcus, nicht wahr?« Ich nicke. »Man nennt mich Hadabret«, stellt sich der Krieger vor. »Ich kannte dich noch als kleinen Jungen.« Er betrachtet mich von Kopf bis Fuß. »Doch diese Zeiten gehören der Vergangenheit an. Aus dir ist ein echter Krieger geworden.« Hadabret grinst mich an. Überhaupt scheinen die Krieger aus Arbona umgänglicher und direkter zu agieren, seit Strello verschwunden ist. »Komm zurück nach Arbona, komm nach Hause.« Auch wenn ich mir dies seit vielen Jahren sehnlichst wünsche, fühlt sich der Gedanke in diesem Augenblick so fern und unwirklich an. Wäre Anna damit einverstanden? Wir könnten endlich wieder ruhig schlafen und uns hinter den festen Mauern des Kastells in Sicherheit wiegen, zumindest wenn Strello verschwunden bleibt.

Die Nacht bricht herein und mit meiner Liebsten im Arm sitze ich neben Matheus, Snato, Sintwart und Athanasius um eines der kleinen Feuer. Diese Nacht brauche ich dringend etwas Schlaf.

Als hätte ich es damit erst heraufbeschworen, macht sich in ebendiesem Augenblick Aufregung im Lager breit. »Hilfe, wir brauchen Hilfe«, höre ich vom Fluss möglichst gedämpft einen Mann rufen. »Jemand soll den Dekan holen, und am besten auch gleich den Ungrer.« Unsicher, ob wir wie alle anderen ebenfalls an den Ort des Geschehens drängen sollen und die Lage dadurch noch unübersichtlicher gestalten, warte ich ab und horche konzentriert in die Nacht. Einige Fackeln erleuchten nun auch das andere Ufer. Zumindest dürfte es sich um keinen Angriff handeln. Ungeduldig beobachte ich Athanasius etwas aus seinem Bündel herauskramen. Dann rennt er los, geradewegs dorthin, wo das Stimmengewirr am lautesten zu vernehmen ist.

Ich halte es nicht länger aus, packe meine Spatha und folge Athanasius. »Wartet hier«, sage ich zu den anderen, so als hätte ich die Befugnis, ihnen etwas zu befehlen. Besonders Anna ignoriert dies gekonnt und ist schneller an Athanasius' Seite als ich. Gemeinsam folgen wir einige Schritte dem Flussufer.

»Meister«, spricht Athanasius leise, als versagte ihm plötzlich die Stimme. Er hat als erster von uns erkannt, woher das Aufsehen rührt. Beleuchtet von Fackeln liegt dort am Ufer der Infirmar, in zerfetzter Kutte und stark blutend. Athanasius bahnt sich ohne Rücksicht einen Weg zu seinem Freund und Meister. Beinahe hätte er einen der herumstehenden Männer in den Fluss gestoßen, doch es kümmert ihn nicht. Er kniet auf den kalten Boden und stützt den Kopf des alten Mannes: »Was ist geschehen?«

Der Dekan eilt in ebenjenem Moment herbei, als der Infirmar unter größter Anstrengung keucht: »Unsere Brüder. Alle tot. Konnte entkommen.«

Walto bekreuzigt sich und auch die Umstehenden senken respektvoll ihre Häupter. »Wo sind sie?«

»Verfolgt sie nicht. Zu spät. Sambiti« Er drückt fest die Hand von Athanasius und schenkt ihm seinen letzten Blick, bevor er von Gallus zum Herrn geführt wird. Walto kniet zu ihm nieder, zeichnet ihm ein Kreuz auf Stirn, Mund und Brust und schließt die Augen des Infirmars für immer. Dann spricht er leise ein Gebet, worauf auch wir anderen die Köpfe senken. Anna drückt sich an mich. Ich höre sie schluchzen. Wir sind zu spät. Wir haben versagt.

Sambiti

»Was wollte uns der Infirmar mit seinen letzten Worten sagen?«, fragt Milo leise, als wir zurück bei den Feuern sind. Nach einem Trauermoment, der eine ganze gefühlte Nacht andauerte und mir auf Brust und Gemüt drückte, als läge ich unter einem der mächtigen Findlinge, die überall in den Furchen und Schluchten dieser menschenfeindlichen Landschaft zu finden sind, half ich Athanasius und dem Dekan, den Leichnam des Infirmars an eine höhergelegene Stelle zu tragen, wo ihn zwei Männer aus dem Gesinde in eine Decke hüllten.

»Er wollte wohl, dass wir nicht noch mehr Leben riskieren, nun nachdem alle Geiseln tot sind«, antwortet Anna mit überraschend klarer Stimme und ich hoffe, sie überwindet ihre Trauer nicht mit dem Wunsch nach Rache. Denn, auch wenn sie eine liebende Mutter und sanfte Heilerin ist, steckt in ihr vor allem eine mächtige Kämpferin und geschickte Kriegerin. »Er sprach vom Sambiti.«

Ich verstehe nicht und den Blicken der Umstehenden nach zu urteilen, geht es nicht nur mir so. Doch liegt das nicht etwa daran, dass ich meiner Frau nicht glauben würde, sondern, dass ich den letzten Worten des sterbenden Mannes nicht besondere Aufmerksamkeit schenke. »Anna kennt diesen Ort«, spricht plötzlich Athanasius und tritt aus der Dunkelheit zu uns ans Feuer. »Und ihr alle erblickt ihn Tag für Tag oder lebt in seinem Schatten.« Wovon spricht der Ungrer bloß?

»Sambiti wird der höchste Gipfel dieser klaffenden Berge vor uns genannt und der Name steht dadurch nicht nur für jenen Berg selbst, sondern für die ganze Bergkette und überhaupt für das unwegsame und steile Vorland, in das der Abt des heiligen Gallus mehr und mehr seinen Fuß setzen möchte. Dies sah der Infirmar stets als Frevel an der Natur«, erklärt Anna. Ich komme mir etwas dumm vor, denn ebendiese Berge habe ich täglich von den Mauern von Arbona aus gesehen. Auch sonst sind die schneebedeckten Gipfel weitherum sichtbar, doch habe ich nie nach ihren Namen gefragt.

»Es nützt wenig, hier unten zu warten oder gar nach Hause zurückzukehren«, äußert Milo nachdenklich. »Sie werden demnach diese Berge überqueren und entlang des Rîns wiederkommen.«

»Das denke ich auch«, stimmt Anna zu.

»Wir müssen ihnen folgen«, beschließt Milo zu meiner Überraschung. Warum kehrt er nach der Flucht von Strello und dem Tod der Mönche nicht einfach nach Arbona zurück?

»Das wird der Tribun nicht gutheißen«, gibt Hadabret zu bedenken.

»Beim ersten Sonnenlicht werde ich aufbrechen und diese Mörder und Diebe verfolgen, wenn es sein muss, auch allein«, erklärt Athanasius und verschwindet wieder im Dunkeln. Womöglich sucht er nun den Dekan auf.

Anna und Snato beobachten mich genau. Für sie scheint der Fall klar und so fällt auch mir die Entscheidung leicht: »Ich lasse Athanasius nicht im Stich, wer kommt mit mir?«

Alle an unserem Feuer erheben sich oder nicken zustimmend.

Cap. XIII

Freitag, 12. April 933

Niemand verlässt uns diesen Morgen. Walto beabsichtigt, die Saracenen zu verfolgen und so tun es auch seine Männer. Doch folgen sie aus Respekt dem Dekan gegenüber und nicht Athanasius zuliebe, denn noch immer pflegen die meisten anderen im Kloster ein besonderes Verhältnis zum bekehrten Ungrer. Auch Milo bekennt sich zur weiteren Verfolgung der Saracenen und sämtliche Männer aus Arbona folgen ihm. So marschieren wir geschlossen los und folgen weiter der Sitteruna, immer näher in Richtung Berge.

Es gelingt uns nicht immer, dem Flussbett der Sitteruna zu folgen, sodass wir zur sonstigen Steigung auch noch zusätzliche Hügel und Hindernisse zu überwinden haben. Und stets finden wir Hinweise auf die Saracenen oder zumindest auf eine größere Personengruppe, die hier kürzlich vorbeigekommen sein muss. Sie geben sich keinerlei Mühe mehr, ihre Spuren zu verbergen, so als glaubten sie nicht daran, dass wir sie einholen können, oder aber, als wollten sie uns neuerlich in eine Falle locken. Sie können ja nicht ahnen, dass wir längst vom Tod der Mönche wissen und aus Rache gar auf eine direkte Konfrontation aus sind.

Nach mehr als einem halben Tag anstrengenden Fußmarsches entdecken wir am Rand des Abhangs über
der Sitteruna plötzlich einige verdächtige dunkle Stellen. Gerade mussten wir wieder eine unwegsame Flussbiegung umgehen, indem wir über einen steilen Hügel
kletterten. Und hier oben an der höchsten Stelle, stehen
Milo, Snato und ich als Vorausgruppe nun vor weiteren
dunklen Punkten auf dem Buschwerk. »Blutspritzer«,
stellt Snato fest. »Dem vielen Blut nach zu urteilen, starb
hier mehr als eine Person.« Er kniet nieder und begut-
achtet die dunklen Stellen, die sich als eingetrocknete
Blutlachen erweisen.

»Dort unten im Wasser«, deutet Milo mit angestreng-
tem Blick. Ich erkenne sofort, was er meint; dafür brauche
ich nicht Snatos geschärften Blick. In Ästen verheddert
und halb im Wasser treibend befinden sich am Ufer der
Sitteruna mehrere leblose Körper. Wir haben die anderen
Mönche ebenfalls gefunden.

»Die Saracenen haben sie regelrecht hingerichtet und
dann den Abhang hinab in die Sitteruna gestoßen«,
spricht der Dekan entsetzt ob des Anblicks seiner Brüder.
Er beginnt, ein Gebet zu sprechen und alle Umstehenden
stimmen ein. Dann steigen wir an einer flacheren Stelle hinab an den Fluss und versuchen die Stelle mit den
Leichnamen zu erreichen. »Sie alle haben ein würdiges
Begräbnis, ja eine Zeremonie verdient«, erklärt Walto.
Doch erst einmal müssen wir sie auf trockenen und besser
zugänglichen Grund bringen. Haben uns die Saracenen
die toten Mönche absichtlich so hinterlassen, im Wissen,
dass wir sie begraben? Erhoffen sie sich dadurch einen
weiteren Vorsprung?

Gerade als ich Walto auf diesen möglichen Plan aufmerksam machen möchte, ist es dieser selbst, der hierfür eine Lösung bereithält. Er lässt ein halbes Dutzend seiner Kämpfer zurück, damit diese ein geeignetes Plätzchen für die Mönche finden und diese dort mit ordentlichen Kreuzen begraben. Er erklärt, dass man seine Brüder ein anderes Mal abholen werde. Ich vermute jedoch, dass der neue Abt Thieto die Gefallenen nicht zurückführen wird und den Sterbeort dieser Märtyrer stattdessen nutzen dürfte, um eine weitere Gebetszelle zu errichten. Denn eine bessere Gelegenheit zum gebietsbeanspruchenden Bau einer Kapelle oder Kirche gibt es wohl kaum. Für den Moment wichtiger ist allerdings, dass die Entscheidung des Dekans unsere Kampfkraft noch weiter schmälert. Auf der anderen Seite fallen wir dank dieses Kompromisses zumindest nicht noch weiter hinter die Saracenen zurück. Und seine Kämpfer würden uns hoffentlich bald wieder eingeholt haben. Beeindruckend offenbaren sich vor uns immer wieder die schneebedeckten Bergkuppen und der Gipfel des Sambiti. Bald würden die Saracenen vermutlich die gefährliche Überquerung wagen.

Als wir einige Stunden später im Angesicht der drohenden Nacht unser Lager aufschlagen, ist die Sitteruna längst zu einem kleinen Bach geschrumpft. Wir nähern uns also Schritt für Schritt der Quelle dieses Flusses, nebst den weiteren Zuflüssen, die aus allen Seitentälern in die Sitteruna münden. Wenige warme Tage würden wohl reichen, diesen Bach mit Schmelzwasser zu einem Strom anwachsen zu lassen.

Obwohl mir inzwischen klar sein sollte, wie lange solche Aktionen dauern können, habe ich mit einer baldigen

Heimkehr gerechnet. Unsere zwei Kinder so lange ohne Eltern zu lassen, fühlt sich falsch an. Besonders in den abendlichen Stunden, wenn das mangelnde Sonnenlicht die meisten Reize aus meiner Umgebung verschwinden lässt, denke ich an unser heimisches Feuer, die abendlichen Arbeiten im Haupthaus und die gemeinsamen Stunden mit Anna, Jacob und Marcus. Nach der viel zu langen Trennung durch den Kampf im Norden schenkte ich unserer Familie lediglich eine Nacht der gemeinsamen Zeit, bevor wir uns ins nächste Abenteuer stürzten. Und nun sind gleich beide Elternteile weg. Doch wer bin ich, dass ich Anna zum Daheimbleiben verdonnern könnte. Ich fühle mich schlecht, dass ich nicht einmal auf die Idee gekommen bin, selbst am Bodamansee zu verbleiben, während Anna sich allein zum Galluskloster hätte aufmachen können.

Anna und ich sitzen gemeinsam mit Matheus, Snato, Sintwart und Athanasius am Feuer. Ich lege meinen Arm um Anna, die ihren Kopf sogleich an mich schmiegt. Macht sie sich womöglich gerade dieselben Gedanken? Ich wage allerdings nicht, sie hier im Lager darauf anzusprechen. Überhaupt wird sie als Frau immer wieder mit fragenden Blicken bedacht. Je länger ich über unsere Familie nachdenke, desto mehr beginne ich Marcus und Jacob zu vermissen; besonders der kleine Marcus bedarf noch so viel Nähe. Unvorstellbar, wie so etwas Kleines und Hilfloses überleben kann. Hier erst beginnt man die wahre Liebe als ewige Verbindung zu verstehen, die sich zwischen Eltern und Kind in Blut und Geist manifestiert. Umso mehr frage ich mich, wie mich meine Eltern damals verlassen konnten; wie sie es zulassen konnten, dass ich allein nach Arbona gelange. Ich habe nie nach ihnen gesucht, habe jedoch darüber nachgedacht, an der Seite von Matheus' Frau Maia, die ebenfalls aus dem Albgau stammt, einmal dorthin zurückzukehren. Allerdings bezweifle ich, einfach so auf Hinweise zu meiner Herkunft zu stoßen. Gedankenverloren halte ich Anna noch immer fest im Arm, was uns einige hämische Blicke von Sintwart und Snato einbringt. Aber das ist mir egal. Hoffentlich können wir bald wieder nach Hause zurückkehren, wo auch immer uns das Schicksal hinführen wird.

Samstag, 13. April 933

Als wir im Morgengrauen aufbrechen, hadere ich noch mit einigen schlimmen Träumen, die mich nach den Gedanken des gestrigen Abends verfolgt haben. Ich möchte Anna damit nicht behelligen, weshalb ich schweigend dabei helfe, das Lager abzubrechen. Doch bin ich nicht bei der Sache. Immer wieder taucht Strello in meinen Gedanken auf. Als ich ihn das letzte Mal sah, lebte er noch. Entweder ging er im Wald verloren oder er kehrte nach Arbona zurück. Womöglich hat ihn auch ein Saracene getötet. Doch genau in dieser Ungewissheit liegt auch meine Furcht verborgen. Was, wenn er zur eigenen Absicherung nach Buocha geht und sich dort unsere Söhne als Geiseln holt? Warsind, Maia und Fridpert würden unsere Kinder mit ihrem Leben verteidigen, doch was sollten sie gegen Strello ausrichten, wenn dieser mit einer

Schar Krieger aus Arbona auftauchte? Er ist noch immer Centenar von Arbona. Und dass ich dadurch die schwangere Maia in Gefahr bringe, trägt ebenfalls nicht zur Beruhigung bei.

Anna scheint meinen Kummer zu bemerken, doch kann sie die Ursache wohl nicht zuordnen. Sie kennt mich besser als alle anderen und weiß, dass ich manchmal einfach etwas Zeit brauche, um mit neuen Gedanken und Ängsten umzugehen. Und angesichts der Sorgen um unsere Kinder ist es womöglich auch besser, wir sprechen nicht darüber. Ich will ihr nicht ebenfalls schlaflose Nächte bescheren.

Der Himmel ist blau und klar, als wir aufbrechen. Ein starker Wind bläst angenehm in unsere Gesichter. Wir nähern uns der Sitteruna entlang mehr und mehr der Bergkette. »Und woher willst du wissen, dass sie nicht wirklich zum Sambiti ziehen?«, höre ich den Dekan ungeduldig fragen. Offenbar befindet er sich gerade im Gespräch mit Athanasius, der wild mit seinen Händen fuchtelt. Ich marschiere etwas schneller, um mehr zu verstehen. Vermutlich diskutieren sie schon länger, doch verhinderte der Wind bislang die Verständlichkeit; diese seltsam warmen Windstöße, die manchmal von Raetia herkommend plötzlich selbst die kälteste Witterung vergessen lassen.

»Es ergibt einfach keinen Sinn«, ringt Athanasius um Beherrschung. »Ich kenne das Tal, das an den Fuß dieses felsigen und baumlosen Riesen heranführt. Dort säßen sie alle in der Falle. Es ist viel sinnvoller, die Saracenen über den Bergkamm vor uns zu verfolgen. Dahinter liegt jenes breite Tal, das den Launen des Rîn ausgesetzt ist. So entkämen diese räuberischen Teufel ebenso Richtung Raetia wie zurück an den Bodamansee.« Der Dekan hat mehrfach versucht, Athanasius zu unterbrechen, doch ließ sich dieser nicht ablenken. Ich kenne diese Seite gar nicht von ihm. Der Tod seines Fürsprechers hat ihn verändert. Inzwischen haben zahlreiche Krieger aus Arbona zu den Streitenden aufgeschlossen. Sie beobachten das Geschehen und besonders den Ungrer mit gemischten Gefühlen. Ein Mann, der vor Jahren an der Seite von Schrecken und Elend hierher kam, streitet sich mit dem Dekan des Gallusklosters um den richtigen Weg. Und Walto sieht offenbar ein, dass Athanasius' Erklärung mehr Sinn ergibt, doch kann er das nun nicht mehr ohne Gesichtsverlust zugeben, weshalb er den Anführer der verbündeten Krieger um eine Entscheidung bittet.

»Wir sollten vielleicht beide Wege in Betracht ziehen«, antwortet Milo zu meiner Enttäuschung. Auch ich halte den Weg über den Bergkamm für den sinnvolleren. »Um nicht erneut unsere Kräfte zu teilen, schlage ich jedoch vor, den alles überblickenden Weg hinauf auf die Bergkette einzuschlagen. Sollten die Saracenen wirklich am Fuße des Sambiti lagern, werden wir sie bald erkennen und womöglich gar von einer erhöhten Position aus angreifen können.« Die Erleichterung auf dem Gesicht des Dekans ist kaum zu übersehen. »Keiner dieser Teufel soll uns entkommen.«

Wir wagen also den beschwerlichen Aufstieg über eine bedrohliche Geröllhalde aus dunklem Gestein. Über uns thront eine einschüchternde Felswand. Immer wieder fürchte ich, mit einem Fehltritt einen Steinschlag auszulösen. Anna vor mir geht mit ebensolcher Vorsicht voran und ich spüre, wie jeder Muskel meines Körpers angespannt auf jede Bewegung im Gelände achtet, so als müsste ich bereit sein, meine Liebste bei drohender Gefahr aufzufangen.

Nach der Querung des Gerölls stoßen wir auf einen schmalen, zickzackförmigen Pfad – vermutlich breitgetreten vom hiesigen Wild – durch einen lichten Wald. Ich hoffe mit jedem Schritt, zumindest auf einen leisen Hinweis zu stoßen, dass die Saracenen ebenfalls hier entlanggekommen sind. Doch entweder haben wir tatsächlich den falschen Weg eingeschlagen oder diese Teufel wissen ihre Spuren besser zu verbergen, als ich ihnen zugetraut hätte.

Im Schatten der Felsen ist der wärmende Wind nicht mehr zu spüren und die Kälte zieht wohl nur dank des beschwerlichen Aufstiegs nicht gleich in alle Glieder. In der Tat komme ich stark ins Schwitzen. Anna und ich befinden uns in der vorderen Abteilung der Krieger und ich hoffe inständig, dass wir nicht plötzlich eine böse Überraschung erleben. Denn auf dem schmalen Pfad können wir uns ausschließlich als Kolonne bewegen, die sich wie eine Schlange den Berg hochkämpft. Im Falle eines Angriffs könnten wir unsere zahlenmäßige Überlegenheit nicht mehr ausspielen und vermutlich wären auch nicht mehr alle zur effizienten Verteidigung in der Lage.

Ein Blick zurück verrät mir, dass nicht nur ich schwitzend an meine Grenze gebracht werde. Die Männer hinter mir halten ihre ausdruckslosen Gesichter alle auf den Boden vor sich gerichtet und keuchen den Berg hinauf.

»Gottlob!«, springt uns ein Fremder auf dem schmalen Weg so plötzlich entgegen, dass ich es niemals rechtzeitig geschafft hätte, mein Schwert zu ziehen. Mögen wir in keinen Hinterhalt geraten!

Cap. XIV

Campo Mauri

»Ein Priester«, sagt Anna mit Erstaunen. Der Mann ist keuchend stehen geblieben und wartet nun offenbar darauf, dass eine berechtigte Person, mit ihm spricht. Anna gibt mir einen Schubser nach vorne, doch ich denke eigentlich eher an Milo und den Dekan. Da Milo unsere Kolonne anführt, ist er es auch, der vor den Priester tritt und sich vorstellt.

»Gottlob!«, ruft dieser erneut aus, sodass ich Annas Aufforderung schon aus reinem Interesse nachkomme und an den Männern vor mir vorbeidränge und an Milos Seite trete. Walto wird wohl ebenfalls zu uns stoßen. »Ein Romane aus Arbona? Wie wunderbar«, erfahre ich den Grund für die Freude des Priesters, der offenbar selbst ein Romane ist. »Victor ist mein Name.«

»Euch sind nicht zufällig einige fremdländischen Krieger begegnet?«, frage ich ihn geradeheraus. Das Gesicht des Priesters ist Antwort genug. Er versteht sofort, warum wir hier den Berg hochgeklettert kommen, und dies so früh im Jahr.

»Gottlob!«, ruft Victor ein drittes Mal aus. »Euch hat wahrlich der Herr gesandt.« Gerne wäre ich darauf eingegangen, denn so unrecht hat er dabei ja nicht. »Mein Priestergenosse Florentius und ich wurden von den Hirten, die im Sommer ihr Vieh hier hoch auf die Maurenalp treiben, darum gebeten, diese Alp zu segnen«, deutet Tiberius mit der Hand bergauf,»Doch als wir heute eintrafen, kamen uns die Hirten bereits entgegen, gefolgt von jenen Teufeln, die ihr sucht. Wir wurden getrennt. Ich hoffe, sie konnten sich verstecken.« Victor bekreuzigt sich.

»Führt uns dorthin«, spricht der Dekan, der mittlerweile zu uns dazugestoßen ist. Wir folgen Victor mit schnellen Schritten das letzte Stück den Berg hinauf. Wir erreichen außer Atem den höchsten Punkt und wagen einen ersten vorsichtigen Blick.

Doch statt feindlicher Saracenen empfängt uns eine majestätische Bergkulisse. Der Sambiti im Süden vermag mit seiner schneebedeckten Spitze beinahe die kleinen Wölkchen über ihm zu durchstoßen und all die anderen rauen, baumlosen Bergspitzen erheben sich wie Zähne gen Himmel, furchteinflößend und unerreichbar. Unter uns bezeugt die grüne, waldige Wildnis beidseits der jungen Sitteruna den beschwerlichen Weg, den wir in den vergangenen Tagen überwunden haben. Mögen all die Seelen unserer gefallenen Kampfgefährten und der ermordeten Mönche dort ihre Ruhe finden.

Vor uns liegt nun ebenjene Alp, die Victor hätte segnen sollen. Wir blicken auf eine wunderbare Ebene, die sich bis an den Rand jener Felswand erstreckt, die wir vorhin noch von unten bestaunen konnten. Doch auch hier ist in Teilen jenes dunkle Gestein zu sehen, das wir bereits in der tückischen Geröllhalde querten. Leicht bergab wird das Gelände wieder etwas schroffer und scheinbar angelehnt an einen Felsen befindet sich eine kleine Hütte, vermutlich der Unterschlupf für die Hirten der Maurenalp. Von den Saracenen ist jedoch weit und breit nichts zu sehen, ebenso wenig von Florentius und den Hirten.

»Sie müssen ins Tal hinabgestiegen sein«, schließt Victor und eilt voraus.

»Diese verdammten Raeter«, flucht einer aus dem Klostergesinde. »Springen durch die Berge, als wäre es nichts.«

»Das ist romanisches Gebiet«, spricht Hadabret zu Milo, als er den Alemannen so verächtlich sprechen hört. »Aber die Männer könnten in der Tat eine kurze Pause brauchen.« Milo sucht das Gespräch mit dem Dekan, während ich mit Anna zu Snato gehe, der aufmerksam das Gelände unter uns beobachtet. Matheus, Sintwart und Athanasius stoßen ebenfalls dazu. Im Tal erkennen wir einen breiten Fluss, der sich in kleinere Seitenarme verzweigt durch die Ebene schlängelt. Das muss der Rîn sein. Und wenn Hadabret recht hat, befinden wir uns bereits im romanischen Teil der Suabia. Ob Valerius schon an uns vorbei tiefer in die Raetia gezogen ist?

Die Männer hinter uns haben sich alle hingesetzt und rasten nach dem anstrengenden Aufstieg. Ich vergönne ihnen dies keineswegs, denn auch ich spüre ein schmerzhaftes Ziehen in meinen Beinen, aber wenn wir die Spur der Saracenen endgültig aus den Augen verlieren, können wir nicht mehr sagen, ob sie nun mit dem Lauf des Rîn zurück Richtung Bodamansee oder aber in die entgegengesetzte Richtung nach Curia weitergezogen sind. Wir dürfen jetzt nicht nachlassen.

»Da bewegt sich etwas«, macht uns Snato unauffällig auf zwei Gestalten in den ersten Baumreihen unter uns aufmerksam. Er nockt einen Pfeil an und gibt Anna und mir zu verstehen, dass wir uns rechtsherum im Bogen anschleichen sollen, während Sintwart und Matheus von links kommen sollen. Athanasius informiert die anderen. Anna besteht darauf, vorauszugehen und ich kann nicht anders, als sie zu bewundern. Sie bewegt sich so elegant und flink durchs Gelände, als hätte sie nie etwas anderes getan. Meine mutige, starke Anna, liebevolle Mutter, wunderschön wie eh und je. Wir erreichen die Baumreihe kurz vor Matheus und Sintwart, können auf Anhieb aber niemanden mehr erkennen. Wir gehen rasch in die Knie, aus Angst, selbst in eine Falle zu laufen. Unsere Freunde ziehen mit uns gleich. Ich blicke hoch zu Snato, der uns per Handzeichen bedeutet, weiter voranzugehen.

Plötzlich springt Anna vor und rammt einen Mann hinter einem Baum ganz in unserer Nähe zu Boden. Sie bedroht ihn mit dem Sax, lässt ihn jedoch gleich wieder los, als ein weiterer Mann mit beschwichtigend ausgestreckten Armen aus seinem Versteck tritt und sich Matheus unbewaffnet ergibt.»Bitte, helft uns!«, spricht Annas Gefangener mit starkem romanischem Akzent. Er muss uns als Alemannen erkannt haben. Die übrigen unserer Krieger nahen heran und ich erwarte bereits ein weiteres ›Gottlob‹ von Victor. Stattdessen spricht der von Anna niedergerungene Mann:»Wir sind doch bloß Hirten. Ich bin Tiberius, das ist Marcianus. Wir wurden angegriffen.« Tiberius unterbricht seinen Bericht, als er Victor erblickt.

»Habt ihr Florentius gesehen?«, geht Victor direkt auf die Hirten zu. Doch die beiden schauen sich nur an.»Ist er denn nicht mit euch geflohen?«

»Sie haben uns verfolgt«, erklärt Marcianus.

»Hätten uns fast gekriegt«, ergänzt Tiberius.

Sein Freund bereitet den ungeduldigen Blicken ein Ende und spricht das Offensichtliche aus: »Florentius hat es nicht geschafft.« Victor senkt seinen Kopf. »Der Priester hat noch vor uns erkannt, dass wir unmöglich alle entkommen können, worauf er plötzlich kehrt machte und diese Wilden mit Worten zu beschwichtigen versuchte«, erklärt Marcianus nun mehr an uns anderen gerichtet. »Sie töteten ihn wortlos und zogen weiter, ohne nach uns zu suchen. Sie wussten, wohl, dass sie verfolgt werden«, ergänzt er und blickt auf unsere Kriegerschar.

»Wie soll ich das seiner Frau und seinen Kindern beibringen?«, spricht Victor mit schwacher Stimme.

»Er hat seine Herde beschützt«, spricht der Dekan mit kräftiger Stimme. »Folge uns und wir erlegen diese Wölfe gemeinsam. Victor nickt wortlos und auch Marcianus und Tiberius ziehen selbstverständlich mit uns.

»Soviel also zu unserer Pause«, flüstert Matheus, klopft mir auf die Schulter und eilt an uns vorbei zu Snato, der nun wieder als Späher vorausgeht.

Wir verlassen die Maurenalp und beginnen den steilen Abstieg über ein dünnes Rinnsal, das sich bald schon als glasklarer Bach herausstellt, der sich wie eine Falte des Berges ins Gelände schneidet. Auf einem schmalen Pfad bewegen wir uns im Zickzack hin und her und überqueren jedes Mal aufs Neue den Bach. Ich erwarte angespannt, auf den leblosen Körper des zuvor genannten Priesters zu treffen, doch bleibt uns dieser schreckliche Anblick erspart. Uns fehlt auch die Zeit, nach dem Toten zu suchen. Die Hirten werden ihn später zu seiner Familie bringen.

Der Tag neigt sich bereits wieder seinem Ende zu und ich frage mich, ob wir die Saracenen überhaupt noch erwischen, wenn wir unten im Tal ankommen. Es wäre für sie wohl ein Leichtes, in der Dämmerung sowohl nach Norden wie nach Süden zu entkommen. Zudem wäre es für die Moral unserer Kriegerschar wohl förderlicher, erst einmal eine nächtliche Ruhepause einzulegen.

Noch während ich darüber nachdenke, hallt uns entfernter Kampflärm entgegen. »Das müssen sie sein«, ruft Milo seinen Männern zu, »die Saracenen«. Ich frage mich, mit wem sie sich wohl gerade einen Kampf liefern.

»Rasch, folgt mir«, spornt Walto seine müden Mitkämpfer an, wozu inzwischen auch jene gestoßen sind, die sich noch um das Begräbnis der Mönche gekümmert haben. Snato und Matheus an der Spitze werden die Saracenen wohl als erste zu Gesicht bekommen. Anna, Sintwart, Athanasius und ich eilen ihnen hinterher.

»Gleich sollten wir die Gehöfte von Reuti sehen«, erklärt Victor, der mit den zwei Hirten zu uns aufgerückt ist. Und tatsächlich erreichen wir nur kurze Zeit später den Talgrund. Doch die von Victor genannte Siedlung scheint nicht betroffen. Stattdessen erkenne ich am plötzlichen Richtungswechsel von Snato vor uns, dass der Kampf wohl weiter nördlich stattfindet. Ein felsiger Ausläufer des Berges, den wir gerade überwunden haben, erhebt sich und führt so nah an den Rîn heran, dass er ein diesseitiges Vorrücken nach Norden unmöglich macht.

»Da vorne liegt ein enger Durchgang. Die Grenze zwischen der Alemannia und der Raetia«, ruft Victor nun mehr an den Dekan gerichtet, der mit seinen Leuten ebenfalls den Talboden erreicht hat. »Wenn wir sie dort abfangen, sind wir im Vorteil. Wer auch immer sie von der alemannischen Seite her bedrängt, die Saracenen haben keine andere Wahl als durch die schmale Felspassage zurückzuweichen.«

Wir rücken nun alle gemeinsam vor. Snato nockt einen Pfeil an. Wir haben diese Teufel endlich eingeholt. Noch einmal lassen wir sie nicht entkommen. Hier an der Grenze zwischen der Alemannia und dem Land der Romanen soll sich das Schicksal entscheiden.

Snato lässt einen Pfeil von der Sehne seines Kriegsbogen schnellen und zieht sich rasch zu unserer Kampflinie zurück, denn, anders als wir erwartet haben, befinden sich die Saracenen nicht auf wilder und ungeordneter Flucht, sondern nehmen augenblicklich eine Kampfformation ein. Für sie gibt es nur eine Richtung, in die sie sich zurückziehen können, und wir stehen ihnen im Weg.

Entschlossen und schnellen Schrittes rücken diese Teufel gegen uns vor. »Haltet stand!«, schreit Walto. Wir schließen unsere Reihen. Krieger aus Arbona und Knechte des heiligen Gallus stehen Seite an Seite. Es sind deutlich mehr Feinde im Anmarsch, als ich erwartet habe. Vermutlich haben sich jene, die wir in den letzten Tagen vor uns hergetrieben haben, hier unten am strategisch wichtigen Durchgang mit einer weiteren Gruppe ihrer Brüder vereint. Ich denke an die Erzählung von Valerius, wonach die Saracenen die bedeutsamen Bergpässe besetzten und dort vermutlich Lösegelder forderten. Wo besteht also der Unterschied zur Klus vor uns? Vermutlich halten sie den Durchgang zwischen der Alemannia und der Raetia schon seit vielen Tagen besetzt. Das bedeutet aber auch, dass der raetische Bote Artimius wohl nie zurück nach Curia durchgekommen ist und wir mit keiner Verstärkung aus südlicher Richtung rechnen dürfen. Vermutlich liegt Artimius' Leiche längst im Rîn und von Valerius fehlt jede Spur.

Zweifel machen sich breit. Und in Situationen wie dieser wird daraus schnell Angst und Hoffnungslosigkeit, pures Gift für jede Kampfmoral. Ich blicke zu Milo, der ebenfalls darum bemüht ist, die Linie zu halten. Unsere Gegner schleudern uns unverständliche Flüche entgegen. Sie verhöhnen uns. Wurfspeere schlagen knapp vor unseren Füssen in den Boden ein und einer unserer Kameraden knickt von einem Pfeil getroffen zusammen.

Die Kampflinie bietet zwar guten Schutz durch den Mann links und den Mann rechts und eignet sich besonders mit Schilden gut zum Halten einer Stellung, doch verfügen wir über praktisch keine Schilde und bei schwächelnder Kampfmoral würde ein einziges kurzes Eindrücken der Linie ausreichen, um eine Massenflucht auszulösen. Ich muss sofort handeln. »Snato!«, rufe ich meinem Freund zu, der ebenfalls zuvorderst steht. »Schicke den Krieger mit dem prächtigen Rundschild zu seinen Ahnen.« In der Hoffnung, dass es sich bei jenem auffällig reich gerüsteten Kämpfer um einen ihrer Anführer handelt, warte ich Snatos Präzisionsschuss ab. Wir müssen die dadurch verursachte Verwirrung für einen sofortigen Angriff nutzen.

Doch Snatos Pfeil findet sein Ziel im Rundschild des Gegners, der uns daraufhin erst recht verhöhnt. »Milo, wir müssen sie angreifen«, rufe ich dem neuen Centenar von Arbona zu. Dieser verneint nicht, aber wagt auch keinen Vorstoß. Wenn wir zögern, geben wir der Angst in uns allen erst recht ein Gefäß weiter zu wachsen. Ich nehme allen Mut zusammen. Heute sterbe ich nicht.

Ich kehre heim zu meinen Söhnen. Die Muskeln in meinen Beinen scheinen zu zittern, als wollten sie mich anspornen. Jetzt oder nie. »Für Arbona! Für Gott!«, schreie ich mit der vollen Kraft meiner trockenen Kehle in die Abenddämmerung und renne los. Ich verlasse die Kampflinie und schicke ein Stoßgebet gen Himmel, dass ich nicht der einzige bleibe.

Zumindest unser Gegner wirkt erstaunt und der Anführer senkt für einen kurzen Augenblick seinen Schild und reckt sein Schwert nach oben. Vermutlich will er gerade ein Kommando rufen, doch darauf hat Snato nur gewartet. Sein nächster Pfeil trifft den Saracenen im Hals. Statt eines Befehls quillt Blut aus Mund und Kehle.

»Domino!«, brüllt der Dekan hinter mir.

»Arbona«, schreit Milo. Er hat sich dem Angriff offenbar schon vor dem tödlichen Treffer angeschlossen, ebenso Matheus und Sintwart sowie Anna, von der ich mir eigentlich gewünscht hätte, dass sie sich zurückhält. Wir kämpfen vereint, für unsere Söhne, für die Zukunft.

Jetzt stürmen auch die Saracenen los. Der Mann vor mir weicht dem ersten Streich meines Langschwerts geschickt aus und ich muss augenblicklich zur Seite springen, um seinem Gegenschlag zu entgehen. Anna duckt sich galant unter meinem Schwertarm hindurch und treibt ihren Sax gnadenlos in den Bauch des Saracenen. Ich trete ihn bei Seite und gemeinsam stürzen wir uns auf die nachrückenden Krieger, Schulter an Schulter mit Matheus und unseren Mitstreitern. Fluchend und brüllend ernten die Knechte des Gallus mit ihren bäuerlichen Sensen Fleisch, Blut und Knochen unserer Feinde und schaffen dadurch Raum für die mit Schwertern bewaffneten Krieger aus

Arbona. Als wären wir ein perfekt abgestimmter Kampfverband, bringen wir den Tod über unsere Feinde. Der angestaute Zorn über die stete Hilflosigkeit und die Wut nach den schmerzlichen Rückschlägen treibt unsere Kämpfer zur Höchstform. Rücksichtslos und Flüche spuckend töten wir, zuweilen auf Kosten eigener Verluste. Niemandem ist mehr anzumerken, welchen Gewaltmarsch wir gerade hinter uns gebracht haben. Nach dem ersten blutigen Aufeinandertreffen stehen wir im unbarmherzigen Handgemenge, Auge in Auge mit den Saracenen. Doch so unmittelbar beieinander ist das Klostergesinde den gegnerischen Schwertern zunehmend unterlegen. Kurze Waffen entfalten nun ihre tödliche Wirkung, während die Vorteile längerer Tötungswerkzeuge schwinden. Wie lange werden die tapferen Knechte wohl noch durchhalten?

Um standzuhalten, müssen wir den Feinden im Zentrum das Heft entreißen, indem wir mit kleinen Schritten stetig vorangehen und sie so Elle um Elle zurückdrücken. Dadurch wären auch die Saracenen gezwungen, die Linie auszugleichen. Klingen treffen scheppernd auf Speerspitzen und Schildränder. Stöhnend und ächzend halten wir den Druck aufrecht. Ich stoße mit meiner Spatha immer wieder vorwärts, treffe zwar entweder ins Leere oder auf Schilde, bewahre so aber den überlebenswichtigen Druck auf unsere Feinde. In der Folge werden wir weiter und weiter zusammengedrängt und längst kann ich mit meinem Langschwert nicht mehr zum Schlag ausholen. Ein Sax wäre nun deutlich geeigneter. Und tatsächlich schafft es Anna an meiner Seite während eines neuerlichen Vorstoßes, die scharfe Spitze ins Fleisch eines Saracenen zu versenken. Doch trifft sie ihn nicht schwer genug. Er schlägt mit seinem Schild Annas Sax zur Seite und ich schaffe es nur knapp, einen Gegenangriff zu verhindern, indem ich zu meiner Liebsten aufrücke, meinen Schwertarm gefährlich ausholend exponiere und der Verwundete gegenüber vor Schreck ins Straucheln kommt und gar seinen Schild fallen lässt.

Auch ihre Kampflinie scheint maximal zwei Mann tief gestaffelt zu sein, weshalb sie nicht mehr aggressiv genug angreifen, um uns wirklich gefährlich zu werden. Vermutlich vertrauten sie darauf, uns mit einem anfänglichen Ansturm in die Flucht zu schlagen. Die Saracenen kämpfen mit Schwertern, Speeren und Schilden und wirken im Nahkampf überlegen. Sie hätten uns längst überrennen können, doch scheinen sie plötzlich eine Art unsichtbare Linie halten zu wollen, woraufhin auch wir vorsichtiger werden. Erwarten uns noch weitere Feinde? Was passiert hier? Ich versuche, keinen Schritt zurückzuweichen, wage nun aber auch keinen weiteren Angriff.

Das Gesinde des Gallusklosters zu unserer Linken erlitt im ersten Ansturm offenbar empfindliche Verluste, denn dort rückten die Saracenen weiter vor. Nur dank Athanasius, der sich mit seiner mächtigen Ungrerklinge beherzt vorkämpfte – wie jeder von uns sehen und deutlich hören konnte -, wurde ein Einbrechen der linken Flanke verhindert. Snato und Matheus schließen sich ihm zu meiner Linken an, während Sintwart zwischen Anna und den Kriegern um Milo steht.

Blut und Schweiß fließen in unserem unermüdlichen Versuch, die Stellung zu halten, begleitet von den Schreien der Verwundeten. Die Körper der Toten und der Getroffenen schränken unsere Bewegung ein. Mehr und mehr verschwindet die Sonne hinter den steilen Felsen des Sambiti im Osten. Bald müssen wir uns im Dunkeln vorkämpfen. Wer wird die Kampflinie zuerst aufgeben?

Die Knechte versuchen mit ihren längeren Bauernwaffen immer wieder, die feindlichen Schilde wegzuschlagen, um neue Angriffspunkte zu schaffen, doch die Saracenen scheinen verunsichert und weichen geschickt aus. Sie hatten vermutlich erwartet, dass wir bei ihrem Anblick sofort die Flucht ergreifen. Dabei mussten sie uns doch erwarten. Immerhin haben wir sie seit Tagen verfolgt. Plötzlich sacken gleich mehrere unsere Feinde vor unseren Augen zusammen. Panisch drehen sich einige von ihnen um. Es ist inzwischen zu dunkel, um zu sehen, was genau geschieht, doch müssen sie von Pfeilen getroffen worden sein. Dann ist ein dumpfes, regelmäßiges Klopfen zu hören, das uns allen das Blut in den Adern gefrieren lässt. Schwerter, Speerschäfte und Schilde werden rhythmisch aneinandergeschlagen. Der Klang hallt durch die umliegenden Berge verstärkt wie Donnergrollen wider und erfüllt unsere Herzen mit entsetzlichem Schrecken. Wenn nun auch nur eine weitere Welle dieser Teufel anrennt, sind wir verloren.

Doch dann erkennen wir an der ebenso aufkeimenden Panik bei den Saracenen, dass dieser Lärm nicht von ihren Leuten stammt. Das müssen wir uns zunutze machen. Mit meiner Spatha beginne ich augenblicklich auf die eisengefasste Umrandung des Schildes zu meinen Füssen zu schlagen, den jener Saracene fallenließ, der zuvor Anna attackierte. Daraufhin stimmen auch die Männer hinter uns ins Klopfen ein. Unsere Furcht verwandelt sich in Mut. Und als hätten wir unsere Gegner absichtlich in eine tödliche Falle gelockt, erfasst nun Terror ihre Herzen. Ein halbes Dutzend von ihnen auf unserer rechten Seite läuft augenblicklich Richtung Rîn. Die Übrigen scheinen vergessen zu haben, wie man kämpft. Milo nutzt die Gelegenheit, springt vor und erwischt mit seinem Schwert einen unachtsamen Saracenen am behelmten Kopf. Ebenso stößt Anna mit ihrem Sax vor und tötet einen weiteren Feind. Athanasius brüllt wüste Flüche auf ungrisch, die weder wir noch die Saracenen verstehen. Er tritt vor und hebt sein vor Blut tropfendes Schwert hoch über den Kopf, bereit, seine Klinge weiteres Blut trinken zu lassen. Wir alle stimmen in sein Gebrüll ein und zusammen mit dem lauter werdenden Klappern von Schwertknäufen und Speerschäften, die gegen Schilde geschlagen werden, treiben wir die eigene Furcht in die Herzen unserer Feinde. Der Druck lässt nach. Endlich vermag ich, meine Spatha zu heben. Ich lasse sie mit voller Wucht auf mein Gegenüber hinabfahren, der im letzten Moment einen Schritt zurückweicht und dabei über einen seiner gefallenen Kameraden stolpert. Die feindliche Linie bricht zusammen.

»Sie fliehen!«, ruft Milo laut. Seine Stimme überschlägt sich vor Aufregung. »Tötet sie!« Die Saracenen verlassen panisch ihre Schlachtordnung. Die einen versuchen, einen Weg in die Berge zu finden, weitere folgen ihren Brüdern zu den tückischen Fluten des Rîn, die meisten aber machen kehrt und laufen zurück zum engen Felsdurchgang. »Arbona!«, brüllt Milo und rennt schwertschwingend los. Wir alle folgen ihm. Wir suchen Vergeltung, wir wollen Blut.

Das eiserne Klappern vom Hügel vor uns verstummt. Stattdessen ertönt nun ein höchst willkommener und erlösender Ruf: »Raetia!«

»Das ist Valerius«, rufe ich bebend vor Glück. Er und seine Krieger müssen aus nördlicher Richtung vorgerückt sein. Die Saracenen sitzen in der Falle.

Diese Nacht werden die Felder von Reuti zwischen Alemannia und Raetia weniger mit alemannischem und raetischem Blut als mit saracenischem getränkt und die klaren Bergbäche vom Campo Mauri ergießen sich hier unten im Tal dunkelrot in den lebensspendenden Rîn.

Cap. XV

Sonntag, 14. April 933

Mit dem raetischen Priester Victor an seiner Seite spricht Walto als Dekan des heiligen Gallus ein Gebet des Dankes und Lobes an unseren Herrn. Denn heute an seinem Tage haben wir allen Grund, ihn zu preisen. »Die Heiden sind vernichtet, die Bedrohung gebannt«, verkündet er über den frischen Gräbern unserer Gefallenen.

»Möge nun wieder Frieden herrschen«, schließt Victor das Gebet und gemeinsam erheben sie die Arme zum Himmel, worauf wir uns alle bekreuzigen.

»Es ist an der Zeit, heimzukehren«, flüstere ich Anna zu und auch Matheus scheint ob des Gedankens einer Rückkehr ganz aufgeregt. Wirkliche Freude werde ich allerdings erst verspüren können, wenn ich um das Schicksal von Strello weiß und nie wieder um die Sicherheit meiner Söhne fürchten muss. Ich will nur noch nach Hause.

»Du bist der Stellung als neuer Centenar von Arbona würdig«, höre ich Valerius in der Nähe voller Pathos sprechen. Obwohl mir klar sein sollte, dass Strello gewiss nicht einfach so auf dem blutgetränkten Schlachtfeld auftauchen würde, zucke ich bei der Erwähnung des Centenars zusammen. Aber es ist Milo, den Valerius ehrt. »Deine romanischen Brüder aus Curia werden dir

176

in Not und Gefahr beistehen«, ergänzt der bischöfliche Heerführer und hebt nun seine Stimme, sodass ihn alle rundherum hören können. »Deiner klugen Voraussicht ist es ebenfalls zu verdanken, dass wir die gefährliche Felsenschlucht überwinden konnten. Seit zwei Tagen, versuchen wir einen Durchbruch«, beginnt Valerius nun zu erzählen und mit einem Mal verstummen alle jubelnden Kämpfer des Gallus und aus Arbona. Auch ich kann nicht glauben, was ich da höre. Zwei Tage? Vor zwei Tagen standen nicht nur wir, sondern auch die Saracenen noch jenseits der Berge.

Und mit einem Mal reift in mir die schreckliche Erkenntnis, dass wir in der letzten Nacht nicht etwa den Infirmar gerächt haben, sondern einen anderen Kampftrupp der Saracenen bekämpften. Doch wo sind jene, die wir während Tagen verfolgten?

Als erwachten alle plötzlich aus einem Traum, regen sich die ersten aufgeregten Stimmen um uns herum. Augenblicklich drängt sich der Dekan zu Valerius und Milo und auch wir gesellen uns dazu. Es gelingt uns, einigermaßen die vergangenen Tage nachzuvollziehen. Offenbar wurden Valerius und seine Raeter vom Bodamansee herkommend und den Rîn nach Curia hochziehend bereits in Schussweite vor der engen Schlucht vom grausigen Anblick des getöteten Boten Artimius empfangen. Als sie darauf versuchten, diese Klus zu stürmen, erlitten sie hohe Verluste und auch eine Umgehung entlang des Rîn gelang ihnen nicht. Offenbar setzte sich hier am wichtigen Durchgang ein kampfstarker Saracenentrupp in der Hoffnung auf Lösegeldforderungen fest, und zwar so unauffällig, dass selbst die Priester Victor und Florentius davon nichts bemerkten, als sie von Vinomna – auf der anderen Seite des Rîn – zur Segnung der Maurenalp zogen. Vermutlich verhielten sich diese Krieger absichtlich ruhig und verlangten erst beim Versuch der Durchquerung Reisezölle. Währenddessen trieben wir jenen Trupp vor uns durch die Berge, der zuvor das Galluskloster attackiert hatte. Diese müssen sich nach dem Abstieg Richtung Rîn gen Süden zurückgezogen haben und hätten Valerius und die Raeter nicht gerade einen Angriff auf die Felsklus unternommen, hätte sich dieser zweite saracenische Kampfverband womöglich ebenfalls zurückgezogen. So allerdings gerieten wir mitten ins Kampfgeschehen und letztlich können wir froh sein, dass der fliehende Trupp nicht zurückgekehrt und uns während des Kampfes in den Rücken gefallen ist. Stattdessen gelang es Valerius dank der Aufteilung der Saracenen an der Klus, durch die Verteidigung zu brechen, die rückwärtigen Wachen zu töten und uns zu Hilfe zu eilen.

»Bereitmachen zum Aufbrechen nach Curia!«, befiehlt daraufhin Valerius seinen Kriegern. Denn in der Tat droht die Gefahr nun seiner Heimat, während sich das Galluskloster und die nördliche Suabia in Sicherheit wägen können.

Bei Valerius' Worten spüre ich die Blicke meiner Gefährten. Sind sie noch immer auf Kampf erpicht? Erwarten sie, dass ich den Raetern unsere Unterstützung zusage? Es ist an der Zeit, ihnen – und besonders Anna – meine Ängste um Strello und die Zurückgebliebenen in Arbona zu offenbaren. Denn schon der Gedanke, dass uns die Verfolgung noch weiter nach Süden führen könnte, schmerzt. Haben wir unseren Auftrag nicht schon erfüllt? Ist es falsch, hier aufzuhören und nach Buocha heimzukehren? Der Dekan hilft mir bei der Entscheidung, indem er verkündet, mit den Seinen ins Galluskloster heimzukehren. So schließen Anna, Matheus, Snato, Sintwart und ich uns an, ebenso Athanasius, der eigentlich selbstverständlich zum Galluskloster dazugehört, sich aber dazu entscheidet, von nun an mir zu folgen.

»Arbona bietet euch seine Unterstützung«, erklärt Milo, als müsste der betagte Krieger sich noch vor jemandem beweisen. Doch nachdem ihm Valerius zuvor öffentlich seine Freundschaft und Unterstützung zugesichert hat, kann Milo kaum anders, als seinen Brüdern im Süden ebenfalls zur Seite zu stehen. Die Krieger aus Arbona greifen zu ihrer Ausrüstung und reihen sich hinter die Krieger aus der Raetia ein. Milo tritt nun an mich heran: »Erstatte Bericht, Marcus. Erzähle, was geschehen ist, und berichtige, was zu neuem bösem Blut führen könnte.« Auch er befürchtet also ein Überleben des Strello. Was wird mich im Kastell am Bodamansee erwarten? Ich hatte sehr darauf gehofft, an Milos Seite siegreich nach Arbona einzuziehen. Doch nun überwiegt wieder die Sorge um Strello und um meine Kinder in Buocha.

»Kehre bald zurück, Centenar«, verabschiede ich mich von Milo, der mit den Seinen nach Süden aufbricht. »Arbona braucht dich vermutlich dringender denn je!« Auch wir brechen auf und verlassen das Schlachtfeld gen Norden.

Wir helfen den Kämpfern aus dem Galluskloster beim Rückmarsch und Snato gelingt es unterwegs gar, für die Verwundeten einige Karren in den Siedlungen zu besorgen. Doch obwohl wir die Verwundeten nun schneller transportieren können, kommen wir nur sehr langsam voran und die Ungeduld, die Angst und Ungewissheit nagen zunehmend an mir, was nicht nur meiner Liebsten auffällt. Selbst Sintwart und Snato werfen mir von Zeit zu Zeit verunsicherte Blicke zu. Wir marschieren den ganzen Tag und sind dabei nicht nur wegen unserer Verwundeten und der nun merklich spürbaren Erschöpfung beeinträchtigt, sondern auch wegen der Launen des Rîn, der in Seitenarme verzweigt und wandernd auch zahlreiche sumpfige Böden bereithält, weshalb wir unter teilweise großen Umwegen stets dem Weg durch die Siedlungen und Gehöfte folgen müssen, bis wir bei Einbruch der Nacht zu jener Stelle kommen, an der wir bei unserer Rückkehr von der Unstruod den Rîn per Fähre überqueren: Hochstadio.

Wir beschließen, an leicht erhöhter Position unser Nachtlager aufzuschlagen und ein Feuer zu entzünden. Es ist an der Zeit, von meinen Sorgen zu berichten. Gereizt vom langsamen Vorankommen und erschöpft von den Anstrengungen der letzten Tage, reagieren alle unterschiedlich, als ich von meinen Bedenken bezüglich Strello erzähle. Matheus, dessen Laune seit der Nachricht um seine baldige Vaterschaft ohnehin seit Tagen ihre Grenzen auslotet, zeigt sich wütend und sorgt sich um Maia, während Anna überraschend ruhig bleibt, aber dennoch darauf besteht, morgen auf direktem Weg nach Buocha zu ziehen. Wir alle vertrauen darauf, dass Warsind dank seiner Autorität aus Constantia die Unseren beschützt hat. Doch nun, da meine Ängste ausgesprochen sind, kann ich unseren Aufbruch morgen in der Frühe kaum erwarten. Allerdings habe ich erst noch einen anderen

Auftrag zu erfüllen. Ich werde Anna morgen mitteilen, dass sie mit unseren Gefährten erst allein nach Buocha ziehen soll. Sintwart wird endlich mit Bruder und Vater zu seiner Familie heimkehren und Matheus seine schwangere Frau in die Arme schließen können. Ich aber muss erst den Tribun von Arbona sprechen.

Montag, 15. April 933

»Ich werde dem Abt von euren Taten berichten«, bedankt sich Walto bei uns, nachdem wir sie am heutigen Morgen noch ein Stück begleitet haben. Unsere Wege werden sich nun endgültig trennen. »Sucht euch aus der Beute aus, was ihr wünscht«, bietet er uns an und wir staunen nicht schlecht, als wir feststellen, dass offenbar nicht die Verwundeten hauptsächlich für das langsame Vorankommen verantwortlich waren, sondern die Säcke voller Beute, auf denen diese unbequem gebettet auf den Karren lagen, darunter Waffen, Helme und saracenisches Raubgut. Ich bin ob der Großzügigkeit des Dekans überrascht, doch verspüre ich bei ihm auch eine Art Genugtuung. Wir waren an seiner Seite, als sein eigener Abt die Suche längst aufgegeben und sich in die äbtische Pfalz zurückgezogen hatte.

Anna wählt ein wunderbar verziertes Kurzschwert, doch ich habe es längst schon auf den Rundschild des saracenischen Anführers abgesehen. Er würde mir bei meinen Plänen in Arbona von großem Nutzen sein. Auch die anderen wählen einen Anteil aus – wenn auch einen bescheideneren als ich – und machen sich bereit für den Weitermarsch. Besonders Matheus kann es kaum erwarten, zu Maia zurückzukehren. Der Dekan willigt ein, auch wenn er es wohl ebenfalls auf den Schild abgesehen hat. Dann, gerade als wir aufbrechen, räuspert er sich erneut:»Athanasius!« Der Ungrer dreht sich um und macht sich bereits gefasst, einer Beschimpfung standzuhalten, doch spricht Walto in sanften Worten:»Dir steht ein würdiger Platz im Kloster zu, wenn dies dein Wunsch ist. Du bist jederzeit willkommen.«

»Ich danke Euch, Dekan«, antwortet Athanasius.»Ich werde Eurer Gemeinschaft stets verbunden bleiben und auch weiterhin zu Diensten sein, sollte es notwendig werden, doch ich habe meinen neuen Platz an der Seite des Marcus von Arbona gefunden.« Walto nickt und wünscht uns alles Gute. Ich selbst vermag kaum, ein Wort des Abschieds zu murmeln. Es ist lange her, seit ich öffentlich so genannt wurde. Doch bestätigt mich diese Anrede umso mehr in meinen Plänen.

Wir wählen einen Weg, der uns an Arbona vorbeiführt, um meine Gefährten nicht unnötig in Gefahr zu bringen, da wir nicht wissen, wie es um die dortige Führung bestellt ist. Am liebsten wäre mir, Strello begegnete uns irgendwo hier draußen – sollte er denn noch am Leben sein. Kaum etwas würde mich im Moment mehr besänftigen als sein Tod. Und ich bin mir sicher, dass er wegen seiner feigen Flucht während der Schlacht auch für viele seiner Krieger längst gestorben ist. Doch ist keiner dieser Krieger heute hier.

Ich teile Anna und den anderen mit, dass ich für Milo eine Nachricht zu überbringen habe, ich aber sofort nach Buocha nachkommen werde. Zu meiner eigenen Beruhigung sage ich mir immer wieder, dass – sollte ich Strello in Arbona begegnen – meinen Freunden zumindest in Buocha keine Gefahr drohen wird.

Nach dem Unverständnis der letzten Nacht pflichten nun alle meiner Entscheidung bei und ich verabschiede mich mit einer womöglich etwas zu langen Umarmung von Anna, sodass sie mich mit sorgenvollem Blick anschaut. »Geh zu Jacob und Marcus, liebste Anna.« Die Situation soll nicht noch schmerzhafter werden. Ich küsse sie und verlasse dann den Weg direkt durch den Wald in Richtung Bodamansee.

Ein Knacken von brechenden Zweigen hinter mir lässt mich vermuten, dass mir Anna folgen möchte, und ich suche bereits nach Worten, sie davon abzuhalten, als Athanasius und Snato da stehen: »Ich weiß nicht, was du wirklich vorhast, Marcus, aber du solltest keinesfalls allein nach Arbona gehen«, erklärt Snato. Gemeinsam mit Athanasius zieht er an mir vorbei, sodass mir gar nicht erst die Gelegenheit zum Widerspruch gegeben wird.

Cap. XVI

Arbona Superba

Seit ich mich erinnern kann, war die erhabene Festung Arbona mein Zuhause. Schon durch die Bäume erblicke ich in der Ferne ihre stolzen Mauern auf einer Halbinsel im Bodamansee, die nur über einen schmalen Zugang erreichbar ist. Doch die Einfälle der Ungrer und der darauffolgende Verrat durch Strello beraubten mich einst meiner Heimat. Anna und unsere Söhne verwandelten Buocha zwar in ein neues Zuhause, doch blieb stets eine zumeist unausgesprochene Leere in mir zurück, gekoppelt an die bittere Erkenntnis, dass mein Feind Strello zur selben Zeit auf der Grundlage einer Lüge um mein Verschwinden zum Centenar und somit zum zweiten Schutzherrn des Kastells aufsteigen konnte. Heute gilt es, diesen Fehler auszumerzen.

»Athanasius, Snato«, spreche ich leise zu meinen Freunden. »Ich danke euch für eure Treue und Brüderlichkeit. Doch bitte ich dich, Snato, und dich, Athanasius, unserer Freundschaft wegen, hier im Wald zu warten. Ich habe dem Tribun eine Nachricht zu überbringen, die mich leicht in Gefahr bringen kann. Doch dies ist meine Angelegenheit und nicht die eure.« Die beiden betrachten mich mit Unverständnis, sodass ich neuerlich darum bitte: »Schwört, dass ihr – egal was auch passiert – hier im Wald auf mein Zeichen wartet.«

Widerwillig geben sie mir ihr Versprechen, worauf ich in voller Kriegerpracht auf die lichte Ebene vor Arbona trete. Hier wird mich jede Wache von den Mauern aus sehen können. Vor sieben Jahren verließ ich diesen Ort als unwissender Junge. Heute stehe ich hier gerüstet als Krieger mit Rundschild, Spatha und Sax und bitte um Einlass durch die mächtigen Tore der Festung. Zu meiner Überraschung sind diese geschlossen. Fürchten sie nach den Berichten zu den Saracenen einen Überraschungsangriff? Ich bleibe auf dem Holzsteg vor dem Tor stehen und blicke hoch zur Mauer. Ich habe mir lange Gedanken gemacht, wie ich mich in ebendiesem Moment nennen soll, doch vermag nur etwas meine Herkunft, meine Hoffnungen und meine Ambitionen zu vermitteln:

»Mein Name ist Marcus von Arbona und ich bitte um Einlass!«

Die Mauern vor mir wirken bedrohlich und zugleich vertraut. Ich kenne diesen Anblick gut. Auch wenn ich früher auf der anderen Seite stand und dort oben auf den Mauern wachte. Ich fühlte mich in Arbona stets sicher und selbst die Ungrer vor den Toren konnten mir damals die Zuversicht nicht nehmen, dass Arbona mich vor Übel und Tod bewahren würde. Nun stehe ich auf der anderen Seite, vor einem verschlossenen Tor, mit skeptischen Wachen, die nach einem kurzen Blick auf mich wieder verschwunden sind, wohl um jemanden zu holen. Wer wird mich nach sieben langen Jahren wiedererkennen? Wären doch Milo, Tetto oder Hadabret hier.

Dann entdecke ich auf den Mauern plötzlich einen Mann, der meine Befürchtungen wahr werden lässt; erst nur die Umrisse, dann sehe ich sein grinsendes Gesicht. Strello hat es also nach Arbona zurückgeschafft. Dass an seiner Seite keine Geiseln stehen, lässt mich insofern aufatmen, als dass ich nun weniger um Marcus und Jacob fürchten muss. Anna wird sie hoffentlich wohlbehütet vorfinden.

Er scheint den Augenblick zu genießen, denn er steht einfach nur schweigend über mir auf den Mauern der Toranlage. Wie reagiert er wohl, wenn er erfährt, dass jemand anderes seinen Platz an der Spitze der Krieger eingenommen hat? Werden sich die schweren Torflügel von Arbona öffnen? Steht mir der Tod bevor? Selbst nach einer Rückkehr Milos und der Unterstützung einiger Freunde aus Constantia würden wir uns die Zähne an den Befestigungen von Arbona ausbeißen.

Snato und Athanasius beobachten bestimmt aufmerksam die Umgebung. Suchen sie bereits nach einer Lücke in der Verteidigung? Nur ungern enttäusche ich sie, denn trotz vieler eingestürzter Türme und Mauerabschnitte hielt man Arbona stets kampfbereit; Mauerlücken wurden aufgeschüttet, instabile Konstruktionen mit frischen Holzbalken verstärkt. Und die Moral der Verteidiger war stets hoch. Ich bezweifle, dass wir gewaltsam hineingelangen würden. Noch immer hoffe ich, dass der Tribun auf der Mauer über dem Tor erscheint und dass wir erfahren, was Strello dieses Mal für Lügen verbreitet hat.

Milo wünscht bestimmt den endgültigen Beweis für dessen Verrat, doch ist der neue Centenar nicht hier, um diesen einzufordern. Glaubt Strello tatsächlich, die Krieger aus Arbona wären alle gefallen? Oder wurden längst Boten zum Galluskloster und Späher in die Umgebung der vergangenen Schlacht geschickt? Viel Zeit stand ihm nicht zur Verfügung. Denn, obwohl wir vorbei am mächtigen Sambiti und dem Rîn entlang zurück hierher gelangt sind, dürfte auch Strello seine Zeit zur Rückkehr nach Arbona gebraucht haben. Wie erklärte er wohl dieses Mal, warum er ganz allein heimgekehrt ist?

»Marcus!«, höre ich nun endlich die erhoffte Stimme des Tribuns. »Ich wusste, wir sehen uns wieder.« Doch seine Stimme klingt alles andere als freundlich. Was denkt er von mir? Ich will mir gar nicht vorstellen, welche Lügen ihm Strello erzählt hat. Dieser neigt sich zum Tribun und flüstert ihm offenbar etwas zu. Mit meinem Erscheinen hat er vermutlich nicht gerechnet. Was hätte er wohl erst für Augen gemacht, wenn Milo und die anderen Krieger mit mir hier aufgetaucht wären? Möge sein dreckiges Lügengebilde bald in sich zusammenstürzen wie die brennenden Holzscheite des Lagerfeuers von letzter Nacht.

»Ich hoffe, du bist nicht der einzige Überlebende deines hinterhältigen Spiels«, ruft nun Strello von der Mauer hinab. Er scheint alles darauf zu setzen, dass aus Arbona niemand überlebt hat. Seiner Stimme entnehme ich unterdrückte Furcht. Vermutlich hat er dem Tribun erzählt, ich hätte die Krieger von Arbona direkt in eine Falle gelockt. Und jetzt durch Milos Einsatz für Curia ist es tatsächlich unklar, ob er und die anderen Kämpfer jemals lebend heim nach Arbona kämen. »Und wo hast du deinen Ungrerfreund gelassen?« Jetzt verstehe ich erst, welch wunderbares Geschenk ich Strello mit Athanasius, dem konvertierten Ungrer, gemacht habe. Mir wurde vor sieben Jahren nämlich vorgeworfen, ich hätte mich feige davongemacht und gar mit den Ungrern gemeinsame Sache gemacht. Wie sonst hätte ein unerfahrener Junge den Ungrersturm überleben können?

»Athanasius lebt«, antworte ich mit lauter Stimme. »Und er hat tapferer für Gott und unsere Sache gekämpft, als du es je getan hast.« Diese Beleidigung entlockt Strello lediglich ein zufriedenes Gesicht, denn ich habe in meinem Ärger gerade zugegeben, an der Seite eines Ungrers gekämpft zu haben und mein befremdlich wirkender Rundschild spricht ebenfalls für Strellos Theorie. Doch kann ich mir kaum vorstellen, dass nicht ohnehin längst alle im Umkreis des Gallusklosters vom gefangenen Ungrer und seinem wundersamen Wandel gehört haben. Aber wer weiß? Selbst die Mönche scheinen Athanasius nach all den Jahren nicht völlig vertraut zu haben.

Hinter mir im Wald höre ich Bewegung. Bestimmt wollen mich meine Freunde nur dazu ermuntern, endlich mit der ganzen Geschichte herauszurücken. Doch würde man mir überhaupt glauben? Und wäre es für mich annehmbar, in die Festung zurückzukehren im Wissen um Strello? Besonders nach dem Vorwurf der Verbrüderung mit dem Feind reicht es für mich längst nicht mehr aus, einfach nur darauf zu hoffen, dass ich nicht angerührt würde oder sich Strello gar von selbst verraten könnte und womöglich durch Milo als Centenar ersetzt würde.

»Ich weise jegliche Anschuldigung von mir«, spreche ich klar und deutlich, sodass mich alle Wachen auf den diesseitigen Mauern hören können. »Strello, der euch als Centenar beschützen sollte, verließ feige die Schlacht und ließ seine Krieger, eure Väter und Brüder, zum Sterben zurück, wie er es schon während der Ungrerangriffe getan hat.« Strello versucht, mich zu unterbrechen, doch der Tribun will hören, was ich zu sagen habe, weshalb er ihn mit einer Handbewegung zum Schweigen anhält. Immerhin hofft er – anders als Strello – noch immer darauf, dass einige überlebende Krieger nach Arbona zurückkehren. »Die Krieger von Arbona errangen einen blutigen Sieg über die Saracenen und wählten Milo noch auf dem Schlachtfeld zu ihrem neuen Anführer.«

»Und wo ist Milo?«, fragt mich Strello herausfordernd. Er denkt wohl, ich spiele hier nur etwas vor.

»Das sage ich Euch, Tribun«, antworte ich direkt an den Herrn von Arbona gerichtet. »Doch erst fordere ich den Verräter Strello zu einem Kampf auf Leben und Tod heraus.«

Strello lacht laut. Und noch mehr als zuvor beherrscht nun Verunsicherung seine Stimme: »Warum sollte ich einen Jungen töten?« Er wendet sich an den Tribun. »Wenn Ihr mich fragt, hat er Prügel verdient.« Doch der Tribun lacht nicht. »Ihr glaubt ihm doch nicht? Viele Jahr schon diene ich Euch treu als Centenar.« Treu? Dass ich nicht lache. Milos Geschichten lassen etwas anderes vermuten, auch wenn mein Freund niemals ein schlechtes Wort über Strello dem Tribun gegenüber verloren hätte. »Männer, holt mir den Bastard!«, befiehlt Strello einigen Wachen in der Nähe, doch diese blicken zögernd zum Tribun. »Dieser Verräter hat eure Kameraden auf dem Gewissen. Oder seht ihr sie hier irgendwo?« Noch immer reagiert niemand auf Strellos Befehl.

»Warum soll ich dir einen Zweikampf gewähren, Marcus?«, stellt mich der Tribun auf die Probe. Er hat den

Wachen noch nicht den Befehl erteilt, mich zu ergreifen, aber er hat Strellos Anordnung auch nicht aufgehoben.

»Mein Herr«, druckse ich hervor und entscheide mich, alles zu riskieren, »sollte ich mich wirklich mit den Ungrern und Saracenen – den Feinden der Christenheit – verschworen haben, wie Euer Centenar behauptet, wird Gott diesen Kampf schnell zu seinen Gunsten entscheiden.« Ein Gottesurteil zu fordern, kenne ich nur noch aus den alten Erzählungen meines Magisters in Arbona. Zu meinen Lebzeiten dürfte es in unserer Gegend keinen solchen Kampf mehr gegeben haben. Doch der Tribun ist um einiges älter und kennt zudem die Geschichten von früher nur zu gut.

»Ich bitte um einen Zweikampf«, wiederhole ich entschlossen. »Gewinnt Strello, so habe ich es als Sünder nicht anders verdient und man möge mit mir verfahren, wie es einem jeden in Arbona beliebt. Gewinne jedoch ich, so wünsche ich nichts mehr als die Wiederherstellung meiner Ehre und eine Aufnahme in die Gemeinschaft meiner Kindheit.« Die letzten Worte bringe ich nur noch mit Mühe über meine Lippen.

Meine Gedanken drehen sich nun plötzlich um Anna und meine Söhne. Denn mit dieser Entscheidung beeinflusse ich nicht nur meine eigene Zukunft, sondern auch die ihre. Was würde mit Jacob und Marcus geschehen, wenn ich sterbe? Würde meine Familie verschont? Überlasse ich meine Liebsten aus Stolz und Rachegelüsten einer Zukunft in Armut und Elend? Nun ist es zu spät. Ich habe gesprochen und kann nicht mehr zurück.

»Ich akzeptiere deine Bedingungen, doch ist es mein Centenar, der darüber entscheiden muss, ob er gegen dich in einen Zweikampf treten will«, antwortet der Tribun. »Ein Gottesurteil?«, fragt Strello, als hoffte er, ich würde wie durch ein Wunder von selbst verschwinden. »So sei es!«, nimmt er meine Herausforderung an. Nach meiner kurzen Ansprache kann Strello auch gar nicht mehr anders. Ansonsten verlöre er jegliches Ansehen und wohl auch seine Stellung. »Mach dich bereit zu sterben«. Nach einigen unerträglichen Augenblicken öffnen sich die schweren Tore von Arbona. Wohl zur Sicherheit der Festung verstärken einige zusätzliche Bogenschützen die Wachen auf den Mauern und nur wenige Krieger treten zu mir hinaus; einen von ihnen erkenne ich als Cozpret wieder. Diesen üblen Gesellen habe ich nach all den Jahren nicht vergessen. Er gehörte damals zu den engsten Freunden von Strello und dürfte heute einer seiner Vertrauten und Schergen sein. Ich lege alle zusätzliche Ausrüstung und Last ab, die ich für die Verfolgung der letzten Tage mit mir getragen habe, sodass ich letztlich nur noch meine leichte Schutzkleidung, meine zwei Schwerter und den kleinen Rundschild trage. Innerlich zittere ich und mein Herz könnte zerspringen, so schnell schlägt es in meiner Brust. Und erst jetzt fällt mir auf, wie sehr ich mich eigentlich noch hätte erleichtern sollen. Warum tue ich mir das nur an? Unabsichtlich blicke ich in die Bäume hinter mir, doch erkenne ich weder Athanasius noch Snato und ich hoffe auch, dass die beiden nicht auftauchen. Man könnte mir dies falsch auslegen.

Dann taucht zwischen den zwei Torflügeln der Krieger Strello auf, mit eisernem Helm, metallverstärkter Kleidung, schwerem Rundschild und einem Langschwert kampfbereit in seiner rechten Hand. Nun wäre der Zeitpunkt, in Panik zu verfallen. Vor einem ebensolchen Augenblick habe ich mich immer gefürchtet. Doch habe ich diesen Zweikampf gefordert und als wollten sie mir aus der Ferne beistehen, sehe ich meine liebe Anna, flankiert von unseren wundervollen Söhnen Jacob und Marcus, vor dem inneren Auge. Ich weiß genau, für wen und für welchen Zweck ich dies tue. Entschlossen ziehe ich meine Spatha, schlage damit zweimal gegen meinen Schild und trete einen Schritt vor.

Strello überquert den hölzernen Steg und tut es mir gleich. Wir stehen uns gegenüber. Der Kampf kann beginnen. Auf den Mauern sind nun plötzlich unzählige weitere Menschen erschienen und ein erstauntes Flüstern und Raunen ist zu hören. Wer von ihnen kennt mich wohl noch? Ich versuche, alle störenden Gedanken abzuschütteln und blicke in das von einem Helm beengte Gesicht von Strello. Wie sehr ich ihn hasse! Es gäbe wohl nie Frieden, wenn er am Leben bleibt. Ich will meine Rache für damals und für den neuerlichen Verrat. Ich will eine sichere Zukunft für meine Kinder. Strello muss sterben.

Ich habe ihn nie wirklich kämpfen sehen, doch wäre er kaum Centenar, wenn er nicht einen Zweikampf bestreiten könnte. Mich hingegen wird er vermutlich unterschätzen, da er noch immer den unerfahrenen Jungen von damals sieht. Das empfinde ich erst einmal als Vorteil, allerdings ist er ausgeruht, durch gutes Essen gestärkt und er trägt deutlich bessere Schutzkleidung als ich.

Zwar kämpfe ich scheinbar für mehr, doch ist auch ihm klar, dass eine Niederlage womöglich im Verlust seiner Centenarswürde münden würde. Im Moment würde ich mein Geld eher auf Strello als auf mich setzen. Doch werde ich ihm sein überhebliches Grinsen aus dem Gesicht wischen. Solange Cozpret oder einer seiner anderen Vertrauten nicht plötzlich ins Geschehen eingreift, sehe ich eine realistische Möglichkeit, all dies zu meinen Gunsten zu beenden.

Cap. XVII

Arbona Victrix

Strello und ich gehen in Kampfstellung. Ich denke an die Kämpfe der letzten Jahre und an die Ratschläge, die ich von Kameraden gehört und bei der Beobachtung meiner Feinde gelernt habe. Mit dem linken Bein vorne gehe ich leicht in die Knie und versuche wippend, die stabilste Haltung zu finden. Der Schild sollte meinen Körper zwischen linkem Knie und Kinn möglichst abdecken, doch die Saracenenbeute an meinem linken Arm scheint als Standeszeichen mehr wert gewesen zu sein denn als schützendes Utensil. Strello hingegen macht sich mit breitem Grinsen gar nicht erst die Mühe, sauber Aufstellung zu nehmen, sondern klopft laut und heftig gegen seinen großen Schild.

»Kämpft«, ruft uns der Tribun von den Mauern zu, gerade rechtzeitig, denn Strello schien bereits zu einem Angriff angesetzt zu haben. Jedenfalls stürmt er so schnell und ungestüm vor, dass ich einige Schritte zurückweichen muss, um nicht rücklings zu stolpern. Ich weiche seinen schnellen Schwerthieben gerade so aus und bin beeindruckt, mit welcher Präzision er sein Schwert führt.

»Komm schon, Marcus, hast du noch immer nicht gelernt, ein richtiges Schwert zu führen?«, verhöhnt mich

Strello laut, sodass die umstehenden Kämpfer – offenbar zählen fast alle zu seinen Gefolgsleuten – laut lachen. Er spricht damit auf meinen Sax an, den ich trotz der wertvollen Spatha – ein Erbstück des Liubman – noch immer im Kampf bevorzuge. Doch würde mir mein Kurzschwert im Moment den Nachteil verschaffen, dass ich innerhalb der tödlichen Schwertlänge Strellos agieren müsste, um ebenfalls einen Angriff führen zu können, weshalb ich ebenfalls auf meine Spatha gesetzt habe.

Erneut stößt Strello vor und ich versuche, den Hieb zu parieren und zum Gegenstoß anzusetzen, doch mein Schwertstreich geht ins Leere und kostet mich wertvolle Kraft. Die Umstehenden lachen. Strello scheint auf einen Gegenstoß zu verzichten, um das Gelächter auszukosten, so als wäre dies ein Spiel und zur Belustigung seiner Leute.

Angestrengt gehe ich nach jedem Schwertstreich wieder zurück in meine Kampfstellung, was seine Gefährten noch zusätzlich erheitert. Aber wenn ich an Mangolds Seite etwas über das Gefecht gelernt habe, dann ist es die Grundhaltung und die stete Bereitschaft, auf alles gefasst zu sein. Strello hingegen läuft auf und ab und wartet nur darauf, mir den tödlichen Hieb zu versetzen. »Bereite dem Trauerspiel ein Ende«, ruft ihm einer seiner Männer zu, die allesamt nicht zur Expedition gegen die Saracenen mitgezogen sind.

Als Strello seinem Mann zunickt, sehe ich meine Gelegenheit gekommen. Ich rücke mit einem schnellen Kreuzschritt vor und bringe Strello mit einem Stoß meines Schilds aus dem Gleichgewicht. Sofort steche ich mit dem Schwert über den Schildrand hinweg. Doch vermag er sich zu fangen und nur knapp, bevor ich seinen Hals getroffen hätte, hebt er seinen eigenen Schild und schlägt meine Spatha zur Seite. Es kostet mich alle Kraft, seine nun auf mich niederfahrenden Schwertstreiche zu parieren oder mit dem Schild abzufangen. Doch weiche ich nun nicht mehr zurück. ›Für Anna, für meine Söhne!‹

Mit voller Kraft stemme ich mich gegen meinen Schild und wage mit der Spatha etwas weiter vorzustoßen, immer entlang des Schildrands. Wäre mein Schild nur etwas größer, könnte ich mich effizienter damit abschirmen. Allerdings hat er sich als deutlich beständiger erwiesen als ich befürchtet habe. Dies erklärt jedoch auch das enorme Gewicht, das ich in Schulter und Ellbogen als immer stärkeren Schmerz wahrnehme. Zur Entlastung wage ich eine Finte. Erneut erhöhe ich kurz den Druck mit meinem Schild gegen seinen und halte meine Spatha mit flacher Klinge auf dem Schildrand aufgesetzt bereit, als wollte ich zustechen. Als Strello seinen Schild nach oben reißen will, trete ich mit meinem linken Bein einen großen Schritt nach hinten und vollziehe eine riskante Drehung, die ihm nun die Freiheit gibt, mit seinem Schwert einen gezielten Treffer zu landen. Aber ich habe den Moment genau richtig gewählt. Er hält mit seinem Körpergewicht so stark gegen meinen Druck, dass er, als ich nach links drehe, kurz aus dem Tritt kommt und beinahe nach vorne fällt. Dabei bleibe ich jedoch für einen gefährlichen Augenblick ungedeckt und noch während Strello nach vorne stolpert, gelingt ihm ein Treffer auf meine linke Schulter. Der Schmerz zuckt durch meinen ganzen Körper, doch die Verwundung bleibt oberflächlich.

Strello hätte den Kampf wohl zu seinen Gunsten beendet, hätte ich nicht augenblicklich den Schild nach hinten gezogen und so seine Klinge mit dem Schildrand weggeschlagen. Sofort fahre ich herum und stoße mit meiner Rechten über den Schild hinweg gegen seinen Kopf. Er zieht den Schild hoch, kann jedoch nicht verhindern, dass ich über seinen Helm schramme. Metall trifft auf Metall und Strello baumelt zwei Schritte zurück. Sofort setze ich nach und lasse nun meinerseits Schwerthiebe auf ihn niederprasseln. Kurze, schnelle Schläge, während ich stetig vorwärts gehe und meinen Schild nach vorne drücke. Ich darf ihm keine Möglichkeit zur Erholung oder zum Gegenschlag geben. Wir haben uns mittlerweile etwas vom Kastell entfernt und ich bemerke, wie ruhig die Menschen auf den Mauern alle geworden sind. Halten sie den Atem an? Stehen womöglich einige von ihnen auf meiner Seite? Doch bin ich hier unten von Kriegern umgeben, die Strello ergeben sind – allen voran Cozpret – und die sich im lockeren Kreis mit uns mitbewegen. Ich fühle mich unsicher zwischen ihnen. Immer wieder fürchte ich gar, einer von ihnen könnte Strello zu Hilfe eilen, auch wenn dies das Gottesurteil zunichtemachen würde.

Schild voran bewegen wir uns wieder Schritt für Schritt aufeinander zu, wobei nun auch Strello Vorsicht walten lässt. Offenbar musste er feststellen, dass ich doch nicht so ein leichtes Opfer bin. Wie durchbreche ich nur seine Deckung? Mit der Spatha bin ich einfach zu schwerfällig. Im dichten Handgemenge denke ich daher sofort an meinen Sax. Andererseits könnte mir die zusätzliche Länge einer Spatha das Leben retten, sollte ich meinen Schild verlieren.

Wäre nun der Zeitpunkt gekommen? Da Strello ausgeruhter ist und allein schon wegen seines Alters deutlich länger mit Schwertern hantiert als ich, dürfte er nämlich länger durchhalten. Wenn mir nicht der Zufall hilft, muss ich bald ein Risiko eingehen, um den Kampf schnell zu beenden. Nachdem sich die Zahl unserer Attacken anfangs ungefähr in der Waage hielt, gewinnt Strello mehr und mehr die Oberhand. Mit jedem Schlag Richtung Beine, mit jedem Angriff auf meinen Kopf nimmt die Intensität zu, als würde er jedes Mal stärker zuschlagen, während meine Verteidigung bröckelt. So darf es nicht enden! Ich könnte mit dem Auftauchen von Snato und Athanasius Verwirrung stiften, doch wäre mir lieber, die beiden brächten sich in Sicherheit.

»Wer schenkt diesem Schwächling noch immer Glauben?«, schreit Strello in Richtung von Arbona. Ich wurde also nicht vergessen und Strellos Worten nach zu urteilen, zähle ich in der Festung noch immer Wohlgesinnte. Seine Männer lachen um uns herum und als er vorgibt, mich erneut mit dem Schwert anzugreifen, die Hand sinken lässt und darauf mit voller Kraft mit seinem Schild gegen meinen kracht, werde ich von den Männern hinter mir zurück zu Strello gestoßen. Das Gelächter schwillt weiter an, als ich dabei stolpere und zu Boden falle.

»Gib auf, Marcus, ich gewähre dir ein rasches Ende mit dem Schwert.« Mit voller Kraft holt er zum Schlag aus und wohlwissend, dass ich den schweren Schild unmöglich rechtzeitig hochziehen könnte, versuche ich mit der Spatha zu parieren. Mühelos schlägt er das mir teure Schwert des Liubman aus der Hand. Er grinst und flüstert mir von oben herab zu: »Keine Sorge, ich kümmere mich um deine Frau.« Unbändiger Zorn flammt in mir auf und gibt mir neue Kraft. Doch mein Verstand bleibt klar. Als hätte ich längst aufgegeben, komme ich mühsam auf meine Knie, lasse den Schild achtlos von meinem Unterarm rutschen und beuge mich untertänig vor, sodass ich in gebückter Haltung unauffällig den Griff meines Saxes umfassen kann. Auch Strello lässt seinen Schild zu Boden fallen und kostet den Moment meiner Niederlage aus. »Gnade«, höre ich einen einzelnen Ruf von den Mauern, doch ich wage nicht hochzublicken. Von Strello habe ich von Anfang an keine Gnade erwartet und ich werde bestimmt nicht darum betteln. Die Klinge seines Schwerts verschwindet aus meinem Blickfeld, sodass ich davon ausgehen kann, dass er nun für den finalen Streich ausholt. Das ist mein Moment. Blitzschnell ziehe ich den Sax aus der Scheide und in derselben Bewegung treffe ich dadurch Strello am Schwertarm. Seine Spatha fällt zu Boden. Augenblicklich springe ich hoch und ramme ihm den Knauf meines Kurzschwerts ins Gesicht, sodass er mit vermutlich gebrochener Nase und mit blutendem Mund zu Boden geht.

Ich stehe mit meinem Sax über dem besiegten Strello, die Klinge an seiner Kehle. Doch weder fleht er um Gnade noch schmettert er mir Beleidigungen entgegen. Ich hätte nun jedes Recht, ihm den Todesstoß zu versetzen und angesichts der Sicherheit meiner Familie und all der Taten, die er zu verschulden hat, hätte er es auch nicht anders verdient. Aber mir schwebt Milos Gesichtsausdruck von vor fünf Jahren immer wieder vor Augen, als ich den Unbewaffneten in Liubmanswila tötete.

Es kostet mich unvorstellbare Überwindung, meine drohende Klinge zurückzunehmen, doch dann vollbringe ich, wofür ich mich wohl noch Jahre verachten werde: Ich erhebe meinen Schwertarm und recke den Sax in die Höhe.

»Marcus!«, ertönen plötzlich vereinzelte Rufe von den Mauern von Arbona, doch sehe ich die Urheber derselben nicht. Ich habe Strello tatsächlich besiegt und das Recht auf eine Rückkehr nach Arbona verdient. Die Rufe von den Mauern gleichen zusehends einem Chor, während ich mich nun den Wällen zuwende und mein Schwert präsentiere. »Marcus, Marcus, Marcus!« Ich warte auf ein Wort des Tribuns, der jedoch nichts dergleichen tut.

Dann plötzlich verstummen die Hochrufe von den Wällen. Als ich das Grinsen der Umstehenden bemerke, verstehe ich. Hinter mir muss sich Strello erhoben haben. Wie dumm und naiv ich doch war. Blitzschnell drehe ich mich mit dem Sax in der Hand um. Und in ebendieser Drehung vernehme ich den dumpfen Einschlag eines Pfeils, der gerade an mir vorbeigeflogen sein muss. Ich blicke in Strellos weit geöffnete Augen. Sein Schwert fällt ihm aus der linken Hand. In seiner Brust steckt ein Pfeil. Doch wo ist der Schütze?

Die Männer des getöteten Centenars geraten in Aufruhr und blicken panisch umher. Einer stürzt augenblicklich zu Strello, doch er ist tot. Und ich kenne nur einen Schützen, der hierzu in der Lage gewesen sein kann. Ein halbes Dutzend Schwerter richtet sich nun gegen mich. »Haltet ein!«, brüllt der Tribun von der Mauer. Ich lege die Klinge meines Sax in die leere linke Hand, halte die Waffe nun mit beiden Händen nach vorne gestreckt und lege mein Leben damit in die Gewalt des Tribuns. Nun sind keine Rufe mehr zu hören, aber außer den Männern bei mir auf dem Kampfplatz scheint auch niemand besonders traurig über Strellos Tod.

Aus dem geöffneten Tor von Arbona galoppieren plötzlich drei Reiter. Bestimmt suchen sie den Schützen. ›Lauft, meine Freunde‹, sage ich mir immer wieder, als würde ich hoffen, Snato und Athanasius könnten mich hören. Dann entnehme ich den Geräuschen um mich herum, dass meine Freunde wohl nicht weggelaufen, sondern gar aus ihrem Versteck herausgetreten sind. Ich lege meine Waffen vorsichtig zu Boden und drehe mich um. Die drei Reiter eilen an mir vorbei und als ich ihnen mit meinem Blick folge, sehe ich aus der uns am nächsten liegenden Baumgruppe Snato treten; in den Händen trägt er seinen mächtigen Kriegsbogen. Athanasius ist nicht zu sehen.

Während ich beobachte, wie die Reiter ihre Lanzen senken und Snato seinen Bogen niederlegt, werde ich unsanft an beiden Schultern von hinten gepackt und bäuchlings zu Boden gedrückt. Eine tiefe Männerstimme, die ich als jene von Cozpret erkenne, flucht: »Wehre dich nicht, Bastard.« Und in meiner jetzigen Situation würde ich das auch nicht wollen. Jetzt liegt mein Schicksal in den Händen des Tribuns und der Menschen von Arbona. Hat Snato das Gottesurteil soeben zunichte gemacht? Ich habe gesiegt und Strello starb beim Versuch, mich hinterrücks zu töten. Ich sehe daran nichts Falsches.

Snato und ich werden gefesselt ins Kastell geführt. »Wo ist Athanasius?«, frage ich meinen Freund leise.

»Ich habe ihn nach Buocha geschickt, um zu berichten«, flüstert mir Snato zu. Doch es dauert nicht lange und das

Tor wird erneut geöffnet. Athanasius wird hineingezerrt. An seinem Kopf klafft eine große Wunde. »Wir haben diesen Ungrerteufel hier im Wald gefunden«, schildert einer der Krieger, die zuvor zu Pferd hinausgeritten kamen, »hat sich gewehrt.« Er lacht breit und zufrieden mit seiner Leistung. Auch von den anderen um uns herum sieht niemand sonderlich betroffen aus von Athanasius' jämmerlichem Zustand.

»Das ist der Beweis«, flucht einer von Strellos Schergen, als der Tribun zu uns in den Hof hinabsteigt. »Der Bastard steckt mit dem Feind im Bunde.«

»Da seht ihr es«, gesellt sich auch Cozpret sofort dazu. »Wir hätten die Warnungen unseres Centenars viel eher beachten sollen. Jetzt ist er tot. Hinterrücks ermordet von dem da.« Er zeigt auf Snato und spuckt in seine Richtung.

»Noch bin ich es, der hier das Sagen hat«, spricht nun der Tribun mit kräftiger Stimme. Doch scheint mir nicht, dass sich noch alle gleichermaßen daran gebunden fühlen. Wäre nur Milo hier! »Sorge dich um ein angemessenes Begräbnis, Cozpret«, befiehlt der Tribun, »ich werde hier niemanden hinrichten oder zulassen, dass den Gefangenen Leid angetan wird, bis wir nicht sichere Nachricht von unseren Kriegern und Milo erhalten haben.« Und mit einem Blick auf Snato ergänzt der Tribun: »Zudem war es Strello, der den offensichtlichen Gewinner des Zweikampfs hinterrücks töten wollte.« Darauf antwortet Cozpret nicht mehr, sondern stapft wutentbrannt davon. Ich bin erstaunt ob der Worte des Tribuns. Will man ihnen glauben, gäbe es keinerlei Gründe, uns überhaupt noch festzuhalten.

Wir werden trotz meines Sieges eingesperrt. Die Bevölkerung scheint zwar auf unserer Seite, doch hat sich ein kleiner Zirkel aus ehemaligen Gefolgsleuten des getöteten Strello durchgesetzt, der unsere Haft überwacht. Der Tribun ist nicht in der Lage, etwas zu tun. Mir wird gar Kollaboration mit den Ungrern nachgesagt, obwohl die meisten schon von Athanasius gehört haben müssen. Den guten Menschen von Arbona zum Dank werden wir mit Respekt behandelt. Eine Magd versorgt liebevoll die Wunde an meiner Schulter und kümmert sich auch um Athanasius.

Möge Arbona als die Siegreiche hervorgehen und sich nicht durch meinen Tod beschmutzen oder sich am Tod von Snato oder Athanasius versündigen und sich selbst der Ehre berauben. Ich bete dafür, dass Milo bald zurückkehrt und für Gerechtigkeit sorgt. Und wenn er nicht mehr zurückkehren sollte, so hoffe ich auf die Bewohnerinnen und Bewohner von Arbona.

Cap. XVIII

Sonntag, 21. April 933

Ich zähle inzwischen die sechste Nacht, die vergangen ist, seit wir nach Strellos Tod eingesperrt wurden. Athanasius geht es immer schlechter, und das trotz der Pflege unserer Freunde im Kastell. Er braucht dringend Utensilien aus dem Kloster sowie die Kräuter, die er damals mit dem Infirmar gesammelt hat.

Obwohl die Gruppe von Anhängern des getöteten Strello merklich kleiner wird, konnte der Tribun in Anwesenheit des demagogischen Cozpret noch nicht die vollständige Kontrolle zurückerlangen. Und alle bisherigen Versuche, Kontakt mit unseren Leuten in Buocha aufzunehmen, geschweige denn mit dem Galluskloster oder Constantia, schlugen fehl. Hoffentlich wissen zumindest Anna und meine Söhne, dass ich noch am Leben bin. Ich weiß von den uns wohlwollend gestimmten Bewohnern, dass eine junge Frau schon mehrmals um Einlass gebeten haben soll. Das kann kaum jemand anderes als Anna gewesen sein. Unsere Liebsten sorgen sich um uns und ich wünsche mir nichts sehnlicher, als meine Familie wieder zu sehen. Andererseits könnte ich den verwundeten Athanasius niemals allein hier in Arbona zurücklassen. Ohnehin grenzt es an ein Wunder, dass Cozpret noch nicht die Möglichkeit gefunden hat, ihn, Snato oder mich unauffällig verschwinden zu lassen.

Längst rechnete ich mit der Ankunft von Milo. Ich ging davon aus, dass die geflohenen Saracenen längst über die Alpes verschwunden oder von stärkeren Kriegerverbänden in der Raetia vernichtet wurden, Milos Einsatz also gar nicht gefragt gewesen wäre. Inzwischen wächst aber die Furcht, dass Milo womöglich gar nicht mehr zurückkehrt. Die Späher und Boten unterstanden alle direkt dem Centenar, also Strello, weshalb sich selbst der Tribun nicht auf verlässliche Informationen stützen kann.

Die Situation würde sich erst ändern, wenn ein neuer Centenar gewählt wäre, aber da nur die Bewaffneten ein Recht zur Wahl haben und der Tribun vermutlich zu Recht befürchtet, dass viele von diesen unter dem Einfluss der verbliebenen Schergen des alten Centenars stehen, wird es vorerst zu keiner Wahl kommen. Aus Angst, dass am Ende noch jemand wie Cozpret gewählt wird, dürfte er – vielleicht sogar noch mehr als ich – auf eine Rückkehr des Milo hoffen. Ewig würde der Tribun die Nachfolgeregelung für Strello jedoch nicht verschieben können. Und eine ungünstige Wahl würde wohl auch das Schicksal von Snato, Athanasius und mir besiegeln.

Sollte es zu lange dauern, könnte sich die Frage um Athanasius' Schicksal aber ohnehin von allein erledigen. Seine Wunde hat sich entzündet und er keucht und schwitzt. Ich entschließe mich daher zu einem gewagten Unterfangen und bitte jene Frau, die sich bisher am intensivsten um Athanasius gekümmert hat, eine Nachricht nach draußen zu bringen – wenn nötig, indem sie einen der Holzfäller miteinweiht, die fast täglich das Kastell Richtung Forst verlassen.

»Holz hacken? Am Tage des Herrn?«, redet mir die Magd diese Idee überraschend einfach gestrickt aus, worauf ich nichts Weiteres zu sagen weiß. Versteht sie allen Ernstes mein Ansinnen dahinter nicht? »Aber womöglich ist es an der Zeit, an diesem Tag mal wieder die Kirche des heiligen Gallus aufzusuchen«, fährt sie augenzwinkernd fort. »Welche Nachricht willst du überbringen?«

Am liebsten hätte ich sie auf direktem Weg nach Buocha geschickt, doch benötigt Athanasius dringendere Hilfe aus dem Galluskloster. Und ich hoffe, dass man sie dort anhört. Denn unser ungrischer Freund hat dort noch immer einen schweren Stand. Aber womöglich findet sich im Kloster auch ein Fürsprecher für uns drei. Ebenso hoffe ich auf Informationen zur Expedition nach Raetia. Erst einmal muss die Magd aber aus Arbona hinausgelangen, was zu früheren Zeiten niemals ein Problem dargestellt hätte. Doch wegen Cozpret werden die Zugänge nun streng überwacht.

Mit andächtig über den Kopf gezogenem Tuch verlässt unsere Verbündete den zentralen Hof in Richtung Tor. Ich blicke ihr nach, bis sie an der nächsten Hausecke verschwindet. Und zu meiner großen Überraschung höre ich nun plötzlich das Knarren eines Torflügels. Ich hätte nicht erwartet, dass sie so leicht hinausgelangt. Nun heißt es abwarten und hoffen.

Auf etwas anderes muss ich hingegen nicht lange warten und ich hätte es mir schon denken können. Fünf Männer begeben sich ebenfalls zum Tor. Sie sind zu Fuß, führen aber Pferde an den Zügeln mit sich. »Späher«, flüstere ich Snato zu, der mich fragend anschaut. »Bestimmt im Auftrag von Cozpret.«

»Warum folgen sie ihm noch immer?«, fragt Snato verständnislos. »Strello ist tot, Cozpret ist weder Centenar noch scheint er eine andere Funktion auszuüben.«

»Es gibt kaum etwas Gefährlicheres als die Leere inmitten eines Machtgefüges. Die Leute haben zwar den Tribun, doch kümmert sich dieser zu wenig um die Belange der Leute und solange Strellos Nachfolge nicht feststeht, will sich niemand mit dem offensichtlichen Anwärter für diesen Posten anlegen«, antworte ich. »Aber sollte es hart auf hart kommen, oder wenn sich ein alternativer Bewerber finden ließe, würde ich nicht darauf vertrauen, dass all jene, die nun brav Cozpret hinterherrennen nicht plötzlich die Seiten wechseln.« Athanasius stöhnt im Fiebertraum, worauf Snato das Stück Stoff auf seiner Stirn in den Eimer mit Wasser vom Bodamansee taucht und ihm etwas Kühlung verschafft. Ich hoffe, die Magd kehrt bald zurück. Wenn Cozprets Männer nur ein bisschen mitdenken, werden sie sie kaum daran hindern, Medizin für den verwundeten Gefangenen mitzubringen.

Und tatsächlich tut sich schon am frühen Nachmittag etwas auf den Mauern. Ich höre aufgeregte Stimmen und Leute eilen Richtung Tor. »Was ist los?« rufe ich den Vorbeilaufenden nach. Plötzlich höre ich hinter mir das Geräusch des Schlosses. Wir sind frei. Was hat dies zu bedeuten? Ist in Arbona ein Feuer ausgebrochen? Cozpret wird kaum einfach so zur Vernunft gekommen sein. Wir müssen sofort feststellen, was draußen los ist, doch ist Athanasius in seinem Zustand nicht transportfähig. Wir können ihn nicht zurücklassen.

»Geh, Marcus, ich bleibe hier bei ihm«, sagt Snato und hält mir so den Rücken frei. Ich muss wissen, was am Tor vor sich geht. Etwas Großes scheint bevorzustehen. »Verräter! Verräter!«, tobt Cozpret, gerade als ich um die Ecke komme und das Tor erblicke. Dort sitzen drei der Späher auf ihren Pferden und werfen sich verunsicherte Blicke zu. Cozpret eilt die Treppe hoch auf die Mauer: »Schließt das Tor!« Zögerlich machen sich einige Wachen an den schweren Torflügeln zu schaffen. »Bogenschützen zu mir.«

Ich muss wissen, was passiert ist und eile zu den Spähern. Die Gasse vor dem Tor ist gesäumt von Kastellbewohnern, die mich mit fragenden Blicken beobachten, als ich an ihnen vorbeigehe. Doch niemand unternimmt etwas. »Was ist los?«, frage ich einen der Berittenen, die gerade absteigen.

»Milo ist zurück«, spricht einer von ihnen und verzieht sein Gesicht, als er bemerkt, wer ich bin, und sieht, wie sehr ich mich über die Neuigkeiten freue. Endlich! Nun kann die Gerechtigkeit wieder Einzug halten in Arbona.

»Wo sind die anderen zwei eurer Begleiter?«, hake ich nach. Doch zwei der Krieger wollen darauf gar nicht erst eingehen, sondern führen ihre Pferde weg. Im Moment ist es heikel, Partei zu ergreifen. Vermutlich kann ich froh sein, nicht gleich wieder eingesperrt zu werden.

Der dritte Späher antwortet knapp: »Die Verräter haben sich Milo angeschlossen.«

»Warum nennst du sie Verräter?«, frage ich herausfordernd, senke meine Stimme jedoch gleich wieder. Denn ich trage weder eine Waffe noch weiß ich, ob wir noch immer als Gefangene gelten. »Ihr kämpft doch alle gleichermaßen für Arbona«, ergänze ich vorsichtig, doch der Späher hört mir gar nicht mehr zu. Seine Aufmerksamkeit gilt jemandem hinter mir.

Alarmiert durch die neusten Entwicklungen naht der Tribun. Ich schließe mich sofort an, als er sich einen Weg hinauf auf die Mauer bahnt. Wieder auf der Mauer zu stehen und ins Umland zu blicken, ist überwältigend. Wie oft wachte ich hier oben zum Schutze von Arbona. Von hier aus entdeckten wir damals auch die aus dem Nebel vorpreschenden, schrecklichen Ungrer und ich weiß, dass mir diese Mauern selbst bei größter Gefahr stets ein Gefühl der Sicherheit schenkten.

Allerdings lauert die momentan größte Bedrohung für Arbona auf ebendiesen Mauern. Cozpret beherrscht mit einigen seiner Leute das Tor und ich weiß nicht, wie wir ihn ohne Blutvergießen von dort vertreiben könnten. Wie ein in die Ecke gedrängter Wolf, jeglicher Fluchtmöglichkeit beraubt, dürfte er nunmehr um sein Überleben kämpfen. Dass just in diesem Moment eine Kriegergruppe aus dem Forst von Arbona in die lichte Uferzone tritt, dürfte seine schlimmsten Befürchtungen bewahrheiten.

»Cozpret, öffne das Tor«, befiehlt der Tribun, während er sicheren Schrittes auf diesen zugeht. Offenbar hat er seinen Mut wiedergefunden. »Die Krieger von Arbona kehren heim.« Und tatsächlich glaube ich für einen kurzen Augenblick, dass Cozpret seinem Herrn Folge leistet, das Tor öffnet und all meine Befürchtungen ins Reich der Fantasie verbannt werden. Doch als er nach einer gefühlten Ewigkeit des gespannten Abwartens zu Sinnen kommt, entdeckt Cozpret mich an der Seite des Tribuns. Ich verfluchter Idiot hätte mich in ebendiesem Moment für einmal zurückhalten müssen. Selbst, wenn er seine Stellung vermutlich ebenso wenig aufgegeben hätte, gebe ich ihm nun erneut Nahrung für seinen von Verschwörungsängsten gezeichneten Geist.

»Das ist eine Falle! Niemand öffnet die Tore!«, befiehlt Cozpret. Hoffnungsvoll blicke ich hinab zum hölzernen Steg, an dessen Rand die Kriegergruppe nun zum Stehen kommt. Sie werden angeführt von Milo. Mein alter Freund und verdienter Centenar ist also noch am Leben.

»Männer, öffnet die Tore!«, befiehlt der Tribun nun umso energischer, worauf sich im Innenhof zum ersten Mal einige Männer rühren, jedoch nicht zum Tor vorgelassen werden, was Cozpret die erwartete Bestätigung verschafft.

»Sperrt ihn weg«, brüllt Cozpret nun völlig außer sich und zeigt auf den Tribun, worauf es augenblicklich gespenstisch still wird. Ängstliche Blicke wandern umher. Sich nicht mit einem der Widersacher inmitten eines Machtkampfes anzulegen, ist das eine, doch sich am Tribun zu vergreifen, etwas völlig anderes. »Bogenschützen zu mir!« Noch immer rührt sich nichts. Wutentbrannt zieht Cozpret seine Spatha und nähert sich dem Tribun, worauf dieser ebenfalls sein Schwert zieht. Panisch halte ich nach einer Waffe Ausschau, doch als ich nichts zu fassen kriege, springe ich unbewaffnet vor den Tribun, um ihn zu beschützen.

»Haltet ein!«, spreche ich mich zittriger Stimme. Wie sehr ich gerade meinen Sax vermisse. »Kämpfen wir nicht alle für dieselbe Sache? Stehen wir nicht alle für Arbona?« Doch Cozpret scheine ich keineswegs zu beeindrucken. Ganz im Gegenteil: Angespornt durch meine

Dummheit, mich ihm so völlig unbewaffnet in den Weg zu stellen, tritt er vor. Ich könnte ihm kein größeres Geschenk machen.

Da geschieht das Unvorstellbare: Seine eigenen Leute, Krieger, deren Loyalität wohl noch nie so hart auf die Probe gestellt worden ist, treten vor und hindern Cozpret am Weitergehen. »Verräter! Verräter!«, flucht dieser und will zum Schwertstreich ausholen, als ihn einer seiner Kämpfer am Schwertarm packt.

»Cozpret, das ist genug«, spricht einer seiner Schergen.

»Verräter!«, brüllt Cozpret erneut, als ein anderer versucht, ihm das Schwert abzunehmen. Dabei wird er jedoch mit dem Rücken gegen die äußere Umwehrung gedrängt und als er – außer sich vor Wut – einen Befreiungsschlag versucht, verliert er das Gleichgewicht. Alle scheinen plötzlich die Luft anzuhalten und selbst der Bodamansee muss für den Bruchteil eines Augenzwinkerns vergessen haben, seine sanften Wellen gegen das Ufer zu brechen. Cozprets Augen weiten sich und mit einem erstickten Schrei stürzt er rücklings von der Mauer.

Wie die anderen eile ich an die Umwehrung und blicke hinab. Cozpret liegt regungslos in seinem eigenen Blut, verrenkt mit gebrochenen Knochen. Augenblicklich eilen Hadabret und weitere von Milos Kriegern herbei, verwundert, was sie in ihrem Zuhause erwartet. Cozpret ist tot und sofort sinken all jene auf die Knie, die zuvor noch verunsichert an seiner Seite gestanden haben. Ein Schatten, unsichtbaren Fesseln gleich, scheint von Arbona abgefallen zu sein.

»Öffnet die Tore«, befiehlt der Tribun neuerlich. Und dieses Mal wird seiner Anweisung Folge geleistet. Die schweren Torflügel werden aufgestoßen und die versammelten Bewohner von Arbona begrüßen ihre heimgekehrten Helden.

Als ich auf der Suche nach bekannten Gesichtern hinabblicke, sehe ich sie: Anna! Ich dränge mich die enge Treppe hinab und schließe meine Liebste fest in die Arme. »Stolzer Dummkopf«, flüstert sie mir zu und hämmert mit sanften Schlägen gegen meinen Rücken. Ich vermag nicht, ihr zu widersprechen. Was ich zur Begleichung eines Streits alles riskiert habe, steht in keinem Verhältnis zu dem, was ich alles hätte verlieren können.

»Marcus und Jacob?«

»Sind beide wohlauf zuhause bei Maia.«

»Danke!«, drücke ich meine liebe Anna fest an mich.

Es folgen nun auch Milo an der Seite von Matheus und der Magd, die sich für rettende Kräuter auf ins Galluskloster gemacht hat. Jetzt geht alles schnell. Ich weise meinen Freunden den Weg zu Snato und Athanasius. Wie ich erfahre, hat sich Milo bei seiner Rückkehr als erstes nach den Verwundeten erkundigt, die vom Dekan zur Pflege ins Kloster gebracht wurden, während Milo dem Raeter Valerius weiter rînaufwärts gefolgt ist.

»Wir kamen zu spät«, erklärt Milo verärgert. »Die Saracenen sind weg, haben sich über die Alpes zurückgezogen. Aber zuvor haben sie weiter geplündert und das Kloster Desertina niedergebrannt. Die Mönche sollen in Richtung Zurich geflohen sein.« Wir erreichen den Hauptplatz von Arbona und Milos Blick fällt auf den inzwischen hinausgetragenen Athanasius. »Es tut mir leid, was euch widerfahren ist. Wie ich hörte, hat Strello sein wahres Gesicht offenbart und mein Herr Tribun war nicht in der Lage, seine Stellung zu behaupten.«Gemeinsam mit Anna, die – ebenso wie die Magd, der wir so viel verdanken – über einige Kenntnisse in der Heilkunde verfügt, eilen wir zu Athanasius.

»Du sollst wissen, Marcus, dass du und deine Familie ein willkommener Teil der Gemeinschaft von Arbona seid«, versichert Milo, als wir bei Snato und Athanasius ankommen. »Sollten der Tribun und die Menschen von Arbona meine neue Position bestätigen, und davon gehe ich aus, dann werde ich Frauen und Männer brauchen, auf die ich mich verlassen kann.« Er drückt mich fest an seine Schulter und eilt dann davon, um sich um die Versorgung seiner Krieger und der Verwundeten zu kümmern.

Nun ist also eingetreten, worauf ich so lange gewartet habe. Doch hat allein meine Heimkehr nach Arbona zwei Menschenleben gekostet. Strello und Cozpret sind tot, die Stellung des einst so mächtigen Tribuns ist erschüttert und die Machtverhältnisse der Region werden sich unter dem neuen Abt des heiligen Gallus neu ordnen müssen. Ganz zu schweigen davon, wie es um den Turagau bestellt ist, von dessen Grafen Ludowic aus dem Hause Burgundia schon längere Zeit nichts mehr zu vernehmen war. Zumindest auf Mangold in Constantia werden wir hoffentlich weiterhin zählen dürfen. Es wird seine Zeit dauern, doch bete ich dafür, dass die Wunden des noch immer jungen Herzogtums Suabia bald verheilen.

Cap. XIX

Montag, 3. Juni 933

»Das Heil und die Herrlichkeit und die Macht ist bei unserem Gott. Seine Urteile sind wahr und gerecht. Er hat die große Hure gerichtet, die mit ihrer Unzucht die Erde verdorben hat. Er hat Rache genommen für das Blut seiner Knechte, das an ihren Händen klebte. Halleluja!«

Ein kühler Wind weht mir vom See entgegen. Das Wasser plätschert in Wellen gegen das Ufer. Auf der anderen Seite erstreckt sich der Forst von Arbona und weit dahinter erhebt sich der unbändige Sambiti. Nun sehe ich die Berge mit anderen Augen als noch vor sieben Jahren, als ich unwissend hier oben auf den Mauern Wache hielt. Doch versetzen mich nicht nur die Brise, die vertrauten Geräusche und die Landschaft in Gedanken um Jahre zurück, sondern auch die Mauerwache neben mir. Denn als wäre nie etwas geschehen, stehe ich neuerlich neben ebenjenem Mann, der schon damals – auch wegen seiner Vertrautheit mit dem Wort Gottes – nicht gerade zu den aufheiternden Kameraden für die langen Wachdienste galt.

Damals, kurz bevor die ersten Ungrer aus dem Nebel auftauchten, stand ich ebenfalls frierend hier auf der alten Romanenmauer von Arbona und sah, wie eine kleine Gruppe Flüchtlinge panisch den Schutz unserer Garnison erflehte. Unter ihnen befand sich ein junges Mädchen namens Anna.

Inzwischen sind sieben Jahre vergangen und während den einst von den Romanen erbauten steinernen Mauern von Arbona dieses zeitliche Augenwinkern kein bisschen anzusehen ist, hat sich in unserem gemeinsamen Leben einfach alles verändert.

Dank der guten Pflege durch unsere Freunde im Kloster des heiligen Gallus überlebten die meisten verwundeten Krieger aus Arbona auch die Wochen nach Milos Rückkehr aus der Raetia. Unsere Gefährten aus Constantia kehrten zurück an den bischöflichen Hof. Und unter Zuspruch der ganzen Bevölkerung bestätigte der Tribun Milo als Centenar von Arbona. Zudem bot er nicht nur meiner Familie und mir ewigwährendes Wohnrecht, sondern gar Athanasius, der jedoch kommentarlos ablehnte und sich Matheus und Maia anschloss. Den beiden übertrugen Anna und ich nämlich unseren Hof in Buocha. Gerne hätte ich Matheus noch näher bei mir gewusst, doch gibt es für Maia und ihn wohl kaum einen geeigneteren Ort, ihren Neuanfang als Familie zu begehen.

Ich blicke hoch zum nächsten Turm und sehe dort den besten Bogenschützen, den ich je meinen Freund nennen durfte, stolz auf- und abgehen. Snato nahm das Angebot des Tribuns ebenfalls an und gehört heute zu den fähigsten Turmwachen und Spähern von Arbona. Der Tribun selbst verließ Arbona vor wenigen Tagen. Als Buße dafür, dass er Cozpret so lange agieren ließ und auch sonst untätig blieb, begab er sich zusammen mit zwei ehemaligen Schergen des Strello auf eine Pilgerfahrt nach Roma. Centenar Milo führt nun als seine Vertretung Arbona an.

Mich hat er zu seiner rechten Hand ernannt und ich erfülle diese Pflicht mit Stolz.

Zusammen mit Anna, Jacob und Marcus lebe ich in meinem Arbona. Vieles hat sich verändert, viele Menschen, mit denen ich damals zu tun hatte, leben nicht mehr, einige andere sind infolge der Wanderbewegungen rund um den Bodamansee hinzugekommen. Endlich bin ich wieder zuhause, endlich weiß ich meine Familie in Sicherheit und gut versorgt. Mögen meine Söhne in Frieden und ohne Furcht aufwachsen.

Zwar wird Milo – unser Fürsprecher und Freund – nicht ewig leben, ebenso wenig der Tribun, sollte seine genesene Seele je aus Roma zurückkehren. Doch Arbona wird weiterbestehen. Und meine Söhne werden nun Teil der Zukunft von Arbona, auf deren Führung kein Geburtsrecht festgeschrieben steht. Die Führung über Arbona will verdient sein. Unsere Zeit hier hat eben erst begonnen.

Die Saracenen wurden abgewehrt, die Ungrer vorerst vertrieben, doch werden wir gewiss wieder von ihnen hören. Mögen uns Gott und seine Heiligen beistehen, mögen wir für immer füreinander da sein. Danke Arbona, Mutter, die mich zu dem werden ließ, der ich heute bin. Arbona aeterna, Arbona victrix! *

* Ewiges Arbon, siegreiches Arbon

Historischer Hintergrund

Die vorliegende Geschichte bewegt sich im Rahmen historisch und archäologisch nachweisbarer Ereignisse und orientiert sich an zeitgenössischen Chroniken und Annalen. Lediglich die Story um Marcus und Anna ist erfunden. Ebenso entsprangen die Namen der Protagonistinnen und Protagonisten der Fantasie; alle anderen Namen und Orte wurden jedoch den zeitgenössischen Quellen – hauptsächlich den Urkunden aus dem Stiftsarchiv St. Gallen – entnommen.

Am 15. März 933 soll eine große Schlacht zwischen Truppen des ostfränkischen Königs Heinrich I. und ungarischen bzw. magyarischen Reiterkriegern am Fluss Unstrut bei Riade, südwestlich von Merseburg, stattgefunden haben. Flodoard von Reims berichtet in seinen Annalen (Cap. 15/1) zum Jahr 933, dass Heinrich mit Kämpfern aus Bayern, Sachsen und einigen anderen Stämmen gegen die Ungarn gekämpft habe und 36 000 von ihnen tötete, darüber hinaus viele gefangen nahm und dass sehr viele weitere im Fluss Unstrut ertranken. Ebenso berichtet Liudprand von Cremona in seinem Liber antapodoseos (Buch II, Cap. 24-31) von einer solchen Schlacht, auch wenn er von Ereignissen um das Jahr 920 schreibt, die jedoch besser in den Rahmen von 933 passen. Und Thietmar von Merseburg nennt – für diesen Zusammenhang bedeutsam - die Befestigung Merseburgs in seiner Chronik (Buch I, Cap. 18).

Dass den Ungarn ein Hund vor die Füße geworfen worden sein soll, wie der Thüringer Liuthar unseren Protagonisten erzählt, stammt aus der Feder des Widukind von Corvey (Sachsengeschichte, Buch I, Cap. 38), wenn auch bei ihm die Daleminzier diese Beleidigung inszenierten. Zudem sind für die Schlacht bei Riade keine schwäbischen Kontingente nachweisbar. Vielmehr berichtet Widukind nur von den Sachsen und Thüringern, wobei ein Kontingent leichter thüringischer Reiter die Lockvögel für die Ungarn spielten, was in vorliegendem Roman dem Kontingent aus Konstanz und thüringischen Kriegern angerechnet wird. Ebenso berichtet Widukind von einem sehr schnellen Vorrücken der Ungarn. Die Zeit, um Kontingente aus dem ganzen Ostfrankenreich herbeizurufen, blieb da wohl kaum, wie bereits Liudprand (Buch II, Cap. 24) berichtete. Anders sah es in der Schlacht auf dem Lechfeld des Jahres 955 aus, wofür Widukind in seiner Sachsengeschichte (Buch III, Cap. 44-48) sehr detailliert die Truppen aus verschiedenen Herzogtümern aufzählt. Dass der König die Heilige Lanze als siegbringende Reliquie voranführte, ist übrigens ebenfalls bei Thietmar von Merseburg für die Schlacht auf dem Lechfeld nachzulesen (Cap. 10) und als Andeutung auch für den Kampf gegen die Ungarn in den 930er Jahren bei den Klostergeschichten von Ekkehart IV. (Cap. 65) zu finden. Leichte Truppen (*cum raro milite armato*) sollen dabei das ungrische Heer angelockt haben, das beim Anblick der feindlichen Armee jedoch augenblicklich die Flucht angetreten haben soll, worauf

Heinrichs Heer das ungarische Feldlager plünderte und die eigenen Gefangenen befreite. Die Schlacht gegen die Ungarn bei Riade soll absichtlich von Heinrich I. provoziert worden sein, nachdem er jahrelang gigantische finanzielle Mittel aufgewendet hatte, um ein Verteidigungsnetzwerk aufzubauen, wie die Chronisten berichten (darunter Widukinds Sachsengeschichte, Buch I, Cap. 35). Nach der Gefangennahme eines ungarischen Fürsten im Jahr 926 soll er einen Waffenstillstand mit den Ungarn ausgehandelt haben, wofür er jährlich einen hohen Tribut zu entrichten hatte. Als er sich für eine neuerliche Auseinandersetzung bereit fühlte, verweigerte er im Jahr 932 die Zahlung des Tributs und beschwor so unweigerlich Unheil herauf. Die Ungarn fielen 933 mit einem gewaltigen Heer ins Ostfrankenreich ein, um den König zu bestrafen, das Land zu plündern und die Ostfranken dadurch zu einer noch größeren jährlichen Friedenssumme zu bewegen. Doch Heinrich I. war erfolgreich, nicht zuletzt dank des festen Glaubens an die Heilige Lanze, die dem Heer vorangetragen wurde. Trotz des Sieges an der Unstrut 933 griffen die Ungarn jedoch immer wieder an und erst Jahre nach dem ostfränkischen Sieg am Lech 955 konnten diese von weiteren Plünderungen abgehalten werden. Durch die Missionierung ihrer Lande wurde Ungarn um das Jahr Tausend unter Stephan I. gar zu einem christlichen Königreich.

Die zweite Bedrohung, die plündernden Sarazenen, habe ich absichtlich einige Jahre vorgezogen, um Marcus nach seiner Rückkehr von der Unstrut nicht zur Ruhe kommen zu lassen. Flodoard von Reims berichtet in seinen Annalen (Cap. 18/4) nämlich erst für das Jahr 936, dass die Sarazenen Alemannien heimgesucht hätten und auf dem Rückweg viele Rompilger töteten. Und so seltsam das klingen mag, aber die muslimischen Sarazenen aus Nordafrika stießen tatsächlich vom Mittelmeer kommend und an der südfranzösischen Küste anlandend, wo sie Stützpunkte errichteten, bis in die Alpen vor. Laut Ekkehart IV. (Klostergeschichten, Cap. 126) sollen sie dabei sogar ins Alpenrheintal und bis nach St. Gallen vorgerückt sein. Vom Appenzellerland herkommend sollen sie eine Kreuzprozession beim Kloster beschossen haben; womöglich von der Bernegg oberhalb von St. Gallen ausgehend. Als der Abt sie daraufhin mit seinen Kriegern verfolgte, kehrte er unvollendeter Dinge zurück, weshalb der Dekan Walto mit den mutigsten aus dem Klostergesinde die Verfolgung aufgenommen hat, die Sarazenen aufstöberte und viele von ihnen tötete sowie wenige gefangen nahm. Diese verweigerten jedoch lieber die Nahrungsaufnahme als in der Gefangenschaft der Diener des heiligen Gallus zu verbleiben und starben bald darauf.

Ebenfalls etwas später als in vorliegendem Roman geschildert, wurde das Kloster Disentis von den Sarazenen im Jahr 940 geplündert und niedergebrannt, worauf die Mönche nach Zürich geflüchtet seien. Im selben Jahr soll sogar Chur niedergebrannt worden sein, doch fehlen hierzu die Nachweise. Allerdings schenkte König Otto I. den betroffenen Institutionen in den Folgejahren immer wieder Besitz, um die Verluste durch die Sarazenen auszugleichen; darunter um 940 die Kirchen von Bludenz und im Schams. Das hätte er wohl kaum getan, wenn es nicht derlei Angriffe gegeben hätte.

Die rätisch-alemannischen Konflikte, auf die verschiedentlich hingewiesen wird, sind immer wieder in zeitgenössischen Annalen und Chroniken zu finden, wobei die Alemannen die Räter häufig schlechtredeten, so auch der St. Galler Chronist Ekkehart IV. in seinen Klostergeschichten (Cap. 25 und 70-75), als er vom Verlust der Abtei Pfäfers (*Fabaria*) berichtet, die aus seiner Sicht rechtmäßig vom damaligen Abtbischof Salomo von Konstanz und St. Gallen im Jahr 909 der Abtei St. Gallen einverleibt wurde. Salomo sah sich dabei mit den Heiligen Pelagius (Konstanz), Gallus & Otmar (St. Gallen) und Maria (Pfäfers) verbunden. Dabei stand Pfäfers bis dahin und auch noch lange danach unter rein rätischer Kontrolle und der Bischof von Chur erfüllte zum Teil persönlich die Funktion eines Abts von Pfäfers. Von daher ist es nicht verwunderlich, dass Bischof Waldo von Chur nach Salomos Tod 919 die Gelegenheit ergriff und Pfäfers wieder als Teil seiner Herrschaft ansah. Denn nach Salomos Tod blieb die Funktion eines Abts von St. Gallen bis zum Jahr 922 vakant. Als sich stattdessen die Mönche von St. Gallen gegen die Übernahme von Pfäfers wehrten, kam es am 8. März 920 zu einem Gerichtsprozess in Rankweil (*Vinomna*), um zu entscheiden, wem Pfäfers gehören soll. Diese Pergamenturkunde liegt heute im Original im Stiftsarchiv St. Gallen (Urk. IV 477) und führt alle beteiligten Personen auf. Darunter fällt eine ganze Reihe von Zeugen und Richtern alemannischer (z.B. *Manogaldus*) und rätischer Herkunft (z.B. *Valerius*) unter der Leitung Herzog Burchards von Schwaben und Bischof Waldos von Chur. Da Burchard selbst aus dem Markgrafengeschlecht von Rätien stammte, fiel die Entscheidung wenig überraschend zu Gunsten Rätiens aus und Waldo wurde Abt von Pfäfers. Die weitergehenden Konflikte zwischen Rätern und Alemannen blieben ansonsten glücklicherweise auf nichtkriegerische Auseinandersetzungen beschränkt, zumal sie alle seit 917 Teil eines gemeinsamen Herzogtums waren, Schwaben. Die Sprach- und Kulturgrenze lag lange Zeit am sogenannten Hirschensprung zwischen den heutigen St. Galler Gemeinden Oberriet und Rüti, ein enger Felsdurchgang, der aufgrund des ungezähmten Alpenrheins die einzige Möglichkeit zur Nord-Süd-Passage darstellte. Diese «Grenze» ist bis heute an den alemannisch bzw. romanisch geprägten Ortsnamen im St. Galler Rheintal erkennbar.

Der Urkundenschatz und die wunderbare chronikalische Überlieferung der einstigen Abtei St. Gallen halten noch so manche spannende und nicht selten amüsante Geschichten bereit, die im Rahmen der Reihe um Marcus von Arbona erzählt werden könnten und vielleicht eines Tages auch eine Fortsetzung finden. Vorerst soll es jedoch bei vorliegender Trilogie bleiben, mit der ich hoffentlich die eine oder andere Person in die sonst so unbekannte Geschichte des frühen Mittelalters entführen konnte.

Gesellschaft und Namensgebung

Im Frühmittelalter (ca. 500-1050) darf man noch kein Gesellschaftssystem mit sozial abgeschlossenen Schichten und Ständen erwarten, wie es sie beispielsweise im absolutistischen Frankreich der Frühen Neuzeit gab. Stattdessen gilt es für das frühe Schwaben, einige Ämterstufen und familiäre Abhängigkeiten zu beachten, die ein funktionierendes Zusammenleben ermöglichten.

So ließe sich vereinfacht folgende Reihenfolge von Abhängigkeitsgraden darstellen: König > Herzöge, Markgrafen und Bischöfe > Grafen, Äbte und Tribune > Centenare, Dekane, Verwalter und Dorfvorsteher > Krieger, Priester und Bauern > Gesinde

Grundsätzlich konnten aber auch einfache Leute zu Grafen oder Tribunen aufsteigen, wenn sie denn genügend Unterstützung erfuhren, und Leute aus dem Gesinde stiegen nicht selten zu Verwaltern auf. Aufstieg durch Leistung, Vermeidung der Todesstrafe und mächtige Frauen sind Themen, die man eigentlich nicht in der «dunklen Zeit» – wie man das frühe Mittelalter wegen seiner Quellenarmut lange Zeit nannte – erwarten würde, doch gehörten sie damals noch stärker zum Alltag als in den folgenden Jahrhunderten.

Mit Ausnahme der Protagonistinnen und Protagonisten sind praktisch alle Namen historisch in zeitgenössischen Quellen für die jeweiligen Orte und Regionen nachweisbar, zur besseren Übersicht sollen dennoch einige Magnaten vorgestellt werden:

Burchard I.: Begründer des Herzogtums Schwaben und 917-926 dessen Herzog, Gatte von Reginlind, Vater von Burchard II. (4. Herzog von Schwaben) und Berta (∞ König Rudolf II. von Burgund).

Engilbert: Abt von St. Gallen 925-933, Ungarnbekämpfer 926, resignierte 933 aus gesundheitlichen Gründen und starb 934.

Heinrich I.: Ostfränkischer König 919-936, Ungarnbekämpfer 926 und 933, Vater des späteren Kaisers Otto I. des Großen.

Hermann I.: Herzog von Schwaben 926-949, Gatte von Burchards Witwe Reginlind.

Noting: Bischof von Konstanz 919/920-934, Ungarnbekämpfer 926.

Reginlind (885-958): Gattin der Herzöge Burchard I. und Hermann I., Mutter von Königin Berta von Hochburgund, Klosterstifterin und Laienäbtissin.

Salomo III.: Abt von St. Gallen 890-919, Bischof von Konstanz 890-919, Kanzler der Könige Karl III., Arnulf, Ludwig IV. und Konrad I., erwarb für St. Gallen die Abteien Faurndau (895) und Pfäfers (905).

Thieto: Abt von St. Gallen 933-942, trat das Abbatiat eigentlich erst Ende 933 an, doch passte der Übergang so besser in vorliegende Geschichte. Über seinen Werdegang ist sonst nicht viel bekannt, doch stand seine Zeit unter keinem besonders guten Stern, nicht nur wegen der Sarazenen, sondern auch wegen eines verheerenden Klosterbrands 937. Niedergedrückt von Verantwortung und Alter resignierte er 942.

Waldo: Bischof von Chur 920-949, Abt von Pfäfers und von Disentis, Neffe von Bischof Salomo III., Vertrauter Herzog Burchards I. und der Könige Heinrich I. und Otto I.

Glossar

Abbacella: Das Appenzellerland, die heutigen Schweizer Kantone Appenzell Innerrhoden und Ausserrhoden, wurden vermutlich erst ab dem 8. Jahrhundert alemannisch besiedelt. Die frühsten schriftlichen Nachweise (Schwänberg, Herisau, Hundwil) stammen aus der Urkundenüberlieferung der einstigen Abtei St. Gallen. Von der Kirchengründung am Ort einer äbtischen Niederlassung/Zelle mit einer kleinen Gebetsgemeinschaft, rührt auch der Name Appenzell (*Abbacella*), woraus der Hauptort des Kantons Appenzell Innerrhoden erwuchs.

Albgau: Das frühmittelalterliche Allgäu war eine bevölkerungsreiche Region des Herzogtums Schwaben an der Grenze zu Bayern, in der auch der Abt von St. Gallen über zahlreiche Besitztümer verfügte. Der Protagonist Marcus ist im Allgäu geboren, gelangte aber schon jung nach Arbon, weshalb er sich dem Bodenseekastell enger verbunden fühlt als seiner Geburtsregion.

Alemannia: Die Bezeichnung Alemannien bezeichnet sowohl die Region des erweiterten Bodenseeraums als auch das alte Herzogtum der Alemannen, das in den Jahrhunderten nach dem Abzug der römischen Truppen entstanden ist. Es wurde von weiterhin dort lebenden Romanen und neu zugewanderten germanischen Alemannen gleichermaßen in meist friedlicher Koexistenz besiedelt. Ab dem 10. Jahrhundert bzw. seit der Gründung des Herzogtums Schwaben wird vermehrt von Schwaben gesprochen und die Bezeichnung Alemannien in Abgrenzung beispielsweise zu Rätien und dem Elsass verwendet.

Alsaza: Das Elsass – dazu gehören der Nord- und der Suntgau – war im frühen Mittelalter offiziell Teil des Herzogtums Schwaben. Aus mangelndem Zugehörigkeitsgefühl verweigerten die Elsässer aber nicht selten die schwäbische Heeresfolge. Als direkte Nachbarn von Lothringen und Hochburgund waren sie zudem ganz anderen Einflüssen ausgesetzt als das restliche Schwaben.

Alpes: Die Alpen waren seit jeher eine natürliche Barriere und Grenze. Wer die Königskrone von Italien erlangen wollte, hatte erst die gefährlichen Bergpässe zu überwinden und musste sich mit den lokalen Herrschern gut stellen, um beispielsweise an Vorräte, Bergführer und zusätzliches Equipment für den Warentransport zu kommen.

Arbona: Das römische Militärkastell Arbor Felix am südlichen Bodenseeufer verblieb nach dem Abzug der römischen Soldaten wie viele andere provinzialrömische Siedlungen und Kastelle in Alemannien mehrheitlich romanisch geprägt. So wurden die hohen Amtsträger in Arbona – wie das Kastell ab dem Frühmittelalter vereinfacht genannt wurde – in den mittelalterlichen Quellen weiterhin mit den alten römischen Militärtiteln bezeichnet. Die nähere Umgebung taucht in verschiedenen Quellen als Arbongau und Arboner Forst auf und nahm innerhalb des Thurgaus eine besondere Rolle ein. Diese herausragende Rolle dürfte Arbon aber Ende des 9. oder Anfang des 10. Jahrhunderts verloren haben und die Bezeichnung Arbongau verschwand schließlich aus den schriftlichen Quellen.

Baiuvaria/Baiuvaren: Bayern war im frühen Mittelalter ein mächtiges Herzogtum nordöstlich von Schwaben. Diese zwei südlichen Herzogtümer teilten nicht selten dasselbe Schicksal und bewahrten gegenüber der ostfränkischen Königsherrschaft immer wieder stolz ihre Eigenständigkeit.

Bodamansee: Der Bodensee wurde in römischer Zeit hauptsächlich als Bregenzersee bezeichnet, benannt nach dem damaligen Zentrum Bregenz (Kastell und Flottenstützpunkt). Als sich das Zentrum zunehmend zum Bischofssitz Konstanz (Konstanzersee) und der Königspfalz Bodman (Bodmansee bzw. Bodensee) verlagerte, änderte sich auch die Bezeichnung dieses schwäbisch-alemannischen Identifikationsgewässers.

Bregancia: Bregenz war in römischer Zeit ein wichtiges Kastell und diente als Flottenstützpunkt. Wenn auch eine Siedlungskontinuität in nachrömischer Zeit zumindest geografisch nicht in gleicher Weise gegeben war wie in Arbon, so verfügte die dortige Bevölkerung vermutlich ähnlich wie Arbon über eine romanisch geprägte Einwohnerschaft, womöglich ebenfalls mit einem Tribun an der Spitze.

Buocha: Der direkt an den Bodensee angrenzende Weiler Buch gehört heute zur Gemeinde Egnach im thurgauischen Bezirk Arbon. In der Gegend um das Zuhause von Marcus und Anna gab es im frühen Mittelalter konkurrierende Ansprüche des Abts von St. Gallen und des Bischofs von Konstanz. Im Juni 882 wurden deswegen einige Güter getauscht, darunter ein Hof bei Buch, der seither zu Konstanz gehörte.

Burgundia/Burgunder: Das Königreich Hochburgund war der Teil Burgunds nördlich der Alpen, während Niederburgund die südlichen Teile umfasste. Insbesondere König Rudolf II. hatte vermehrt eine Machterweiterung auf Kosten von Alemannien versucht, was erst durch die Entstehung des angrenzenden ostfränkischen Herzogtum Schwaben und dem vehementen Einschreiten seines Herzogs Burchard in der Schlacht bei Winterthur 919 unterbunden werden konnte. Durch die Verheiratung von Burchards Tochter Berta mit Rudolf II. gelang nach 922 erstmals eine friedliche, wenn auch unsichere, Nachbarschaft. Nach Burchards Tod stand dieser Frieden auf wackeligen Beinen.

Constantia: Konstanz war durch seine besondere Lage mindestens seit römischer Zeit ein politisch wie ökonomisch zentraler Ort im Bodenseeraum. Als Bischofssitz wurde die Stadt im Laufe des Mittelalters zum Zentrum eines der größten und mächtigsten Bistümer des Ostfrankenreichs. Als Patron von Stadt und Bistum galt der heilige Pelagius.

Curia: Chur war Sitz des gleichnamigen Bistums unter dem Patronat der heiligen Lucius und Florinus. Diese älteste Stadt der Schweiz war bereits unter den Römern äußerst bedeutsam, ein Bistum bestand vermutlich seit dem 4. Jahrhundert und wurde erst mit der späteren Gründung des Bistums Konstanz in seiner Größe geschmälert. Die Bischöfe vereinten praktisch während des ganzen frühen Mittelalters die geistliche (Bischof) und weltliche Macht (Präses, Marktgraf) in Personalunion.

Desertina: Das dem heiligen Martin und der Gottesmutter Maria geweihte Kloster Disentis wurde vermutlich um das Jahr 700 gegründet und lag strategisch günstig am Oberlauf des Vorderrheins. Es galt als Hüterin des wichtigen Lukmanierpasses und wurde in diesem Zusammenhang 940 wohl auch Opfer der über die Alpen vorstoßenden Sarazenen.

Fabaria: Pfäfers wurde Mitte des 8. Jahrhunderts mit Unterstützung der churrätischen Victoriden gegründet und der Gottesmutter Maria geweiht. Es lag strategisch gut am Zugang zu den Alpenpässen und wurde früh zum Reichskloster. Obwohl häufig die Bischöfe von Chur zugleich Äbte von Pfäfers waren, gab es ab dem 10. Jahrhundert immer wieder Übernahmeversuche durch das Galluskloster.

Francen: Die Franken hatten sich besonders unter Karl dem Großen ein Reich geschaffen, das seinesgleichen suchte. Ihre Könige und Kaiser sahen sich in der Pflicht der Fortführung des alten Römischen Reiches und weiteten ihre Macht innert kurzer Zeit über das heutige Frankreich, Deutschland und Italien aus. Im Vertrag von Verdun 843 kam es zu einer Teilung des Reichs, an deren Ende sich die Wege des Ost- und Westfrankenreiches sowie Burgunds und Italiens in unterschiedliche Richtungen entwickelten. Im vorliegenden Roman ist bei Francen vornehmlich an die Bewohner des Ostfrankenreichs zu denken.

Frichgau: Der Frickgau ist eine kleine politische Landschaft am Rhein östlich von Sisgau und Augstgau, wozu er einst gehörte. Im Osten grenzt er an den Aargau.

Galluskloster: Das Kloster St. Gallen wurde im Jahr 719/720 durch den heiligen Otmar an der Stelle der einstigen Mönchszelle des heiligen Gallus (um 612) gegründet und gehörte zu den mächtigsten ostfränkischen Reichsklöstern. Durch Sorgfalt, Glück und eine einzigartige Archivordnung ist vom ursprünglichen originalen Schriftgut dieser Abtei mehr erhalten geblieben als in jedem anderen Kloster. Das Weltkulturerbe Stiftsarchiv St. Gallen bewahrt unter anderem über 870 Originalurkunden aus der Zeit vor dem Jahr 1000 auf, wodurch es möglich ist, auf zeitgenössische Ereignisse, Orte und Personennamen zurückzugreifen, die nicht nur klassisch die hohen Herren, sondern auch das einfache Volk umfassen.

Herinisau: Das Gebiet der Gemeinde Herisau zählte mit Schwänberg und der Kirche von Herisau zu den am frühsten besiedelten Gebieten des Appenzellerlands und stand mehrheitlich unter der Kontrolle des Klosters St. Gallen.

232

Hochstadio: Das am Rhein gelegene Höchst im österreichischen Bundesland Vorarlberg zählte im frühen Mittelalter zu den wichtigsten Höfen des Klosters St. Gallen im Alpenrheintal. Zwischen Höchst und dem schweizerischen St. Margrethen auf der anderen Seite des Rheins wurden Überreste einer römischen Brücke gefunden, die die römischen Kastelle Arbon und Bregenz miteinander verband. Da angenommen werden kann, dass an jener bedeutsamen Stelle, wohin auch andere Straßen führten, selbst nach einer Zerstörung der Brücke ein Rheinübergang bestand, überqueren die Protagonisten den Rhein hier mit einer Fähre.

Huntwil: Hundwil war nach Herisau eine der frühsten Gründungen St. Galler Mönche auf heute appenzellischem Boden und war Ausgangsort für die weitere Erschließung des unwegsamen Appenzellerlands.

Italia: Nach dem Vertrag von Verdun 843 wurde das alte fränkische Reich in ein Ost-, West- und Mittelreich geteilt, wobei das mittlere bis nach Süditalien reichte, jedoch in seiner Form und den unterschiedlichen Herrschaftswahrnehmungen nicht kontrollierbar blieb. Besonders im 9. und 10. Jahrhundert versuchten verschiedene ostfränkische und burgundische Herrscher – mitunter durch die Erlangung des Kaisertitels – Könige von Italien zu werden.

Legat: Gesandte von höherem Rang bzw. mit ausgedehnten Befugnissen hoher Herren tauchen in frühmittelalterlichen Quellen häufig als *legati* auf.

Liubmanswila: Das Haus des Liubman, das heutige Lömmenschwil in der Gemeinde Häggenschwil, wird bereits um 854 als *domus Liubmanni* zum ersten Mal schriftlich erwähnt und dürfte in seiner kontinuierlich größer werdenden Besiedlung zur Grundherrschaft der Abtei St. Gallen gehört haben. Liubman und seine Söhne Jacob und Liubman spielen in den ersten beiden Bänden dieser Romantrilogie eine wichtige Rolle.

Maurenalp: Die Alp Kamor am Berg Kamor oberhalb der St. Galler Gemeinden Oberriet und Rüthi wird um 896 in einer Urkunde des Klosters St. Gallen erwähnt (Urk. FF4 B25) und auch wenn es begrifflich nicht schlecht mit den nordafrikanischen Sarazenen – auch als «Mauren» bezeichnet – zusammenpassen würde, stammt die Bezeichnung *Campo Mauri* von der landschaftlichen Beschreibung als Feld bzw. Alp beim dunklen Felsen. Diese lateinische Schreibweise wiederum dürfte der romanischen Bezeichnung *ganda mora* (schwarze Gand/Geröllhalde) entsprungen sein. Marcus folgt den Saracenen von der Maurenalp hinab nach Rüthi über einen als Geländeeinschnitt beschriebenen Weg entlang des heutigen Tobelbachs.

Meresburg: Das bereits Ende des 9. Jahrhunderts im Hersfelder Zehntverzeichnis als *civitas* erwähnte Merseburg wurde nach 919 von König Heinrich I. zur Pfalz ausgebaut. Im Rahmen der Vorbereitungen auf ungrische Angriffe soll die Pfalz stärker befestigt worden sein und nach dem Sieg in der Schlacht von Riade 933 hielt Heinrich I. hier einen Dankesgottesdienst ab und stattete die Kirche reich aus.

Raetia: Rätien (auch Churrätien oder Churwalden) war die traditionell stark romanisch geprägte Markgrafschaft im Südosten Schwabens. Für das Frühmittelalter war lange Zeit eine Personalunion von Bistumsleitung und Markgrafschaft zu beobachten. Die vor allem für die Alpenüberquerung zentrale Herrschaft konnte auf eine lange und prominente Kontinuität aus provinzialrömischer Zeit zurückblicken und wurde dank Herzog Burchard I. eine militärisch und geopolitisch potente Kernregion des neuen Herzogtums Schwaben (Burchards gleichnamiger Vater war Markgraf von Rätien).

Reuti: Rüthi im St. Galler Rheintal wird Anfang des 9. Jahrhunderts erstmals urkundlich erwähnt und war im hohen Mittelalter nach Rankweil pfarrgenössig. Das Dorf grenzt direkt an die Klus Hirschensprung, markiert also den nördlichen Abschluss des romanischen Gebiets im linksrheinischen Gebiet des Rheintals.

Riade: Beim Schlachtort Riade handelt es sich wahrscheinlich um das heutige Ritteburg in der thüringischen Gemeinde Kalbsrieth, an der Mündung der Helme in die Unstrut. Hier soll schon im 8. Jahrhundert eine Befestigung zur Sicherung des Unstrutübergangs gestanden haben.

Rîn: Der Rhein war zusammen mit der Donau und der Aare eine der Lebensadern Alemanniens und wird bis heute für den Waren- und Personentransport sowie als Grenzfluss genutzt. Im Alpenrheintal mäandrierte er derart stark und trat so regelmäßig über die Ufer, dass große

Gebiete unbewohnbar und versumpft waren. Das erklärt auch, warum nur wenige Fixpunkte für die sichere Überquerung (z.B. St. Margrethen-Höchst) geeignet waren oder der Hirschensprung ein so wichtiger Durchgang für die Nord-Südpassage entlang des Rheins war.

Roma: Das einstige Zentrum des Römischen Reiches war seit dem 4. Jahrhundert auch Ausgangspunkt der Christianisierungsbestrebungen auf dem Gebiet der heutigen Schweiz und blieb seither ein wichtiges Pilgerziel. Die Pilger mussten hierfür die gefährlichen Alpen überqueren und waren den natürlichen Strapazen und Gefahren ebenso ausgesetzt wie Räubern und Plünderern. Dabei hatte Rom schon im Frühmittelalter den Großteil seines Glanzes längst eingebüßt und blieb lediglich als Sitz des Papstes von Bedeutung.

Sambiti: In einer Urkunde vom 9. April 868 ist die Rede von einem Weiler in der Mark Gossau im Säntisgebirge (*in monte situm, qui dicitur Sambiti*). Der Säntis steht heute wie damals als weithin sichtbare Grenzmarke und stolzer Hausberg zwischen den Kantonen St. Gallen und den beiden Appenzell und wurde schon mindestens seit dem frühen Mittelalter zur Grenzbeschreibung genutzt. Hinter der Gossauer Mark endete damals das besiedelte Gebiet an den Wäldern und schroffen Felsen des Alpsteins. Selbst der heilige Gallus drang zur Gründung seiner Einsiedelei nicht weiter in die Einöde vor, sondern ließ sich am Fuß der Hügel- und Berglandschaft des heutigen Appenzellerlands an der Steinachschlucht nieder. Erst später sollten Menschen damit beginnen, auch diese unzugänglich scheinenden Hügel zu erschließen.

Sax: Neben dem Langschwert war unter der vermögenderen Kriegerschaft meist eher ein als Sax bezeichnetes Kurzschwert im Einsatz. Diese einschneidige Waffe erfüllte in seinen unterschiedlichen Ausführungen (vom einfachen Dolch bis zur Länge einer Spatha) verschiedene Zwecke.

Saxonia/Saxonen: Das Stammesherzogtum der Sachsen zwischen Niederrhein, Unterelbe und Eider zählt seit dem beginnenden 9. Jahrhundert zu den Herzogtümern des karolingischen Frankenreichs und wurde nach der Reichsteilung zu einem zentralen Teil des Ostfrankenreichs. Mit dem Sachsenherzog Heinrich bestieg 919 erstmals ein Sachse den ostfränkischen Thron. Heinrich I. war es auch, der 933 die Ungarn bei Riade mit seinen sächsischen sowie mit thüringischen Kriegern besiegte.

Sitteruna: Der kleine Fluss Sitter durchfließt, aus dem Appenzellerland kommend, vier heutige Schweizer Kantone und einen wichtigen Teil der frühmittelalterlichen Kernbesitztümer der Abtei St. Gallen. Die Sitter mündet beim thurgauischen Bischofszell in die Thur.

Spatha: Das doppelschneidige Langschwert galt als Krönung der frühmittelalterlichen Bewaffnung. Als Standessymbol wurde es an wichtigen Versammlungen getragen. Ihre volle Kraft konnte diese schwere Waffe vom Rücken eines Pferdes aus entfalten. Der Umgang mit der Spatha setzte einiges an Training voraus.

Steinaun: Das am südlichen Bodenseeufer gelegene Dorf Steinach am gleichnamigen Flüsschen im heutigen Kanton St. Gallen liegt nur etwa einen Kilometer von Arbon entfernt. Seit der Mitte des 8. Jahrhunderts taucht Steinach in der Überlieferung des Klosters St. Gallen auf, wo das Flüsschen Steinach eine wichtige Rolle im Gründungsmythos einnimmt. Der heilige Gallus soll gemäß der Vita des Walahfrid Strabo (Buch I, Cap. 11) von Arbon aus der Steinach in die wilde Einöde gefolgt und beim Wasserfall in der Mühleggschlucht in einen Dornbusch gestolpert sein. Das soll er als Zeichen gedeutet haben, sich an dieser Stelle niederzulassen. Hundert Jahre später legte der heilige Otmar dort den Grundstein für das Kloster St. Gallen.

Suabia/Suaben: Um die gebündelte Macht der alemannischen Grafen und Magnaten gegenüber den karolingischen Königen zu brechen, war ein frühes Herzogtum im Bodenseeraum im Jahr 746 durch die Tötung der alemannischen Elite zerstört worden. Erst im Jahr 917 gelang es Burchard I., dem Sohn des gleichnamigen rätischen Markgrafen, in Konkurrenz zum Bistum Konstanz ein Herzogtum zu errichten. Dieses zunehmend als Herzogtum Schwaben bezeichnete Gebilde setzte sich zu verschiedenen Zeiten aus unterschiedlichen Teilen zusammen (Bodenseeraum, Schwarzwald, Breisgau, Elsass, Aargau, Baar, Allgäu, Rätien, etc.) und wurde auch dank seiner mächtigen Reichsklöster (darunter St. Gallen und Reichenau) und Bistümer (Konstanz, Chur und Augsburg sowie womöglich Basel und Straßburg) zu einem der potentesten Herzogtümer des Ostfrankenreichs.

Thebaische Legion: Die Thebäische Legion unter Mauritius soll wegen der Weigerung, ihrem christlichen Glauben abzuschwören, bei Saint-Maurice vollständig dezimiert worden sein. Diese Geschichte war wesentlicher Bestandteil von Band zwei der Romanreihe um Marcus von Arbona.

Thuringia/Thuringer: Obwohl Thüringen oft in einem Atemzug mit Franken, Sachsen oder Schwaben genannt wird und die Thüringer bei Thietmar von Merseburg explizit erwähnt werden, war dieses Gebiet im 10. Jahrhundert kein eigenes Herzogtum mehr, sondern unterstand unter anderem dem Markgrafen von Meißen. Lediglich während des 7. Jahrhunderts existierte Thüringen kurz als eigenes Herzogtum. Die im 12. Jahrhundert geschaffene Landgrafschaft Thüringen ist damit jedoch nicht mehr vergleichbar.

Turagau: Zusammen mit dem Breisgau gehörte der Thurgau zu den wichtigsten und größten Regionen im frühmittelalterlichen Herzogtum Schwaben. Ursprünglich gehörte auch der Zürichgau dazu, womit der Thurgau das ganze Gebiet zwischen Bodensee, Rhein, Aargau und Rätien umfasste. Als mächtigste Reichsabtei in dieser bedeutenden alemannischen Region hatte St. Gallen ein nicht unbedeutendes Mitspracherecht in schwäbisch-alemannischen Fragen, und die Grafen des Thurgaus gehörten zur Elite der ostfränkischen Aristokratie.

Ungrer: Die Ungarn oder Magyaren – wie sie sich selbst nannten – führten im Karpatenbecken ein nomadisches

Leben, das sie aus beuteökonomischen Gründen immer weiter nach Westen führte. Aufgrund der lange Zeit vorherrschenden Unfähigkeit der fränkischen Königreiche, angemessen auf diese Bedrohung zu reagieren und wegen fehlender Befestigungen galten die reichen Städte Italiens und sämtliche Klöster des Westens als einfache Beute. Die Stärke der Ungarn lag in ihrer Geschwindigkeit und dem – in der westlichen Kriegsführung als feige geltenden – Kampf aus der Ferne als berittene Bogenschützen. Die auf statische Feldschlachten spezialisierten fränkischen Heere waren dagegen meist zu Fuß unterwegs und bevorzugten Blankwaffen. Erst mit den Reformen unter Heinrich I. und Otto I. gelang den Ostfranken ab den 930er Jahren eine effiziente Abwehr.

Unstruod: Der Fluss Unstrut entspringt in Nordthüringen und mündet nach ca. 192 Kilometer weiter östlich in die Saale.

Vinomna: Das frühmittelalterliche Rankweil im österreichischen Bundesland Vorarlberg galt als rätischer Gerichtsort. Neben Chur verfügten dort unter anderem die Klöster Pfäfers und St. Gallen über Besitz.

Zurich: Die Stadt Zürich am Zürichsee diente in römischer Zeit (Turicum) als wichtige und zum Teil befestigte Station der Ost-West-Achse und verband schiffbare Verkehrswege mit jenen zu Land. Für das frühe Mittelalter sind mehrere Kirchen, eine Siedlung und die Königspfalz auf dem Lindenhofhügel überliefert. Daneben war Zürich auch ein Zentralort der Herzöge von Schwaben.

Die Vorgeschichte um Marcus von Arbona

ISBN 978-3-8392-0026-1

ISBN 978-3-7562-7684-4

Bd. I

Erhältlich als
Taschenbuch, Ebook
und Hörbuch

Bd. II

Erhältlich als
Taschenbuch & Ebook

Für weitere Abenteuer und Informationen
www.rafael-wagner.ch